Et les arbres se mirent à chanter

Gilbert Bordes

Et les arbres se mirent à chanter

roman

XO
EDITIONS

ISBN : 978-2-37448-915-5

1

Angline Démarais et Paul Lebarron n'auraient jamais dû se rencontrer. Jamais.

Mais le destin aime jouer avec nos vies et ne manque pas d'imagination. Il sait orienter nos pas, parfois pour le meilleur, souvent pour le pire. Dissimulé dans l'ombre du temps, il n'en finit pas d'inventer de nouvelles facéties. Et de réaliser l'incroyable, l'impensable, l'impossible.

C'est ce qui arrive, ce matin d'été 2024, à Angline Démarais et Paul Lebarron. Une matinée ordinaire pour l'un comme pour l'autre. En se levant, Paul est bien loin d'imaginer que cette journée sera déterminante dans sa vie terne. Il commence par donner à manger à son chien qui l'attend à la porte de sa chambre. Un corniaud roux et blanc, aux oreilles cassées, aux yeux pleins de tendresse et de soumission quand ils se posent sur Paul.

— On se comprend, mon bon Râteau ! murmure Paul en caressant la tête de l'animal. Tu n'es pas de la première beauté, et moi, moi ? Qu'est-ce que tu vas me dire ? Moi, je suis très bien, même si je n'ai pas très bon caractère quand on me titille !

Il sort, suivi par l'animal. Au bout de l'allée de gravier blanc, proche de la route, son atelier reste le but premier de sa promenade matinale. Il fut un temps où il y passait sa vie, un temps heureux. C'est un petit homme d'une soixantaine d'années, à la démarche très droite, comme s'il cherchait à se grandir. Pas peu fier avec sa veste de velours poussiéreuse, sa casquette rivée sur son crâne d'où dépassent quelques mèches de cheveux gris. Il a pris l'habitude de parler seul : la solitude lui pèse, même s'il n'a jamais accepté d'avoir un apprenti ou un aide dans cet atelier encombré qui lui ressemble. Il y a du bois partout, des morceaux en forme approximative de violon ou de violoncelle, deux rangées de ciseaux à bois au-dessus de l'établi où il a travaillé avec bonheur pendant près de quarante ans. Il n'a qu'un compagnon, son chien, avec qui il trouve parfois le moyen de se disputer.

— Mon bon Râteau, toi et moi, on fait la paire !

Râteau, drôle de nom pour un canidé ! Cela lui vient de sa queue touffue qui accroche les brindilles, les feuilles mortes et, parfois, ses propres crottes.

Paul s'assoit devant son établi. Un fond de violon attend là. Il le tâte du bout des doigts et sent qu'il est un peu épais. Il le mesure au centre : six millimètres. C'est trop, en effet.

Il pose ses mains devant lui. Il a beau insister, depuis le drame, ce bonheur qu'il ressentait autrefois en entrant le matin dans son atelier s'est évanoui. Il travaille par habitude, il fait des gestes répétés des milliers de fois, la tête ailleurs, et ces gestes ne sont plus justes. Il le sait, mais comment échapper à cette torpeur qui envahit son esprit et le ramène toujours au même point : deux dates essentielles, le 17 mars 2017 et le 8 juin 2018 ? Six ans qu'il vit seul avec Râteau, six longues années de silence, de colères rentrées, de haine, à n'échanger qu'avec son compagnon. Alors, comment construire de bons instruments quand l'esprit est encombré au point de ne plus entendre le langage du bois ?

— Tu le sais, toi, mon bon Râteau : un violon ne peut rendre que ce que tu as su lui donner pendant sa fabrication. C'est comme un enfant, il n'oublie ni les traumatismes infligés ni l'indifférence de son père. C'est ainsi et je n'y peux rien.

Il prend la pièce d'épicéa, la tourne dans ses mains, en éprouve la nervosité. Cela pourrait faire une très bonne table, mais Paul n'a plus cette envie profonde, pleine d'une chaleur qui se répandait dans tout son être quand il se mettait au travail, cette euphorie généreuse qui le rendait léger. Les musiciens l'ont oublié. On ne parle plus de lui dans les conservatoires auprès desquels des commerçants, qui savent faire leur promotion, ont pris sa place.

Le silence éclate en lui comme un cri de détresse, un hurlement qui cisaille sa chair, détonne dans ses oreilles. Dans cette pièce où sont nés tant d'instruments, tant de voix nouvelles, où sont venus tant de grands solistes, il n'est plus chez lui.

La petite musique du téléphone retentit dans sa poche. Il sursaute. Paul n'attend plus rien de l'extérieur, sauf des ennuis. Il porte l'appareil à son oreille.

— Monsieur Lebarron, c'est Jean-Pierre Martino à l'appareil. Comment allez-vous ?

— Très bien, grogne le luthier qui sait déjà où il veut en venir.

— Pour l'achat de votre terrain, je comprends que ma première proposition n'était pas suffisante. Il faut qu'on en parle.

— C'est inutile. Jamais je ne le vendrai.

Un silence.

— Vous devriez réfléchir. L'occasion que je vous offre est unique.

— Ce terrain me vient de mes parents et avant eux de mes grands-parents. Il est l'histoire de la famille, et tous mes souvenirs les plus précieux y sont attachés, vous vous doutez que je ne vais pas renoncer à la seule chose qui me reste pour de l'argent !

Paul raccroche et glisse son téléphone dans sa poche. Martino n'est pas désagréable, mais Paul ne supporte pas cet homme jeune, grand et plein d'avenir. Pourtant, ce matin, il se demande s'il a raison de s'obstiner dans son refus. Il n'a pas besoin d'argent et il se contente de peu, mais cette vente lui permettrait de casser ses liens avec le passé, de sortir de sa prison de regrets ; il pourrait s'installer dans une autre région, très loin de cet atelier qui lui rappelle son impuissance ; devenir un nouveau Paul Lebarron. En Touraine, ou dans le Midi, oublié de tous, sur une colline ensoleillée ! Se laisser aller, comme le lézard qui dort sur un rocher en plein soleil, comme un animal qui ne pense qu'à manger et dormir. Vivre sans penser, vivre pour rien. Ne plus être pétri de haine et de ce sentiment d'injustice qui le mine.

Angline Démarais accélère le pas. Son patron, Samuel Lehman, n'aime pas que ses employés soient en retard. Il reçoit dans sa boutique les gens aisés de Versailles et des environs. Angline, par son élégance, sa délicatesse, son élocution, a tout ce qu'il faut pour plaire à cette clientèle huppée. Elle a du goût, ce qui manque souvent aux autres vendeuses. Ravissante avec ses yeux clairs et ses cheveux châtains tombant en grosses boucles sur ses épaules, elle est un atout précieux dans un magasin de vêtements de luxe.

Il fait frais, ce matin. Angline a mal à la main, cette main gauche tant malmenée par son accident et devenue sensible aux moindres variations de temps. Elle remonte la rue, tête baissée. Une fois de plus, elle a l'impression que ce n'est pas elle qui marche, mais un double, une marionnette. Elle aussi est lourde d'un passé qui ne lui laisse aucun repos, aucun espoir de vie heureuse. Samuel Lehman, associé aux meilleures maisons de couture parisiennes, l'a embauchée parce que son histoire l'a touché, et elle sait qu'il ne le regrette pas. Il la paie bien et ne manque pas de projets pour elle. Une réussite, pense amèrement la jeune femme.

En face de la devanture chic se trouve le bureau de Henri Nespouls, promoteur immobilier. Ce bel homme d'une trentaine d'années est toujours là quand Angline arrive et lui sourit en lui lançant un « bonjour ! » chaleureux. Les quelques mots qu'ils échangent sont devenus un rayon de soleil pour l'âme d'Angline.

Lorsqu'elle pousse la porte du magasin, Samuel Lehman la salue à son tour. Ce gros homme au regard triste se veut proche de ses employées et partage volontiers son repas de midi avec celles qu'il appelle « ses filles ». Il plaisante souvent, mais reste autoritaire et n'aime pas être contrarié. Angline est sa préférée ; et comme il redoute qu'elle quitte la boutique, il fait tout pour lui être agréable. Il est sensible à son destin brisé à la suite d'un accident sans conséquences pour la plupart des gens, mais dramatique pour elle. Il la gâte et, entre eux, est née une sorte de complicité, d'amitié non exprimée.

— Un petit café ? propose Samuel.

Angline prend le café que lui tend son patron. C'est leur rituel du matin. Les autres employées sont un peu jalouses, car il ne se montre jamais aussi prévenant avec elles. Il ne dit pas tout ce qu'il sait sur Angline. Et puis il a toujours admiré les musiciens de haut niveau, lui qui n'est jamais arrivé à tirer un son correct du moindre instrument.

— Ce matin, j'ai plusieurs rendez-vous, annonce-t-il à la jeune femme. J'aimerais, si vous le voulez bien, que vous vous occupiez de livrer ces costumes à l'adresse que je vous indiquerai à Saint-Léger-en-Yvelines. Il s'agit de monsieur Lasserre, un banquier avec qui je suis en affaires. Vous prendrez la camionnette du magasin.

Ce n'est pas la première fois que Samuel l'envoie faire des livraisons chez des clients importants. Elle a tout ce qu'il faut pour s'acquitter au mieux de cette tâche, et cela lui plaît : pendant ce temps, elle ne rumine pas son passé et oublie son avenir complètement bouché.

Elle prend la clef et les papiers du véhicule. Les costumes ont déjà été chargés par Luc, l'homme à tout faire de la maison. Elle s'installe au volant de la petite camionnette, rentre sa destination dans le GPS et démarre lentement. Elle emprunte la Nationale 10, très encombrée à cette heure, traverse la forêt par une route secondaire, quand le moteur hoquète, reprend et s'arrête. Elle a juste le temps de se garer au bord d'une piste. Angline ne connaît rien en mécanique et appelle en vain son patron. Il lui a parlé d'une réunion, quelque part à Saint-Germain-en-Laye, et a dû couper son téléphone. Luc aussi est injoignable.

Une fourgonnette grise est garée un peu en retrait. Un promeneur ? Angline n'y accorde pas une grande attention et s'apprête à téléphoner à un garagiste, quand un homme portant un panier sort du bois. Elle s'est toujours méfiée des inconnus qui se promènent seuls en forêt, mais celui-ci n'a pas l'air bien dangereux. Son chien s'est immobilisé devant Angline et l'observe. Le promeneur n'est plus tout jeune, une soixantaine d'années, peut-être plus. Il n'est pas bien grand, ses cheveux gris qui dépassent de sa casquette et ses yeux bleus confèrent à son visage une certaine austérité. Il se tient très droit, comme s'il voulait se grandir. Angline lui sourit, mais reste sur ses gardes, son téléphone à la main droite, prête à composer le 17.

— Bonjour, madame. Vous êtes en panne ?

— Je crois que je n'ai plus d'essence.

— C'est ballot ! fait l'homme en souriant. Bon, je vais peut-être pouvoir vous aider.

Il ouvre la porte arrière de sa voiture et en sort un jerrican.

— Je me suis arrêté pour voir s'il y avait quelques champignons. Il a plu et la lune est bonne. Et comme je n'ai pas envie de travailler, j'ai dit à Râteau : « Viens, on va faire un tour. » Oui, Râteau, c'est mon chien. On se sépare rarement…

Il débouche son bidon, le secoue pour apprécier la quantité de liquide qu'il contient et s'approche de la voiture d'Angline.

— Ça devrait vous permettre d'aller jusqu'à la prochaine station. Vous avez un supermarché à quatre ou cinq kilomètres d'ici avec un distributeur.

— Je vous remercie, dit Angline en s'approchant.

— J'ai acheté cette essence pour mon petit tracteur de tonte voilà quelques jours et j'ai oublié de la sortir de ma voiture. À croire qu'elle vous attendait là !

Étrange, ce trouble qui s'empare de la jeune femme. Pourtant, l'homme n'est pas un jeune Apollon, loin de là.

Il pose le bidon d'essence devant lui. Visiblement, il n'est pas pressé et a envie de parler.

— Pas un seul champignon, reprend-il en enfonçant ses mains dans les poches de son pantalon sombre, un peu large et trop long.

— J'ai eu beaucoup de chance de vous rencontrer…

— Étonnant, je ne l'avais pas remarqué, celui-là ! dit-il en tendant le bras.

La jeune femme se tourne et voit un très grand arbre, qui domine ses voisins.

— Ah oui…, constate Angline décontenancée, ses feuilles sont d'un beau vert tendre et délicat.

— C'est un syco !

— Quoi ?

— Un sycomore. Une variété d'érable. On l'utilise pour fabriquer les violons.

Angline sursaute.

— Des violoncelles aussi, ajoute l'homme. Je connais bien…

Il vient de parler de violoncelle, la hantise d'Angline. Elle hait cet instrument à qui elle a sacrifié l'essentiel de sa jeunesse et qui la rejette depuis son accident. Elle se souvient des journées entières passées à répéter inlassablement un morceau alors que le soleil brillait dehors et l'invitait à la promenade. Une grimace tord ses lèvres.

— Je suis Paul Lebarron, luthier de son état, poursuit le chercheur de champignons. Toute ma vie, j'ai construit des violons, des violoncelles, quelques altos. Ça remplissait mon existence.

Les pensées défilent dans la tête de la jeune femme. Paul Lebarron ! Ce nom ne lui est pas inconnu. Les souvenirs affluent à son esprit. Une multitude d'images se bousculent dans sa mémoire. Le magnifique violoncelle de son amie Louise, deuxième soliste à l'orchestre de Toulouse, était un Lebarron. La lumière dorée de son vernis s'accordait si bien avec sa sonorité chaude et douce. Elle avait pu l'essayer et en avait apprécié la finesse du jeu, cette sensation que l'instrument comprenait les intentions du musicien et les précédait.

— Le violoncelle ? Cela ne m'intéresse pas, lance-t-elle avec une sorte de rancœur agressive, posant sur l'homme un regard froid, comme s'il était lui-même responsable de ce qui lui est arrivé.

Paul ressent une douleur dans sa voix… Le visage de la jeune femme s'est contracté comme celui d'un chat prêt à attaquer. Quel âge a-t-elle : entre vingt-cinq et trente ans ? Peut-être un peu moins, le bel âge. Il n'insiste pas, pourtant il se tourne avant de placer son jerrican dans sa fourgonnette et ajoute :

— Il me semble que je vous ai déjà vue, que vous êtes venue chez moi.

Elle aussi se souvient. Elle est allée trois fois exactement dans l'atelier de Paul Lebarron, à Rambouillet. On le lui avait recommandé pour un réglage de son violoncelle avant qu'elle passe une audition pour l'orchestre de Berlin. Maintenant, le son de sa voix lui revient, fort, timbré, une voix de ténor. Elle se rappelle ses mains grossières, et en même temps légères quand elle se posaient sur son instrument. Ses gestes étaient précis. Mais c'était autrefois.

— Non, je ne crois pas. Vous devez confondre. Il n'y a aucune raison que je sois venue chez vous. Je n'ai jamais pratiqué la musique.

— C'est bizarre ! Il me semblait pourtant. Quel est votre nom ?

— Angline Démarais. Ma sœur jumelle était musicienne, ment-elle.

Il fait un pas en avant, le bidon d'essence toujours dans la main droite, fixant la jeune femme sans ciller. Angline ! Drôle de nom, mais rien d'étonnant : de nos jours, on appelle bien les filles Cerise ou Pervenche ! Et lui, n'a-t-il pas appelé son chien Râteau ?

— Pardon pour la confusion. Je me rappelle surtout, que votre sœur m'avait touché par son élégance de jeu, sa finesse. Elle avait joué Bach avec un violoncelle que je venais juste d'achever. Je voyais en elle une future soliste. Qu'est-elle est devenue ?

Pourquoi, à cet instant, Angline a envie de parler, d'ouvrir sa boîte à souffrance et d'en faire part à ce luthier qu'elle a rencontré autrefois, au temps où le bonheur coulait dans ses veines ? Elle contemple sa main gauche.

— Ma sœur ne peut plus jouer à un haut niveau. Vidée de sa joie de vivre. C'est pour cette raison que je déteste le violoncelle. Elle est très malheureuse.

— Ah ! fait Paul Lebarron, en ouvrant la portière de son véhicule.

Lorsqu'il s'agit de ses instruments, Paul a une mémoire d'éléphant. Certains musiciens l'ont captivé plus que d'autres. Ceux-là, il les retenait dans son atelier, inventait des réglages inutiles pour qu'ils continuent de jouer. Il a toujours été fasciné par les gens de talent. Le souvenir de la jeune prodige est resté tellement présent en lui qu'il l'entend encore lui parler de son violoncelle. Il n'a pas oublié sa manière d'attaquer les cordes, de faire sonner les graves, ni sa préférence pour un modèle, le sien, qui pour elle, surpassait les copies de Stradivari et de Goffriller. Alors pourquoi ne l'a-t-elle pas acheté ? Il ne s'en souvient pas.

— Dites à votre sœur jumelle… Et puis non, ne lui dites rien, se reprend-il brusquement. C'était une autre époque. Désormais, je suis un vieil homme qui n'a besoin que d'un peu de soupe achetée au supermarché du coin et d'un fauteuil pour penser à son passé.

— Elle aussi s'est mise en retrait de la musique. Il faut que j'y aille, ajoute Angline en ouvrant vivement la portière de sa voiture.

Elle démarre, avance lentement sans se retourner vers Paul qui n'a pas bougé, étonné par ce brusque départ. Elle ne l'a même pas remercié pour l'essence…

Il rentre chez lui avec l'impression d'avoir un océan de temps devant lui, aussi vide que l'horizon marin, aussi triste que la pluie d'automne qui dure des journées.

2

Paul Lebarron traverse son grand terrain, immensité vide à proximité des pavillons alignés le long de la rue voisine. Deux hectares, quelques arbres, d'anciens sentiers qui disparaissent sous l'herbe, une cabane qui se déglingue tout au fond.

Râteau court devant. Paul a grandi là, dans la périphérie de Rambouillet. Son grand-père, puis son père étaient maraîchers. Il devait prendre la relève quand un jour, au collège, il a vu son premier violon. Une professeure jouait pour les élèves de sa classe. Le jeune garçon avait été fasciné par cet instrument aux formes si particulières et pourtant parfaites. Un coup de foudre. Il serait luthier. Quelques années plus tard, après son bac, il entrait à l'école de lutherie de Mirecourt, puis chez Vatelot pour se perfectionner. Enfin, il s'est installé ici, près de Rambouillet, sur le grand terrain de famille. Il a fait bâtir son atelier et, quand son père a pris sa retraite, les légumes ont cédé la place à la pelouse. Mais ses souvenirs d'enfance sont tous là. La maison a été construite par son grand-père au temps où Rambouillet était encore un gros village où il faisait bon vivre. Le vieux luthier se sent lié à cette terre comme le poisson l'est à la rivière. Il comprend l'odeur du vent, le sens des nuages, rien ne l'étonne et tout l'émerveille, de la première fleur du printemps à l'arrivée des hirondelles, de moins en moins nombreuses au fil des années. Et désormais, le vaste terrain qui entoure son atelier le protège d'un monde qui lui est devenu étranger. Il y passe ses journées avec les fantômes de son passé.

Ce soir, sa rencontre avec la jeune femme remue en lui des sentiments contraires. Il entre dans la maison, où flotte une odeur de renfermé. Anita, la personne qui vient faire le ménage, a beau veiller à ouvrir toutes les fenêtres, cette senteur de vie fanée persiste. Dans la cuisine, sa chaise est seule près de la table ronde, à côté du coussin de Râteau et en face d'un antique vaisselier. Sur le rebord, deux photos se dressent sous les yeux du solitaire : une femme qui tient un enfant dans ses bras et le portrait d'une jeune fille d'une quinzaine d'années. Il les regarde longuement. Ses yeux se mouillent.

— La journée n'a pas été formidable, confie-t-il aux photos. L'autre emmerdeur est venu me relancer pour le terrain. Et puis, j'ai rencontré une jeune femme en panne d'essence. On a bavardé un peu.

Il recule, repousse sa casquette.

— Elle a une sœur jumelle qui a joué du violoncelle et je me souviens vaguement qu'elle est venue à l'atelier…

Il prend le portrait de la jeune fille, le contemple un instant et ajoute :

— Elle te ressemble un peu, ma Julie, elle a cette petite étoile dans les yeux comme toi quand tu me racontais un mensonge pour me faire marcher !

Il pousse un gros soupir, replace la photo. Il caresse la tête de Râteau qui le regarde avec ses grands yeux pleins de douceur.

Comme tous les matins, Paul se lève, la tête lourde des images qui ont peuplé sa nuit. Toujours les mêmes, celles d'un temps révolu, celui où il avait la bonne main, où les commandes se succédaient. Celui où le repas du soir était un pur bonheur, quand Julie racontait sa journée au lycée et que Paul et Claudine l'écoutaient, ravis. Que demander de plus ?

Comme tous les matins, il se rend à son atelier, par habitude plus que par besoin. C'est un bâtiment un peu en retrait de sa maison. L'odeur du vieux bois le surprend. D'ordinaire, il ne la sent plus, mais aujourd'hui, elle remplit ses poumons. Devant lui, sur son plan de travail, le fond de violon est toujours là, froid et immobile comme un objet sans but. Il s'assoit, prend un tablier en cuir épais, trop grand et qui touche le sol.

— Je n'ai plus envie de travailler, voilà la vérité. Alors, je construis des instruments comme d'autres construisent des tables ou des tiroirs ! Ça ne marche pas comme ça. Si tu n'y mets pas tout ton cœur, l'instrument ne peut pas sonner !

Le silence lui pèse. Râteau s'est couché sur son coussin à côté de l'établi. La sonnette retentit. Il se dresse, regarde autour de lui. Un emmerdeur ? Martino qui revient à la charge ? Son voisin, Louis Barthe, qui a encore égaré sa clef et vient chercher celle qu'il a confiée à Paul ? Louis n'est pas un mauvais homme, mais il a tendance à forcer sur la bouteille et perd tout ce qu'il touche. Paul et Louis ont grandi ensemble et sont comme deux frères : ils se disputent souvent, mais ne peuvent pas se passer l'un de l'autre.

La sonnerie aigre retentit de nouveau, un raclement au fond de l'oreille. Paul se lève lentement, va à la fenêtre, une voiture blanche est arrêtée devant son portail. Qui que ce soit, c'est l'occasion de se mettre en colère et cela ne lui déplaît pas.

Il arrive au portail, qui n'est jamais fermé à clef, et reste pantois. La jeune femme de la veille est debout à côté de sa voiture et lui sourit.

— Pardonnez-moi, monsieur Lebarron. Hier, je ne vous ai pas remercié et je ne vous ai même pas payé l'essence !

— Ça n'a aucune importance !

Angline s'approche du luthier harnaché de son tablier. Le visage de la jeune femme éclairé par la lumière du matin se dessine avec netteté. Ses lèvres ouvertes sur une dentition parfaite, son joli petit nez sortant de l'ombre projetée par une masse de cheveux indisciplinés et ses iris gris-bleu reflètent une jeunesse dont Paul a perdu l'habitude.

— Je m'en veux de vous avoir quitté en ne pensant qu'à ma livraison de vêtements, reprend-elle. Permettez-moi de vous offrir ceci.

Elle ouvre son sac et lui tend une bouteille de champagne.

— Je ne savais pas ce qui pouvait vous faire plaisir, s'excuse-t-elle, un peu gênée.

— Je n'attendais rien. Je suis heureux de vous avoir rendu service. Entrez, propose-t-il en la conduisant à l'atelier.

— Votre métier me fascine. Je me suis toujours demandé comment des artisans parviennent à obtenir des formes si parfaites et un son qui vous touche au plus profond de votre être.

Angline s'arrête à la porte, comme pétrifiée, incapable de faire un pas de plus. Paul se méprend :

— Pardonnez mon désordre. Je suis un vieil homme seul et je ne fais pas souvent le ménage. D'ailleurs, je ne travaille bien que dans le désordre. C'est toujours du désordre des idées que naissent les découvertes !

Angline fait un pas hésitant en avant, le regard rivé sur le violoncelle posé au fond de l'atelier et dont le vernis ambré reflète la lumière du jour. Paul s'en aperçoit et va chercher l'instrument qu'il soulève. Le vernis brille encore davantage. Angline est toujours là, indécise sur l'attitude à adopter.

— C'est ce violoncelle qui vous fait cet effet ? Personne n'en veut ! Je l'ai posé là et il prend la poussière.

Le visage contracté d'Angline laisse entrevoir une profonde souffrance. Tout à coup, elle fait demi-tour et sort en courant.

— Excusez-moi…

Il la rejoint devant la porte. La jeune femme semble perdue ; ses cheveux retombent de chaque côté de son visage. Elle tourne vers Paul des yeux noyés de larmes. Il pose une lourde main sur son épaule.

— Vous vous sentez mal ?

Elle se redresse, titube, comme ivre. Paul l'aide à marcher et la dirige vers l'atelier. Elle se crispe.

— Non ! fait-elle en reculant.

— Mais que se passe-t-il ?

— Pardonnez-moi. Je suis indigne de me présenter à vous. Je vais partir.

— Non, restez. Vous n'allez pas bien et je veux vous aider.

— Ce violoncelle…, souffle-t-elle en crispant son visage et en portant les mains à sa gorge, comme pour se protéger.

Sa respiration émet un petit raclement de fer rouillé.

— Je suis désolée, murmure-t-elle en regardant Paul.

Il détaille les traits de son visage si harmonieux. Elle s'essuie les yeux et inspire profondément.

— Je vous ai menti. Ce n'est pas ma sœur qui était violoncelliste, c'est moi.

— Pourquoi la vue de cet instrument vous a-t-elle autant bouleversée ?

Elle s'assoit sur le tabouret près de l'établi, la tête basse.

— Je préparais le concours Rostropovitch. Il y a deux ans…

Angline, qui n'avait qu'une modeste bourse, avait trouvé un remplacement comme deuxième violoncelle dans l'orchestre de Lille, sous la direction de Jean-Claude Casadesus. C'était une première expérience en orchestre symphonique majeur. Elle découvrait avec ravissement le son de son instrument mélangé aux autres, ce qui le rehaussait et lui conférait une noblesse parfois un peu hautaine, mais toujours délicate. Les concerts, aboutissements des répétitions, étaient des moments magiques. La présence du public donnait à chaque note la délicatesse d'une sculpture, comme elle était elle-même une partie invisible et essentielle de tout l'ensemble.

Chaque début de semaine, elle se rendait au Conservatoire national de Paris, travaillait avec Léon Menville, merveilleux professeur de piano, très vieille France et à cheval sur les principes. Il l'accompagnait dans la *Sonate en ut* de Sergueï Prokofiev. La musique la comblait. Elle lui avait tout donné et travaillait tard le soir : le directeur du conservatoire avait mis une salle à sa disposition. Le violoncelle était son seul partenaire et elle n'espérait rien d'autre que la réussite à son concours qui lui ouvrirait les portes d'une carrière de soliste internationale…

— Depuis l'âge de six ans, et pendant vingt ans, je n'ai vécu que pour le violoncelle, poursuit-elle. Je lui ai tout sacrifié, les sorties, les vacances, les amis… les amours ! Oui, les amours. Pour lui, j'ai oublié mon corps, pour lui j'ai marché dans un sentier étroit où le soleil ne brillait que rarement. Pour lui, j'acceptais de souffrir, de ne pas dormir, en quête de cet instant fugitif de bonheur, celui que l'on éprouve quand on se sent en parfaite harmonie avec la musique. J'ai vécu avec Bach, Saint-Saëns, avec tous les grands, et ils m'ont parlé. Ils m'ont offert leur âme. Quand mon archet courait sur les cordes, de temps en temps, certains jours de grâce, je croyais comprendre le sens du monde, la manière dont il était construit. Je voyais Dieu ! La musique, c'était alors le ciment de l'univers. Et puis…

— Je vous comprends, dit Paul, à court de mots.

— Et puis, il y a eu l'accident, murmure-t-elle. J'ai tout perdu.

Leurs regards se croisent. Paul voudrait la prendre dans ses bras, comme s'il la connaissait depuis toujours, comme si un lien particulier les unissait déjà. Elle pourrait être sa fille, et cette différence d'âge le rassure, le fait se sentir plus à l'aise avec elle. De son côté, Angline est touchée par cet homme vieillissant qui semble si fragile, comme écrasé par le temps, malmené par une réalité qu'il ne sait pas affronter. Mais quelle réalité ? Même sa voix a quelque chose de résigné, de vaincu, de fataliste.

— Ce violoncelle vous fait mal. Vous avez raison, je vais l'enlever d'ici. Moi aussi, il me gêne. Comme vous, il me montre ce que je suis devenu.

Elle inspire, hésite à parler, puis regarde longuement sur l'établi le fond de violon en cours de mise en forme.

— J'ai plus le feu sacré, avoue-t-il. C'est comme si toute ma personne était prisonnière d'un moule de plâtre. Le moindre effort pour travailler me demande beaucoup d'énergie.

— Mais pourquoi ? ose Angline.

Il fait un geste fataliste des bras, baisse la tête et murmure :

— Un accident, comme vous.

Elle comprend sa retenue et ne pose pas de question. Dans ce lieu où sont nés tant de beaux instruments, elle se sent minuscule. Quelque chose la pousse à l'humilité, au respect envers celui qui avait le pouvoir de faire chanter le bois.

— La construction d'instruments a occupé toute ma vie, accaparé la plupart de mes pensées, poursuit Paul. Elle m'a fait souffrir, mais cette souffrance me rendait heureux. C'est dur à saisir. Je suis passé de moments de désespoir à des instants sublimes, je me suis considéré comme le pire des ouvriers et aussi le meilleur, celui qui a su trouver le bon geste, la belle manière de détacher d'une pièce de bois le copeau qui l'étouffait.

Ces propos figent Angline ; le grand Paul Lebarron est désormais comme elle, privé de son talent, et il erre dans un monde ordinaire qu'il ne reconnaît pas. Sa détresse ressemble à la sienne.

— Imaginez une hirondelle qui a volé toute sa vie, a traversé les mers et qui, tout à coup, se retrouve clouée au sol, les ailes cassées !

— C'est bien ça, murmure-t-elle.

Son émotion n'échappe pas au luthier qui, à force d'avoir fréquenté des musiciens, a appris à percevoir leurs hésitations, la signification de la moindre contraction des lèvres.

— J'ai tout donné à la musique, reprend Paul. Pas en interprète, mais en constructeur, en réfléchissant à chaque instant à la meilleure manière de guider le rabot, de creuser un peu plus ou un peu moins la voûte, de chercher la nature profonde d'un morceau d'épicéa, tant elle peut différer de l'un à l'autre, même s'ils proviennent du même arbre. Pendant des années, j'ai été à l'origine de la musique, et je suis désormais plongé dans un silence de béton.

— J'avais la chance inouïe d'être douée. J'ai joué dans plusieurs grands orchestres alors que je n'avais pas vingt-cinq ans et qu'il me restait encore tant à découvrir, se confie Angline. Je me suis prise pour une musicienne alors que je n'étais qu'une débutante. Il m'est arrivé de considérer un instrument comme médiocre alors que je n'avais rien compris à son tempérament, puisque je n'avais même pas pris la peine d'essayer de l'apprivoiser. Je comprends tout cela, maintenant que la musique se refuse à moi. Je l'ai probablement mérité.

Elle hésite encore, tend sa main gauche vers Paul qui remarque les doigts courbés et raides sous la lumière.

— Voilà… J'étais toujours en progression. D'ailleurs, dans ce métier, on est condamné à progresser, sinon on perd tout. Je pensais devenir une grande musicienne, une nouvelle Jacqueline du Pré. Aucune des difficultés connues de l'instrument ne m'arrêtait. Je me croyais investie d'une mission divine et cela m'est monté à la tête. Moi, la fille d'une mère célibataire, clerc de notaire à Rambouillet, j'étais fière de mon talent, de mon importance. Et puis, le couperet est tombé…

Elle baisse ses paupières aux longs cils légèrement fardés ; ses lèvres forment une petite moue. Une larme perle au coin de ses yeux, accroche la lumière, attire le regard de Paul et roule lentement sur sa joue lisse.

— Un accident de rien du tout m'a remise à ma place.

Elle inspire, sa poitrine se soulève. Ce n'est plus la belle femme droite et pleine d'assurance qui est entrée chez le luthier, c'est une fille toute simple qui ne sait pas comment exprimer son désarroi.

— Ma main gauche, celle qui appuie sur la touche du violoncelle pour faire naître les notes, celle qui donne le vibrato, celle sans laquelle la main droite ne peut guider l'archet à la juste pression et à la bonne vitesse sur la corde pour obtenir le son le plus pur, celui que l'on arrive parfois à produire, ma main gauche est aussi gourde qu'un morceau de bois.

Elle bouge ses doigts dressés comme un oisillon qui tente de prendre son envol et poursuit :

— J'étais chez mon oncle en Normandie. Je bavardais, appuyée près de la porte qui donnait sur la mer. Un courant d'air a violemment fermé le lourd battant de bois sur mes doigts. Une douleur inouïe. Et puis les urgences de Dieppe. Hôpital, remise en place des os brisés… Tout l'été 2022. Tous mes rêves de musicienne professionnelle se sont envolés en un coup de vent. Mortel pour moi.

Elle agite de nouveau sa main aux doigts écartés.

— J'ai toujours pensé que c'était une punition. Mes succès m'avaient rendue trop prétentieuse, trop sûre de moi, et voilà qu'un simple courant d'air a eu raison de moi… Stupide, n'est-ce pas ?

Elle se tait, courbe le dos, baisse la tête. Pourquoi s'est-elle laissée aller à cette confidence ? Elle a honte et voudrait s'enfuir, mais Paul, devant la porte, lui bloque le passage.

— La vie m'a appris qu'il existe une justice, commence-t-il, que les bonnes actions sont toujours récompensées…

Il se contracte à son tour. Pourquoi ce propos optimiste auquel il ne croit pas ? Pour redonner un peu d'espoir à la jeune femme, alors qu'il n'est pas capable de vaincre ses propres démons ?

— Non, le monde est fait d'injustices.

Elle a raison. Paul en a la preuve. N'est-il pas lui aussi blessé à vie sans le moindre espoir de retrouver sa sérénité d'antan ? Pourtant, près d'Angline, quelque chose le pousse à tenir un langage qui le surprend lui-même.

— Je crois que le monde est guidé par une pensée supérieure dont nous ne comprenons pas les tenants et les aboutissants, reprend-il avec une assurance feinte. Les plus grands mathématiciens connaissent les limites de leur science.

— Vous êtes croyant ?

Il dodeline de la tête, regarde autour de lui comme s'il cherchait de l'aide, inspire à son tour et précise :

— Je suis d'accord avec les bouddhistes. Le monde est sans début et sans fin. Tout se transforme. Mais c'est triste aussi d'imaginer le monde sans Dieu, sans un être supérieur à qui se raccrocher.

Elle cache sa main gauche dans son dos.

— Certains souffrent injustement, d'autres sont très heureux sans le mériter. L'univers n'a pas de morale, objecte-t-elle.

— Oui, peut-être, finit-il par concéder, car il n'a pas envie d'aller plus loin.

Elle se tourne vivement vers la fenêtre.

— Le temps passe et je vais être en retard à mon travail. Oui, je suis vendeuse dans un magasin de prêt-à-porter de luxe… Une vie banale.

Elle hésite. Non, sa vie n'est pas banale. Éloignée des feux de la rampe, exclue de ce qui faisait son quotidien, brutalement privée de sa raison d'être, Angline a trouvé un dérivatif à cette existence morne, ennuyeuse, un vice, un serpent qui sommeillait en elle et n'attendait que le moment propice pour se réveiller. Elle baisse de nouveau la tête, comme honteuse, et se dirige vers la porte.

Il se plante devant elle. Il est plus petit qu'elle, mais déterminé. Une idée saugrenue lui est venue à l'esprit et il doit l'exprimer.

— Ne partez pas tout de suite. J'ai quelque chose à vous dire. Très important !

— Je ne vois pas ce qui pourrait être important, maintenant que je suis réduite à vendre des frusques à des bourgeoises.

Un souvenir traverse son esprit. Une association avait organisé à Rambouillet une soirée au profit des enfants malades. Naturellement, elle avait accepté d'y participer. Elle avait joué « Le chant des oiseaux », cette mélodie catalane qu'interprétait Pablo Casals à la fin de chacun de ses concerts en hommage à ses origines. Il y avait beaucoup de monde dans la salle, des gens simples qui n'avaient pas l'habitude d'écouter de la musique classique. Au premier rang, juste au pied de l'estrade, une vieille dame, le sac à main posé sur ses genoux, regardait avec curiosité Angline accorder son instrument. Quand la jeune musicienne a commencé à jouer, le visage de la femme s'était éclairé d'un léger sourire qui donnait vie à ses lèvres. Ses yeux s'étaient mouillés dès les premières notes, les larmes roulaient sur ses joues sans qu'elle pense à les essuyer. À la fin du concert, alors que les gens s'attroupaient autour d'Angline pour la féliciter, la vieille dame s'est éloignée dans la foule, sans se retourner…

— Vous commettez une grave erreur, reprend Paul. Vous croyez que tout est fini pour vous parce que vous ne songez qu'à la musicienne que vous étiez. Rien n'est plus décourageant, certes, mais c'est ainsi et vous n'y pouvez rien. Avez-vous seulement pensé aux gens que votre musique rendait heureux ?

— Je ne peux plus rien pour eux !

— Vous n'en savez rien. À votre âge, rien n'est perdu, bien au contraire !

— Cessez, je vous prie, de me tourmenter. Je ne jouerai plus jamais à un haut niveau. J'ai beaucoup travaillé, pour rien.

Elle marque son impatience et trépigne. Paul ne bouge pas.

— Et vous qui ne travaillez plus, qui n'avez plus le feu sacré pour construire de bons instruments ! s'exclame-t-elle. Ne croyez-vous pas que vous êtes mal placé pour me donner des leçons ?

Encore un silence. Paul se tourne vers son chien, comme pour lui demander conseil. Enfin, il admet :

— C'est vrai, je suis comme vous, au bout d'une voie sans issue. La montagne est si haute que je ne la franchirai jamais. Mais moi, je suis vieux, et vous, vous êtes si jeune !

— Maintenant, laissez-moi passer, il faut que j'y aille.

Il s'écarte de la porte, conscient que près d'elle, l'espace d'un éclair, il a ressenti le vent doux de l'envie de travailler ; il a entendu le son du violoncelle auquel il pense parfois, celui qu'il va bientôt mettre en chantier.

Alors, il se lance, rattrape Angline qui arrive au portail ouvert.

— Je vais vous construire un violoncelle… Si ça vous intéresse, vous pouvez venir quand vous voulez.

Elle éclate d'un rire forcé. À cet instant, c'est elle la plus forte et lui qui demande de l'aide.

— À quoi cela servirait-il ? J'ai tourné la page.

Elle monte dans sa voiture et démarre, laissant Paul interdit par sa propre réaction. Pourquoi lui a-t-il fait une telle proposition ?

3

Ce matin, Paul s'est levé de bonne heure. Le soleil monte dans une campagne lumineuse. Quelques hirondelles patrouillent au-dessus des maisons. Il fait déjà chaud. Il aime cette heure d'été où tout recommence. Comme s'il naissait lui-même et que le jour nouveau promettait de lui apporter une petite joie, si infime soit-elle, un instant d'oubli. Il n'a pas fermé l'œil de la nuit. Cela lui arrive souvent, mais cette fois, la cause de son insomnie est une inconnue, rencontrée par hasard et avec qui il n'a rien à faire. Le refus d'Angline ne cesse de résonner en lui. Il regrette sa proposition sans fondement qui était une sorte d'appel à l'aide. Il s'est humilié.

Il fait le tour de son grand terrain. Râteau court devant, renifle l'herbe humide. Autrefois, quand Paul était un luthier heureux, il cultivait un petit carré de légumes. Depuis qu'il est seul, les forces lui manquent et le potager est abandonné. Il n'en reste que les limites visibles par une petite dépression du sol.

Sa promenade terminée, il se rend à son atelier. C'est un bâtiment d'assez grande taille divisé en deux parties. D'un côté, la pièce qui donne sur la rue, l'endroit où il a construit des dizaines d'instruments partis aux quatre coins de la France ; de l'autre, un vaste espace aéré est réservé à son bois qui mûrit, qui s'affine lentement à l'abri des intempéries et dans une température fraîche, régulière. Il possède des érables flammés vieux de trente ans, des épicéas chenillés d'une qualité de son incomparable. C'est le fruit d'une vie de recherche, de passion. Autrefois, quand il avait un souci, il venait s'asseoir ici, dans la bonne odeur de résine. Le calme, le silence, la majesté de ces bois le rassérénaient.

Il y a là des bûches de tous les âges, soigneusement choisies. Mais le bois, à l'image des hommes, n'évolue pas forcément comme on le désire. Paul marche entre les piles de morceaux d'épicéa provenant des grands arbres du Jura et celles de sycomores originaires du département de la Moselle. La poussière des ans cache les veines de ces magnifiques essences au destin supérieur, qui, sans lui, auraient été réduites en cendres dans quelque cheminée.

L'image furtive d'Angline le hante. Son refus était un cri de désespoir. Lui n'a vu que la branche qui s'offrait à lui au-dessus du précipice.

— Il va falloir que je consacre une journée au rangement, dit-il sans sortir les mains de ses poches.

Son regard parcourt les morceaux de tronc fendus et pelés. Il se souvient du jour où il les a placés là, en attente, une sorte de purgatoire par lequel ils doivent obligatoirement passer avant d'être admis au paradis des musiciens.

Avant, il se rendait deux ou trois fois par an dans les forêts du Jura. Il avait besoin de cette communion avec les arbres de résonance pour bien les comprendre. Avec le temps, il s'y était fait des amis, des spécialistes, des bûcherons qui connaissent tous les secrets de leur forêt. C'est à eux qu'il doit ses meilleures réalisations.

— Tu te souviens, Râteau, comme on était heureux ? Je voyais les instruments à travers les arbres. Et pourquoi on n'y retournerait pas ?

Non, il n'y retournera pas. Il a tourné la page. Les épicéas de là-bas se souviennent du temps où il était heureux : ils ne le reconnaîtraient pas.

Pendant une partie de la matinée, il déplace des bûches, les examine attentivement, les fait sonner en les frappant avec un coin métallique. Elles sont toutes très bonnes ; Paul a fait des choix judicieux, il ne savait pas que la vie allait l'assommer pour de bon.

Après avoir examiné une dizaine de morceaux assez grands pour une table de violoncelle, il se dirige vers le côté opposé, celui des érables. Là dorment des merveilles chatoyantes, nerveuses sous l'outil, pleines d'éclats changeants. Du bois aux veines tellement riches qu'on se demande quel était le dessein de la nature quand elle les a créés ainsi.

Dans la pile, Paul fait sonner les bûches un peu au hasard. Pourquoi celle-là plutôt qu'une autre ? Il s'est souvent posé la question et en a déduit que c'est parce qu'elle lui fait des signes, qu'elle lui parle, qu'il la reconnaît. Et Paul pense à Angline. N'est-ce pas pour elle qu'il est là ? N'est-ce pas pour donner un sens au hasard de leur rencontre, une volonté écrite depuis la naissance de l'arbre, bien avant lui ?

Il s'assoit, reste un long moment sans bouger, à l'affût de ce détail invisible qui dirige son regard vers une bûche plutôt qu'une autre. Pendant un bref instant, il croit retrouver ce lien indéfectible avec le bois, mais les ombres menaçantes reprennent le dessus et il redevient ce vieux grincheux qui s'en prend aux enfants quand ils font du bruit dans la rue.

Une autre pensée lui arrache une grimace ; ses yeux se plissent, des rides en patte d'oie se creusent au coin de ses paupières. Il serre les dents ; un sanglot lui noue la gorge.

— Je te jure, Râteau, il paiera, ce salopard !

Il réfléchit un instant sans quitter son chien des yeux.

— Je n'ai que soixante-huit ans ! Ce n'est pas si vieux… Mais la vieillesse, ça pue ! grogne-t-il. Tu as beau te laver, frictionner ta peau, la parfumer, tu pues toujours.

Le chien lui envoie un regard interrogateur.

— Tu sais, le temps presse. Si je reste dans mon coin à ruminer, rien ne se passera. L'essentiel, ce n'est pas cette gamine perdue…

Un bruit de pas sur le gravier l'interrompt. Râteau dresse les oreilles et se dirige vers l'entrée. Il n'aboie pas, donc il connaît l'arrivant. Son voisin, Louis Barthe ?

Petits coups discrets à la porte de l'atelier. Râteau remue la queue en guise de bienvenue.

— Pardonnez-moi d'être entrée chez vous sans m'être annoncée. Je vous devais des excuses pour avoir été injuste envers vous…

C'est Angline, là, devant lui ! Il s'étonne de découvrir que cette visite lui fait du bien. Pourvu qu'elle n'ait pas entendu ce qu'il a dit à Râteau !

— En quoi avez-vous été injuste ?

Angline a attaché ses cheveux en queue de cheval, ce qui donne à son visage un aspect plus rond, presque adolescent. Quel âge a-t-elle ? Impossible à dire, mais un monde la sépare de Paul. Oui, les vieux, ça pue, et il pense tout à coup qu'il ne s'est pas lavé depuis plusieurs jours ! Il se dresse au milieu des empilements disposés en désordre autour de lui. Angline s'approche ; il doit lever les yeux. Sa petite taille l'a toujours complexé. Comment, avec moins d'un mètre soixante-dix, se considérer l'égal des autres, des jeunes surtout, de plus en plus grands ?

— J'étais en train de regarder mon bois. Il y a là des trésors qui ne serviront à rien.

— J'aime bien l'odeur qui flotte dans cette pièce. J'ai comme l'impression que ce bois parle à mon âme.

Paul se dresse, prend une bûche sur le tas et la montre à Angline.

— Il y a là une voix qui dépasse les hommes, car elle vient des premiers instants de l'univers.

— Je vois que vous avez enlevé le violoncelle, constate-t-elle en embrassant d'un regard circulaire le fouillis des deux pièces attenantes.

— Oui, répond Paul, il respirait mal. Je l'ai emporté dans la maison, il y sera plus tranquille.

— Je dois vous laisser, je vais encore être en retard à mon travail.

Alors qu'elle arrive à la porte, il insiste en sachant pourtant que ce n'est pas la meilleure manière de se mettre en avant :

— Finalement partante pour que nous construisions un instrument tous les deux ?

Il n'a pas dit « violoncelle » pour ne pas la choquer. Malgré tout, elle lui tourne un regard froid, offusqué.

— Ça, jamais !

Le son sec et rapide de ses talons sur le plancher de l'atelier, une portière claque, un moteur vrombit, et le silence.

Depuis qu'elle est arrivée, Angline ne réussit pas à fixer son attention sur son travail. Samuel Lehman lui lance des regards intrigués, surpris par ses gestes vifs, son manque de concentration. Qu'arrive-t-il à l'employée modèle ? Aurait-elle fait une rencontre ? Il sait que Henri Nespouls, le jeune promoteur immobilier dont l'enseigne se trouve en face de la sienne, lui fait la cour. La jeune femme ne semble pas répondre à ses avances, mais peut-être se sont-ils vus la veille au soir ?

— Vous n'avez pas l'air dans votre assiette aujourd'hui, dit-il en souriant. Vous avez mal dormi ?

— Oui, j'ai mal dormi, élude-t-elle poliment.

Elle songe à Paul, à son atelier, à cette atmosphère apaisante entre les piles d'épicéa. Quelque chose l'attire dans cet endroit. L'envie de retrouver la musique ? Non, c'est plus compliqué. En face de Paul, elle se sent différente, loin de celle que la vie l'a contrainte à devenir.

La journée de travail s'étire, morne, et lorsqu'elle s'achève enfin, qu'Angline ferme la porte du magasin, la rue est envahie de passants, de promeneurs qui profitent de la longue soirée d'été. Le cœur lourd de la perspective de rentrer dans l'appartement de sa mère, au Perray-en-Yvelines, où elle vit depuis son accident, elle se dirige vers le parking et avise une silhouette plus ou moins familière. Le petit homme à la casquette enfoncée jusqu'aux yeux s'approche d'elle.

— Paul ?

Elle a appelé le luthier par son prénom sans réfléchir et s'en mord les lèvres.

Paul repousse sa casquette, découvrant son visage émacié et son regard bleu. Il a l'air encombré de lui-même et sourit maladroitement.

— Je passais par là..., dit-il pour justifier de sa présence.

Comment avouer qu'il est venu ici pour la voir, pour la surprendre dans sa « vie banale » ? Ce n'est plus de son âge de pister une jeune femme, alors il se sent tout penaud. Elle lui sourit :

— J'allais passer chez vous. J'ai été un peu brutale ce matin. Venez, je vous offre un verre.

Il est surpris, fier et un peu confus d'entrer dans le bar, lui le vieil ouvrier maladroit, en compagnie d'Angline, cette jeune femme si élégante. Il a honte de sa petite taille, de sa vieille casquette grise qu'il ne nettoie jamais, de toute sa personne.

Angline connaît l'endroit et s'installe à une table, invitant Paul à pendre place en face d'elle. Empoté, il hésite, se balance d'un pied sur l'autre. Enfin, il s'assoit, baisse les yeux, gêné par la proximité de la jeune femme. Elle s'aperçoit de son embarras et voudrait le mettre à l'aise, mais ne trouve pas les mots.

De son côté, Paul redoute plus que tout de la choquer de nouveau. Il la sent tendue, à fleur de peau, prête à crier sa douleur.

— Je vous ai proposé de construire un violoncelle pour piquer votre curiosité et me redonner une raison de travailler, se lance-t-il enfin. C'est parce que, depuis le drame, je n'y arrive plus, mes pensées se dispersent. Or, pour fabriquer un bon instrument, il faut être tout à lui, ne penser qu'à lui, peaufiner chaque détail, le comparer aux précédents en gardant toujours l'esprit critique.

Le drame ? Quel drame ? Elle n'ose pas poser la question.

— Qui croit tout savoir en lutherie est bien près de ne rien savoir, poursuit Paul. Il faut s'effacer, surtout ne pas se laisser aveugler par ses petits succès...

Soudain Paul n'est plus l'homme mal à l'aise qui est entré avec elle dans le bar. Angline le regarde se métamorphoser au fil de ses paroles.

— La musique que vous faisiez avec votre violoncelle, c'était aussi celle du luthier qui a construit l'instrument, c'était sa pensée profonde, son âme lisse, car il n'est pas possible de bien travailler avec les rugosités de l'esprit.

— C'est beau, ce que vous dites, répond doucement Angline.

— Le luthier n'est jamais parfait, s'enhardit Paul. Ce n'est pas un saint, loin de là. Guarneri, que l'on a surnommé « del Gesù », était un horrible personnage, ivrogne et bagarreur. Pourtant, il a fabriqué les meilleurs violons du monde, qui valent aujourd'hui plusieurs millions d'euros. C'est parce que dès que cet homme infect entrait dans son atelier pour travailler, il laissait à la porte ses colères, ses contradictions, ses addictions. À chaque instrument, il recommençait sa vie, avec la naïveté d'un enfant. Le bois n'apprécie pas les folies humaines, mais si vous savez lui faire confiance, il peut vous donner du bonheur.

Le silence retombe entre eux. Angline se demande si la réalisation d'un violoncelle ne serait pas en effet pour elle une thérapie, une manière de surmonter ses angoisses, sa révolte et sa lassitude de vivre. De s'apprivoiser elle-même et de retrouver la musique qui lui manque.

— Il faut que je rentre chez moi ! s'exclame Paul qui tout à coup pense à Râteau laissé dans l'atelier.

Il se lève, tend un billet au serveur et ajoute à l'intention d'Angline :

— Le temps passe si vite. Les années s'amassent les unes sur les autres et je n'ai pas encore dit tout ce que je porte, tout ce que je veux donner aux autres…

— Vous êtes très généreux ! lui répond Angline en souriant.

— Non. Donner, c'est recevoir. Au contraire, je suis très égoïste.

À son tour, Angline se lève, réajuste sa veste. Cette entrevue lui a fait du bien. Elle n'est pas pressée de retrouver la présence silencieuse et pesante de sa mère qui tient à garder un œil sur elle, inquiète de la voir si fragile.

— Vous allez travailler ? demande-t-elle pour gagner du temps.

— Je ne sais pas. Je suis un ramassis de rancœurs, de haine et de sentiments impropres à la lutherie. Je ne veux surtout pas oublier mes douleurs. Si elles ne m'aident pas à vivre, elles m'empêchent de mourir.

— Je peux vous accompagner ?

Il lui lance un regard étonné.

— Bien sûr.

Sans rien ajouter, Paul abaisse sa casquette sur son front et se dirige vers sa voiture. Il démarre et prend la direction de Rambouillet.

Il entre son véhicule dans la cour, devant son atelier. Angline se gare derrière lui.

— Ça ne vous gêne pas si je laisse ma voiture là ?

— Pas le moins du monde, lui répond-il en s'éloignant, l'esprit manifestement ailleurs.

La nuit tombe lentement. La jeune femme marche derrière le luthier en évitant de faire rouler les graviers sous ses pas. Ils entrent dans le bâtiment contigu à l'atelier. Paul appuie sur le bouton de la lumière. Râteau lui fait la fête.

— J'ai passé une partie de ma journée à chercher à assembler mon bois, dit Paul. Il y a là de quoi équiper un orchestre d'anges. Et ce bois finira au feu. Dommage…

— Mais pourquoi voulez-vous cesser un si beau métier ?

Il se tourne, dressé face à elle.

— De quoi vous vous mêlez ? s'emporte-t-il soudain. Si vous continuez avec vos questions, je crois qu'on ne sera pas amis bien longtemps ! Partez, j'ai besoin d'être seul.

Angline n'insiste pas et se dirige vers la porte. Paul la regarde se refermer, échange un regard avec Râteau et se maudit. Il s'élance dans l'allée, arrive péniblement près de sa voiture alors qu'elle claque la portière.

— Attendez, j'ai parlé un peu vite ! lui crie-t-il.

Elle manœuvre devant un Paul très contrarié.

— La pimbêche ! dit-il à Râteau qui l'a suivi. Tu as vu ? Quel caractère !

Un peu perdu, il rentre dans sa grande maison ancienne, dont il n'occupe désormais que deux pièces : la cuisine et une chambre du rez-de-chaussée, au bout du couloir. Depuis le drame, il n'a plus jamais dormi dans la chambre à l'étage, celle qu'il partageait avec Claudine. Il s'assoit à sa place habituelle, en face des portraits qui lui sourient.

— L'humanité est décevante, lâche-t-il, comme pour justifier son coup de colère.

Pourtant, il a le sentiment qu'Angline est importante, que leur rencontre n'est pas anodine – trop de similitudes les rapprochent, trop de douleurs, pour qu'elle soit seulement due au hasard.

— Depuis que vous n'êtes plus là, je n'ai plus aucune raison de m'aimer ni de faire du bon travail, confie-t-il aux photos. Je vais au hasard comme un canard sans tête. Je vais vous dire ce que personne ne sait. Ça va vous faire rire, mais j'aime vous faire rire. Le premier lundi de chaque mois, je vais allumer un cierge à l'église… C'est vrai que je ne suis pas très religieux, mais je me dis que, même s'il y a une chance sur des millions que ce petit geste de rien me permette de vous retrouver un jour, je n'aurai pas perdu mon temps.

Il donne à manger à Râteau qui attend près de sa gamelle. Il ouvre le réfrigérateur et trouve un restant de brandade de morue achetée la veille au supermarché. Il le fait chauffer au micro-ondes, l'avale rapidement en regardant la télévision.

4

Quelques jours plus tard, lorsqu'il se lève, les étoiles s'éteignent dans un ciel sans nuages. Après son habituel tour de son terrain, Paul boit lentement son café en regardant un soleil rouge sortir de l'horizon et incendier l'érable planté au milieu de sa pelouse.

Alors qu'il se rend à l'atelier d'un pas traînant et un peu dandiné, une voiture s'arrête devant son portail. Angline en sort. Paul veille à garder son visage renfrogné en allant ouvrir, mais sa visite matinale lui fait plaisir. Elle lui sourit, il grogne un bonjour et poursuit son chemin. Dans sa réserve, il allume les néons pour mieux voir son bois. Angline l'a suivi sans bruit.

— Le bois doit vieillir dans le silence, explique Paul qui a senti sa présence. J'ai calfeutré la fenêtre pour que le bruit de la rue ne le dérange pas, ne gâte pas son sommeil…

Il déplace une bûche et ajoute :

— J'ai peut-être tort, mais c'est ainsi que je le sens.

Il frappe le bois du poing. Un son clair, agréable, éclate, remplit la pièce.

— Vous entendez ? Ce serait un crime de le laisser ainsi enfermé dans une remise. On a tendance à prendre la musique par le mauvais bout. Il faut partir du bois, de ce qu'il exprime, pour savoir s'il pourra se prêter à sa fantaisie.

Angline reste immobile, au seuil d'un monde haï parce que trop aimé. Elle se souvient de ces sensations parfois éprouvées quand elle jouait, avant, quand il lui arrivait d'atteindre une partie de son âme si lointaine qu'elle ne pouvait que l'entrevoir, cet endroit qui s'ouvrait sur un paradis où passé et avenir se mêlaient, où le monde était d'une totale simplicité. Elle en revenait épuisée, mais tellement heureuse. Des vagues de chaleur parcouraient son corps et le poids du temps disparaissait.

Paul s'arrête devant de gros morceaux de tronc posés verticalement.

— L'épicéa du Jura, dit-il en caressant le bois pelé rugueux. Voilà douze ans que chacun de ces morceaux est là, dressé comme dans la forêt. Ça me donne malgré tout envie de repartir à la chasse aux arbres…

Angline lui lance un regard interrogateur. Pour elle, les morceaux de bois disposés en quinconce ne sont que de grosses bûches inertes. Pourtant, Paul les caresse, le regard brillant, et leur dit des mots que l'on réserve aux êtres aimés et désirés.

— Qu'est-ce que vous en pensez ? demande-t-il, le regard étincelant.

— Moi ?

Elle bredouille, secoue la tête. Alors il explique :

— Le bois, c'est mystérieux. Il y a le bon, celui qui ne réserve aucune mauvaise surprise, et l'autre, récalcitrant, celui qui se cabre dès qu'on veut le faire parler. Vous comprenez ?

— Non…

Puis elle ajoute doucement :

— Je suis admirative !

— Pas de blagues, hein ! s'offusque Paul. Si vous vous moquez de moi, je crois que…

Il s'interrompt, redoutant une vive réaction de la jeune femme, et tempère :

— Je suis toujours un peu excessif, mais ce que je dis est juste !

Il prend une autre bûche.

— Pas mal, dit-il en la tapotant avec son index plié. Mais je crains qu'elle ne me ressemble trop. Vous entendez ? Ce bois est inconstant. Je frappe là et ça donne ce son, puis je frappe un peu plus loin et le son est différent. Ce n'est pas forcément un mauvais signe, mais il y a une incertitude. Faut dire qu'avec l'épicéa, il faut s'attendre à tout. Bois tendre, certes, mais toujours difficile à travailler !

Elle opine, car son oreille aiguisée de musicienne a bien entendu une petite différence.

— En revanche, ce morceau de sycomore est d'une franchise totale. Il sert à fabriquer le fond de l'instrument, le dos, si vous voulez, alors qu'on utilise l'épicéa pour fabriquer ce qu'on appelle la table, percée par les ouïes et qui produit le son. Ces deux parties sont unies par l'âme, un petit bout de bois cylindrique coincé entre les deux. Il les oblige à vibrer ensemble, à amplifier leurs qualités ou leurs défauts. C'est un mariage, alors s'ils ne s'entendent pas…

Angline a beau ne pas tout comprendre, cela lui semble très important. Les bois, de nature différente, doivent vibrer en harmonie pour donner de la belle musique, comme les deux membres d'un couple doivent regarder dans la même direction pour rayonner et semer la joie autour d'eux. Cette comparaison la renvoie brutalement à sa solitude.

— Si j'ai bien compris, vous devez chercher le couple rare, unique, fusionnel.

— Il faut savoir ce qu'on veut, réplique Paul. Plein de morceaux peuvent former des unions acceptables et des instruments de bonne qualité, mais pour le nouveau violoncelle, je veux quelque chose d'exceptionnel. Oui, un couple fusionnel…

Il a parlé sans réfléchir. Il sait bien que seule la nostalgie du passé le pousse à fouiller dans sa réserve. Et peut-être aussi l'envie de se mettre en valeur devant Angline. Pourtant, il poursuit :

— C'est la saison pour acheter de vieux épicéas de résonance. Dans le Jura. Là-bas, j'ai une petite réserve chez mon ami Cyril. Ça va me distraire d'aller y faire un tour. Les arbres me parlent et guident mes outils quand je reviens à l'atelier…

Angline inspire, puis se retient face à une envie folle, inutile, vaine. Quelle serait la réaction de Paul si elle lui demandait la permission de l'accompagner ? Elle vient de comprendre que les arbres de résonance l'intéressent. Les secrets du bois l'attirent, comme si elle pressentait que par ce biais, elle rejoindrait une partie de sa personne abandonnée avec la musique.

— Je sais, ajoute Paul, que la seule pensée d'un violoncelle vous donne envie de vomir. Je comprends ce rejet, car l'amour que vous lui avez donné, le sacrifice de tant d'années sont lourds à porter. Mais ce n'est peut-être qu'un malentendu…

— Non, réplique Angline en tournant la tête comme pour s'assurer qu'elle est seule avec le luthier. Je sais que je ne rejouerai plus jamais à un haut niveau.

— La lucidité est toujours difficile à porter, pourtant…

Il ne termine pas sa phrase. Elle secoue la tête. La simple pensée de prendre un violoncelle contre elle, de faire courir ses doigts sur la touche noire et l'archet sur les cordes sonores lui est intolérable. Mais Paul lui a ouvert une autre porte.

— Quand partez-vous ?

— Dans quelques jours, se décide-t-il tout à coup. J'ai deux ou trois choses à régler avant.

Elle fait une petite grimace, ce qui n'échappe pas à Paul. Et soudain elle se lance :

— Je peux venir avec vous ?

Il ne s'attendait pas à cette demande et, pour masquer sa confusion, lui répond plus sèchement qu'il ne l'aurait voulu :

— Vous n'y pensez pas ! Je vais rester là-bas plusieurs jours.

Plusieurs jours… Elle va devoir prendre des vacances. Samuel Lehman acceptera-t-il ? Est-ce sérieux alors qu'elle n'a pas d'autre revenu et qu'elle a besoin d'argent ? Tout au fond, pourtant, il lui semble que la forêt l'appelle. Là où naissent les instruments, des arbres l'attendent ; peut-être sauront-ils l'apaiser…

— Je ne pourrai pas rester bien longtemps, je dois travailler, mais une ou deux journées, pour approcher les arbres à musique… Je ne vous dérangerai pas. Je veux seulement pouvoir vous suivre dans la forêt, vous regarder faire votre choix. On pourra dire que je suis journaliste et que je fais un reportage sur vous.

Paul est de plus en plus étonné.

— Sur moi ? Mais cela n'a aucun intérêt. On va vous rire au nez !

— La moquerie ne me gêne pas.

Le vieil artisan écarquille les yeux. Qu'est-ce que cela signifie ? Il n'est pas né de la dernière pluie, il sait bien que ce n'est pas le plaisir de sa présence que recherche Angline. Elle a un autre motif pour vouloir l'accompagner, mais lequel ? Serait-elle encore attachée au violoncelle, à la musique ? Aurait-elle vu en lui une passerelle inespérée entre elle et sa passion qu'elle s'imaginait ne plus jamais pouvoir vivre ? Paul, flatté sans se l'avouer, ne trouve rien à dire. Plutôt que de répondre à la question d'Angline, il l'invite à le suivre dans l'atelier proprement dit.

Une scie à ruban et une raboteuse occupent la partie droite, proche de la fenêtre. Sur une grande table, au centre, près de l'établi, sont posés des morceaux de bois, des moules ; sur le mur s'étale une longue rangée d'outils : ciseaux à bois, petits rabots de luthier, racloirs, et différentes règles, un pied à coulisse, des modèles de volutes accrochés à des clous, des formes de tables et quelques photos tenues par des punaises, tout un bric à brac qu'elle n'avait pas remarqué lors de sa précédente visite.

Le téléphone vibre dans la poche d'Angline. Elle le consulte rapidement : sa mère. Elle hésite à prendre l'appel, puis y renonce. Pendant ce temps, Paul saisit la grosse pièce de bois posée sur son établi et la mesure. Puis il en examine les ondes, ces bandes sombres qui courent régulièrement sur la surface rabotée, la tourne dans tous les sens.

— À mon sens, c'est ici le plus intéressant, dit-il.

— Qu'est-ce que vous voulez en faire ?

— Je ne sais pas. Il me plaît. Il m'appelle. Ses ondes sont très belles et bien marquées. Mais écoutez…

Il dresse la planchette et frappe au centre avec son index plié. Un son clair, délicat, étonne Angline.

— Un *si* bémol, entend la musicienne.

— Oui, confirme Paul. Je préférerais un *la*, mais on n'est pas très loin. Il sonne comme j'aime, clair, avec cette harmonique à la quinte quand le son diminue. Cette petite faiblesse sur le son pourrait devenir un avantage si je le mariais avec un épicéa qui sonne à la tierce…

Il se gratte la tempe droite.

— Oui, mais la question reste toujours la même : beaucoup d'ondes, c'est joli, mais c'est difficile à travailler et parfois le son manque de portée.

Il examine encore le bois sous tous ses aspects.

— Il mesure un mètre et dix centimètres, c'est bien. Il faut prévoir large. Bon, on verra ça plus tard, conclut-il.

Il regarde sa montre. Angline a l'impression qu'elle le gêne ; le téléphone vibre de nouveau dans sa poche.

— Je vais vous laisser, dit-elle en se dirigeant vers la porte. Depuis que je vous connais, je suis toujours en retard à mon travail !

Elle va surtout devoir parler à son patron et trouver un arrangement avec lui afin qu'elle puisse suivre Paul dans le Jura. Oui, parce que c'est ce qu'elle veut, elle en est convaincue. Cela faisait si longtemps qu'elle n'avait pas vibré pour quelque chose…

Paul rentre chez lui dans le silence immobile de cet intérieur qu'il a connu gai, heureux, résonnant des rires d'une enfant. Une bouffée de haine gonfle sa poitrine.

Quand il est comme ça, Râteau, à ses pieds, lève sur lui ses yeux pleins d'une lumière diffuse ; dans ce regard animal, l'homme lit un conseil de sagesse.

— Heureusement que je t'ai !

Il n'a plus la force ni surtout l'envie de cuisiner, il se contente de plats tout prêts qu'il congèle. Il s'assoit devant la télévision éteinte, appelle Râteau et se laisse aller au courant du temps, brindille insignifiante ballottée au gré des vents contraires.

— Plus ça va, plus on ressemble à une pierre rongée par le vent et le gel, dit-il au chien en le caressant.

Une fois par mois, quand il va allumer un cierge, il demande à la force supérieure à laquelle il persiste à croire de lui faire un signe, de lui montrer un chemin, un sentier, une direction. Est-ce pour cela qu'Angline a fait irruption dans sa vie ? Sa jeunesse à elle lui renvoie cruellement sa propre lourdeur, le temps qui l'a malmené, dégradé et cette fatalité qui montre ses griffes. En même temps, elle lui apporte un souffle de vie. Il se sent soudain envahi d'optimisme, investi d'une mission exaltante : il va se remettre à travailler, pas pour lui, qui est au bout de son chemin, mais pour cette jeune femme perdue, pour qu'elle retrouve le goût de vivre. Une vague chaude monte de ses entrailles jusqu'à sa poitrine, une envie de se pencher sur le bois, de raboter, d'aller chercher dans la matière cette forme à la fois particulière et si naturelle que l'on pourrait croire que le violoncelle a toujours existé, qu'il a été créé en même temps que l'homme et les animaux.

Mais ce regain d'enthousiasme ne dure pas. Il tourne en rond, va faire une promenade dans la forêt voisine avec Râteau. Les heures passent si lentement qu'il décide d'aller rendre visite à Louis Barthe, toujours dans son potager. Son ami, à qui rien n'échappe dans le quartier, s'étonne et lui demande :

— À cette heure, ce n'est pas normal de te voir là. Tu devrais être dans ton atelier !

— J'ai plus la main, dit Paul en sifflant son chien qui vagabonde au milieu des légumes. Peut-être qu'il est temps de tout vendre et de quitter ce maudit bled.

Louis est assez grand et maigre. Paul s'écarte de quelques pas : près de lui, sa petite taille le gêne.

— Pourquoi dis-tu ça ? s'exclame son ami. Tu ne peux pas partir, tu es trop attaché à ton grand terrain. Et en plus, ajoute-t-il un ton plus bas, si tu t'en vas, je m'ennuierai.

— Bof, tu t'habitueras. Tu as ta famille, ton potager, tu es un homme heureux. Alors que moi, j'ai rien, plus personne, à part mon chien.

Louis se tait un instant, peiné par la détresse sensible de Paul et respectueux du drame qu'il a vécu. Mais il voudrait l'aider, alors il tente maladroitement :

— Arrête ! Tu m'as assez rabâché que, dans ton atelier, tu étais le plus heureux des hommes !

— Ce n'est plus le cas, Louis, marmonne Paul. Ce n'est plus le cas, répète-t-il en s'éloignant.

Il était venu voir son ami dans l'espoir de se changer les idées. Mais les seules conversations de son voisin tournent autour de ses légumes et des limaçons qui les dévorent. Le vieux luthier se rend à son atelier sans quitter la route des yeux. Le soleil descend lentement à l'horizon. Paul prend brièvement conscience qu'il est en train d'attendre, d'espérer une visite d'Angline, mais, comme si c'était un aveu de faiblesse, il chasse bien vite cette pensée et la transforme en accès de mauvaise humeur pour mettre à distance la déception de ne pas la voir venir.

Un matin, Angline part un peu plus tôt et s'arrête devant le portail de Paul. Paul le grognon, Paul le magicien à la casquette grise, Paul qui se dresse sur ses petites jambes pour paraître plus grand, Paul qui l'amuse avec ses remarques inattendues et avec qui elle ne voit pas passer le temps. « C'est bien, songe-t-elle, de fréquenter quelqu'un avec qui je peux être totalement libre de parler. » Totalement libre ? Pas tout à fait. Mais Angline écarte cette pensée et avance dans l'allée.

La lumière est allumée dans l'atelier. La porte est ouverte comme si Paul attendait quelqu'un. Elle le trouve assis devant son établi en train de regarder deux morceaux de bois, de les tourner dans tous les sens et les frapper avec le coin de l'index. Il lève les yeux, aperçoit Angline et sourit largement.

— Bon, on va en rester là, dit-il en montrant les deux morceaux d'épicéa choisis pour aller avec le sycomore sélectionné la veille.

Il frappe la planchette avec la pointe de son pied à coulisse et lance un regard satisfait à la jeune musicienne.

— Un *sol* dièse un peu bas, commente Angline avec assurance.

— Donc la tierce est pratiquement respectée avec le fond. Cela n'a pas grande importance. On dit qu'il doit y avoir une tierce de différence ; mais moi, j'ai réussi des instruments avec des fonds et des tables qui sonnaient à l'unisson. C'est vrai qu'il faut beaucoup d'harmoniques, parce qu'on obtiendrait facilement un son de trompette, ce qui n'est pas le but.

Il se gratte l'arrière du crâne, en dessous de son éternelle casquette.

— Je sais pas ce qui m'a pris ce matin, mais j'avais envie de toucher le bois. Alors j'ai fendu la bûche d'érable avec ma scie à ruban. Histoire de voir ce qu'elle avait dans le ventre.

Angline, toujours en retrait, ne perd rien de la scène, obnubilée par ces morceaux de bois, statiques et muets, que seul Paul réussit à faire parler.

— J'ai vingt-six centimètres à ce bout et seulement vingt-quatre à celui-là, poursuit le luthier qui se donne en spectacle avec complaisance. Faudra tailler juste si je ne veux pas être à l'étroit. Et puis sur cet érable, il y a une bonne largeur, mais les ondes sont un peu faibles. C'est bon pour le son, mais moins agréable à l'œil.

Tout au long de sa carrière, Paul a pu remarquer combien l'apparence avait de l'influence sur l'écoute, qu'un bel instrument assez terne était souvent préféré à un autre doté pourtant d'une sonorité plus riche.

— Il arrive que, quand l'instrument ne sonne pas comme il le souhaite, professe-t-il en se tournant vers Angline, le musicien accuse le fabricant. Alors que le premier responsable, c'est souvent lui !

Angline prend une grande inspiration. Être présente dans ce modeste atelier est déjà un miracle. Une énorme émotion comprime sa poitrine lorsqu'elle observe les mains du luthier aller et venir sur ce bois que le moindre effleurement réveille. La noblesse de la matière et des gestes de l'artisan la confronte à la grossièreté de ses envies, à la petitesse de ses états d'âme. Alors elle ne répond pas, choisit de le laisser dire.

— Et maintenant, le moule ! poursuit Paul en lui lançant un regard malicieux. C'est une forme de Stradivari, mais je l'ai un peu bricolée… Comme si j'étais capable de perfectionner les formes du maître !

Il va chercher dans le fond, au milieu d'un grand fouillis, un moule qu'il soulève et contemple longuement.

— C'est mon meilleur. Il est fait pour la musique romantique. Je ne dis pas qu'il ne pourrait pas jouer du baroque, mais c'est moins adapté. Et si les autres ne l'entendent pas, moi, je n'entends que ça. Au fond, j'ai choisi ce bois pour toi, parce qu'il devrait te convenir.

Elle sursaute.

— Pour moi ? Mais…

— Oui. Ce n'est pas un hasard si tu as envie de m'accompagner dans le Jura.

À la moue qu'elle fait, il se demande s'il n'est pas allé un peu trop vite. Puis il se rend compte qu'il vient de tutoyer Angline. Il sourit en coin, comme s'il venait de dire un gros mot, amusé par ce manque de respect qui le grandit.

— Je vous ai tutoyée, dit-il d'une voix retenue. Je vous prie de m'en excuser.

— Non, c'est très bien, ça me plaît ! D'ailleurs, je pourrais être votre fille.

Il se dresse, le regard dur, menaçant :

— Ne me dis plus jamais ça, tu entends, plus jamais, sinon je te fous dehors à coups de pieds au cul !

Sidérée, elle recule, marmonne des excuses.

— Faut pas m'en vouloir, se reprend-il en s'asseyant. Tu viens de toucher un point extrêmement sensible. Tu ne pouvais pas savoir. On n'en parle plus.

Il est comme ça, Paul, capable des pires éclats qu'il regrette aussitôt et qu'il essaie de rattraper comme il peut.

Il place les deux parties de sycomore sur le moule, l'ajuste et poursuit :

— J'aime pas les manières. On va se tutoyer. Ça ne changera rien à nos relations, mais nous serons un peu plus proches, comme un maître et son élève.

Il se lève de son siège, s'approche de la raboteuse.

— C'est mieux que la varlope, tu sais ce long rabot qu'on utilisait autrefois pour redresser le bois. Avec la scie à ruban, ce sont mes deux seules machines modernes. Bien sûr, j'ai une perceuse pour les trous des chevilles…

Angline se tient toujours dans l'entrée, déconcertée. L'air frais de la pièce avive l'odeur de bois qui lui chatouille les narines. Cette senteur est déjà le début de la musique, la matrice dans laquelle se conçoivent les notes. Dans la rue, au-delà du mur d'enceinte, les voitures passent de plus en plus nombreuses. Les gens se rendent au travail ; pour eux, c'est un début de journée ordinaire. Pas pour Angline, qui doit elle aussi y aller ; quand Paul referme l'atelier et s'engage dans l'allée pour retourner chez lui, elle hésite pourtant, regarde autour d'elle.

— Vous avez un très grand terrain… Qu'est-ce que vous en faites ?

Paul s'arrête, plante ses yeux dans ceux d'Angline.

— Ce que j'en fais ? Mais ce terrain, c'est moi ! Mon grand-père l'a acheté, mon père y cultivait des légumes et puis c'est… Comment dire ? C'est un vaste drap sur lequel tombent les poussières d'étoiles, les forces qui me nourrissent. Ce terrain sans les hommes, laissé tel quel, est pour les insectes, les lézards, les oiseaux qui nichent dans les arbres, les chats du quartier qui y chassent les mulots, et dans la petite mare du milieu, les grenouilles rousses qui viennent frayer… Ce terrain, c'est un bout de l'univers qui m'appartient, et je ne suis pas partageur. Ce terrain, c'est ma vie. Ceux que j'aime y sont toujours. Certes, ce ne sont que des ombres, des fantômes, mais moi, je les vois.

Gênée, Angline regarde furtivement sa montre.

— Donc, je pars pour Les Rousses, reprend soudain Paul. Faudra pas que j'oublie mes bottes !

— Êtes-vous d'accord pour que je vienne avec vous ? ose Angline.

Paul s'immobilise au milieu de l'allée.

— Je voyage avec Râteau et je t'avertis, il est vieux et parfois il ne sent pas très bon. Et puis, je vais passer beaucoup de temps dans la forêt à chercher des épicéas. C'est très pénible…

— Vous voulez encore acheter du bois ?

— C'est mon affaire, tranche-t-il sur un ton qui n'admet pas de réplique.

Puis il ajoute, un peu radouci :

— Tu penses que je suis trop vieux, c'est ça ?

Elle ne se démonte pas, ayant compris que le bougon est facile à manœuvrer.

— Vous m'avez dit, je crois, que le bois doit sécher pendant dix ans ou plus…

— Et alors ? Dix ans, c'est pas grand-chose. J'ai bien l'intention de travailler aussi longtemps que Stradivari, jusqu'à quatre-vingt-quinze ans au moins !

Qu'est-ce qui lui prend à fanfaronner de la sorte ? Il sait pourtant qu'il n'a plus envie de travailler, que son esprit est encombré de regrets, d'un dégoût pour ce qui fut le ressort de sa vie, d'une fatigue tenace. D'ailleurs, depuis quelque temps, des douleurs aux bras gênent ses mouvements et sa vue a baissé. Il le constate avec une satisfaction mitigée, comme si ces défaillances physiques lui fournissaient une excuse pour se laisser sombrer encore davantage.

Alors, qu'est-ce qui se passe en lui depuis quelques jours – depuis sa rencontre avec Angline –, qui vient contrecarrer son fatalisme et sa lassitude, cet état dépressif dans lequel il s'est laissé glisser avec une certaine complaisance désespérée après le drame ? Pourquoi se sent-il tiraillé entre cette habitude prise de ne plus rien attendre de l'existence et cette étincelle de vie qui lui fait de l'œil de nouveau, qui l'attire malgré lui, de façon tout à fait inopportune ?

Ignorant tout du dilemme qui tourmente le vieil artisan, Angline court vers sa voiture, ravie. Lorsqu'elle arrive près de l'agence immobilière, Henri Nespouls la salue avec un grand sourire. Il semblait l'attendre, remarque Angline avec plaisir.

— Je suis encore en retard, lui lance-t-elle. Samuel va râler.

— Mais non ! Il a trop besoin de vous pour ça.

Décidée à partir pour le Jura avec Paul, même si son patron s'y oppose, elle entre dans le magasin.

5

Ce soir, Angline profite de l'invitation de Henri Nespouls à aller prendre un verre. La soirée d'été est agréable, les terrasses sont pleines et ils bavardent de tout et de rien, de Samuel qui a accepté qu'Angline puisse s'absenter pendant deux jours.

— Nous avons fréquenté le même lycée, lui confie Henri. Samuel était un peu rond et pas bien dégourdi. Je l'avais pris sous mon aile et je le protégeais quand on lui cherchait querelle.

Surprise, Angline observe à la dérobée l'agent immobilier. Ils sont tellement différents, lui, fort, pragmatique, homme d'affaires avisé, elle incapable d'avoir deux pensées qui se suivent, dépensière, étrangère à cette vie dans laquelle elle s'est enfermée.

— J'ai consacré mes jeunes années à la musique et maintenant qu'elle m'est interdite, je me sens perdue, murmure-t-elle après une brève hésitation.

Déstabilisé par sa soudaine confidence, Henri ne sait comment rebondir.

— Samuel est très satisfait de vous. Je pense qu'il a des projets vous concernant...

Angline secoue la tête.

— Le commerce ne me convient pas.

Après un instant de silence entre eux, elle laisse échapper :

— Je vis avec ma mère au Perray-en-Yvelines et ça me pèse. Je voudrais m'installer chez moi.

— Ça tombe bien, j'ai plusieurs appartements et je peux vous les faire visiter..., lui propose Henri, ravi de cette occasion de passer plus de temps avec elle.

Elle opine de la tête, mais sait bien qu'elle n'aura jamais les moyens. Entre ses mains, l'argent s'évapore.

— Ce n'est qu'un rêve. Et puis, c'est peut-être mieux que je reste chez ma mère, elle m'empêche de céder à mes démons.

Henri la regarde, étonné. Elle se croit obligée d'ajouter pour se justifier :

— J'ai tout donné à la musique pour finir vendeuse dans ce magasin de fringues. Mes camarades de lycée se retrouvaient dans les bistrots et allaient danser en boîte. Moi, je n'avais pas ce droit : le violoncelle m'appelait. Travailler des heures, toujours plus, à en avoir mal aux doigts, aux poignets, sentir des douleurs lancinantes dans les reins, travailler à en avoir les larmes aux yeux, quand au mois de juin les soirées n'en finissaient pas et que j'entendais les rires des autres jeunes dans la rue. Ils vivaient, eux, ils laissaient leur cœur aller vers leurs sentiments, leurs envies. Pendant ce temps, moi, je flirtais avec Brahms, et n'en finissais jamais avec les fantaisies de Bach. « C'est l'abc du violoncelliste ! » me disait monsieur Honnet, mon professeur au Conservatoire de Paris. Il me recevait chez lui, dans son petit appartement du XVe, pour m'éviter de perdre deux heures dans les transports en commun. Un père pour moi. Le père que je n'ai pas eu.

Les larmes affluent à ses yeux. Elle se lève et s'échappe. Henri veut la rejoindre, mais elle monte dans sa voiture et démarre, bouleversée.

Marthe, sa mère, aime son travail. Clerc de notaire à Rambouillet, elle ne compte pas ses heures. Angline s'est toujours demandé quelles étaient ses relations avec maître Perreti. Trente années de vie partagée dans l'étude, ça crée forcément des liens indélébiles. Mais ce soir, Angline ne pense pas à la situation professionnelle de sa mère.

Marthe arrive. Les deux femmes s'embrassent. Angline a eu le temps de se changer. Elle a souligné le contour de ses yeux d'un léger fard qui lui va bien.

— C'est le début du mois, dit-elle à sa mère…

— Je sais, tu sors comme chaque fois. Ton patron invite son personnel à un petit dîner convivial…

— Oui, il dit que cela participe à l'esprit d'équipe !

Une fois de plus, Marthe n'est pas convaincue. Depuis longtemps, elle se doute que sa fille lui cache quelque chose. Debout, près de la porte, elle plante ses yeux dans ceux de sa fille et dit :

— Je sais que tu me mens. Tu ne vas pas à une soirée chez ton patron.

Angline sursaute, dresse ses mains devant elle, toutes griffes dehors, un rictus de colère déformant ses traits harmonieux.

— Tais-toi ! crie-t-elle en claquant la porte.

Marthe la rouvre et se précipite sur le palier :

— Angline ! Je t'en supplie, c'est une bêtise.

Mais Angline refuse d'entendre et dévale l'escalier. La porte de l'immeuble se ferme avec un bruit sourd. La jeune femme fuit, comme poursuivie par un chien enragé. Les soupçons de sa mère l'ont mordue au plus sensible de son être.

Marthe s'en veut de l'avoir brusquée. Elle attrape son sac et s'engouffre à son tour dans la nuit : mais quelle direction a prise Angline ? Comment la rattraper ?

Assis sur le tabouret près de son établi, Paul contemple le bois du violoncelle sans se décider à commencer à le mettre en forme. Finalement, le moule qu'il a montré à Angline ne lui convient pas. Mais lequel choisir ? Il n'en a pas la moindre idée alors que c'est toujours le point de départ pour un nouvel instrument.

— Tu comprends, explique-t-il à Râteau en levant les yeux vers la cloison où sont accrochés une quantité impressionnante de petits outils, je ne peux pas accepter de ne plus rien avoir à dire !

Ce soir, le vieux luthier rumine ce passé heureux dont il n'a pas su profiter quand il était encore temps. Il se dresse, jette un œil mauvais aux morceaux de bois disposés près de la raboteuse. Des fonds et des tables d'instruments qu'il n'a pas construits. Et qu'il ne construira pas. Le feu s'est éteint, les cendres noircissent son esprit. Et ce n'est pas la petite lumière qu'Angline a apportée dans sa vie qui y changera quelque chose.

— Tu le sais, toi, ce que j'ai fait pour mériter ça ? s'emporte le vieil homme. J'ai été honnête, j'ai consenti des rabais importants aux clients en difficulté, je crois que j'ai donné du bonheur aux autres avec mes instruments…

Couché à ses pieds, Râteau a l'habitude de ces monologues, mais cette fois, il lui lance un regard particulier, comme plein d'un questionnement que son entendement de chien fidèle n'arrive pas à formuler.

Paul sort de l'atelier. La nuit est tombée depuis longtemps. Une fois encore, il s'est attardé avec l'espoir inavoué qu'Angline passerait le voir, mais c'est trop tard.

— C'est vrai qu'elle me distrait. Mais je n'ai pas besoin d'elle, marmonne-t-il en rentrant chez lui préparer le repas de Râteau. Bon, finalement, on part demain pour Les Rousses. Qu'est-ce que tu en penses, mon bon Râteau ? La petite n'est pas passée. C'est bien, ça règle la question. Et si on part plus tôt, elle ne pourra pas nous accompagner. Tu te rends compte, être obligé de tricher pour faire ce que je veux ! À mon âge !

Le chien lève sur lui son regard plein de soumission.

— Dis donc, j'ai bien compris ce que tu essaies de me dire ! Tu voudrais qu'elle vienne avec nous ? Tant pis pour toi ! Moi, elle m'agace !

Le visage couvert d'une sueur glacée, la tête pleine de colère, Angline traverse les rues presque désertes de Rambouillet. Elle arrive devant chez Paul, ralentit avant de changer brusquement d'avis. Elle n'ose pas déranger le luthier à une heure si tardive. Et puis, il ne doit rien savoir de sa folie, de sa détresse. Elle pense à appeler Henri avant de renoncer, honteuse.

Où aller ? Après ce qui s'est passé, elle ne veut pas retourner chez sa mère. Ses reproches, ses doutes, sa suspicion tournent en boucle dans sa tête. Elle déteste sa manière de la surveiller, de chercher à la protéger au point de l'étouffer, de la maintenir dans un cocon trop étroit. Elle roule jusqu'à la gare, s'arrête un instant. Un train doit arriver de Paris, des gens sortent, s'éloignent dans les rues, pressés de rentrer chez eux.

Elle n'ira nulle part. Elle verrouille les portières de son véhicule, abaisse le dossier de son fauteuil et ferme les yeux. Les vitres teintées la cachent des maraudeurs. C'est le meilleur endroit pour être seule et invisible.

Paul, en voulant la réconcilier avec le violoncelle, accroît son désarroi. La musique qu'elle s'interdit d'écouter revient en elle avec sa lumière, ses ors, ses joies et ses peines. Des images défilent dans son esprit, ces moments divins si rares où les notes s'enlacent, se marient avec une évidence si naturelle qu'elle lui fait mal à hurler.

Folle d'angoisse, Marthe appelle sa fille pour la centième fois. Elle redoute le pire. Voilà deux heures qu'elle patrouille dans les rues voisines de son domicile, deux heures qu'elle furète dans les ruelles pour rien. Elle se rend au commissariat. À l'accueil, elle explique :

— Ma fille s'est enfuie. Je suis très inquiète, elle est dépressive…

— Quel âge ?

— Vingt-six ans.

Le policier lui lance un regard lassé.

— Que voulez-vous qu'on fasse ? On ne va pas occuper une brigade pour retrouver une jeune femme totalement libre de ses allées et venues.

— Je m'inquiète, je vous dis. Elle était très perturbée, elle a déjà tenté de se suicider…

— D'accord. Je vais alerter les patrouilles, mais il ne faut pas s'attendre à grand-chose. Si demain dans la matinée, elle n'est pas réapparue, avertissez-moi. Nous lancerons des recherches plus approfondies.

Découragée, Marthe regagne la rue désormais presque déserte. Tout le long de son trajet, elle espère apercevoir la silhouette d'Angline. De retour dans l'appartement, plus désespérée que jamais, elle s'affale sur le canapé. Les volets ouverts laissent passer la lumière des réverbères.

Elle sursaute chaque fois qu'elle entend le bruit de la porte de l'immeuble, espérant que dans les minutes qui suivent la sienne va aussi s'ouvrir. Mais les heures défilent. Angline ne rentre pas…

Angline s'est-elle assoupie ? Elle n'a pas conscience d'avoir dormi. Elle se redresse ; dehors, le jour va bientôt se lever. Comment a-t-elle pu rester si longtemps dans sa voiture, dans une position inconfortable ? Elle bouge ses jambes engourdies ; ce qui s'est passé la veille lui revient en mémoire. Sa mère a été maladroite, certainement, mais elle a toujours été là chaque fois que c'était nécessaire et elle a agi pour son bien. Pourtant, Angline lui en veut. De sa surveillance, de sa maladresse, de ses silences.

Elle jette un œil au petit miroir du pare-soleil, le referme en découvrant ses cheveux en désordre, ses vêtements froissés. Elle doit rentrer chez sa mère.

Marthe n'a pas dormi de la nuit. Angline la trouve échevelée, assise sur le grand canapé, qui tourne vers elle ses yeux rougis. Elle lui tend les bras. Les deux femmes s'étreignent.

— Ma chérie, murmure Marthe, pardonne-moi. J'ai été brutale. Je sais que tu souffres !

— Maman, heureusement que je t'ai. Pardon si je t'ai fait passer une nuit blanche. Je n'ai rien fait, je te le jure !

Soulagée, Marthe se dirige vers la cuisine.

— Laisse ! Je vais préparer le café ! propose Angline.

Marthe va prendre une douche rapide, pendant qu'Angline dispose les tasses sur la table et la cafetière bouillante au milieu. Sa mère sort de la salle de bains, elle a arrangé ses cheveux et son visage paraît moins fatigué. Elle s'assoit en face de sa fille, lève sur elle des yeux interrogateurs.

— Le luthier dont tu m'as parlé, tu le vois toujours ?

— Oui, il a même accepté que je parte avec lui chercher du bois dans le Jura. Tu l'entendrais parler du bois, maman, c'est fascinant ! Ce métier me plaît bien.

Marthe fronce les sourcils.

— Je croyais que tu voulais rompre tout lien avec la musique ?

— Peut-être est-ce une nouvelle chance, une occasion de voir les choses autrement ?

Marthe réfléchit un instant et finit par dire :

— Penses-tu être douée pour la construction d'instruments, toi qui n'as jamais travaillé avec tes mains ?

— Je ne sais pas, mais je me sens attirée, répond Angline, les yeux brillants.

— Et ton patron, qu'est-ce qu'il en dit ? Il est d'accord pour que tu t'absentes ?

— Oui, c'est arrangé, répond Angline en passant dans la salle de bains pour se préparer rapidement.

En ressortant, elle prend sa mère dans ses bras, la serre très fort et lui souffle à l'oreille :

— À ce soir. Surtout ne te fais pas de souci, tout va bien.

6

Le ciel est dégagé et il fait encore assez frais, mais c'est une belle journée d'été qui s'annonce, les rayons du soleil levant jouent avec les feuilles des platanes de la rue. Angline arrive à sa voiture, s'assoit au volant et prend la direction de Rambouillet.

En arrivant devant le portail de Paul, elle constate avec étonnement que les volets sont fermés. Une femme assez âgée traverse l'allée. C'est peut-être Anita, la femme de ménage dont Paul lui a vaguement parlé et qui vient deux fois par semaine tenter de ranger le désordre du luthier.

— Vous cherchez Paul ? lance-t-elle en venant au-devant d'Angline.

— Oui, je pensais le trouver à l'atelier.

— Il m'a téléphoné pour me dire qu'il partait ce matin très tôt pour le Jura. Il m'a demandé de m'occuper de la maison pendant son absence.

— Ah bon…, répond Angline, déçue.

Paul est parti sans la prévenir ! L'a-t-il fait exprès pour ne pas l'emmener ? Angline se sent blessée. Pourquoi s'était-elle imaginé que le vieux luthier lui faisait confiance, que même en très peu de temps était né un véritable lien ? Veut-il lui signifier qu'elle ne compte pas pour lui ? Pire, qu'elle le gêne ?

Déconcertée, Angline remonte dans sa voiture. Que faire ? Accepter la décision de Paul, retourner à cette vie maussade, banale, dans laquelle elle se sent de plus en plus à l'étroit ? Renoncer à cette petite étincelle qu'a fait naître le luthier en elle, renoncer aux arbres qui chantent, renoncer à retrouver la musique par un autre chemin ? Elle roule vers sa boutique. En poussant la porte du magasin, sa décision est prise. Samuel Lehman est déjà là. C'est un grand travailleur, toujours le premier arrivé, le dernier parti. Il s'étonne qu'Angline arrive avec tant d'avance et l'accueille avec un grand sourire. Angline accepte le café qu'il lui propose et s'assoit en face de lui.

— J'ai fait la connaissance d'un luthier, Paul Lebarron, commence-t-elle. Il m'a fait comprendre que je n'avais peut-être pas entièrement rompu avec la musique.

— Je sais que ce métier n'est pas celui que vous aviez envisagé, répond Samuel. Pourtant, vous êtes très compétente. Mais je vois bien que vous aspirez à autre chose.

— Certes, mais il faut que je travaille. J'ai besoin d'argent !

— L'argent se trouve. C'est l'usage qu'on en fait qui est important.

Angline se contracte. Que sous-entend-il ? Samuel fait-il allusion à ses fréquentes demandes d'avance sur salaire ?

— Je vois bien que vous êtes mal dans votre peau…

Angline prend son courage à deux mains et se jette à l'eau :

— Vous aviez accepté que je m'absente quelques jours. C'était pour partir avec le luthier, découvrir son métier en allant chercher des arbres dans le Jura. Le départ est avancé. M'autoriseriez-vous à déplacer ces jours de congé ? C'est une occasion unique pour moi, j'ai le sentiment qu'une porte s'ouvre peut-être.

Samuel inspire, porte la tasse de café à ses lèvres charnues.

— Vous comprenez, Angline, que vous êtes devenue essentielle dans cette maison, et en cette saison, nous avons beaucoup de clients…

— Oui, je comprends, mais ces quelques jours pour savoir ce que je veux faire de ma vie sont essentiels pour moi.

Angline est suspendue aux lèvres de son patron qui baisse les yeux et repose sa tasse de café avant d'acquiescer.

— Bien, je vais déplacer les rendez-vous avec les clientes qui ne jurent que par vous.

Soulagée, Angline le remercie chaleureusement et repart chez elle préparer ses affaires. Sur le trajet, elle téléphone à sa mère pour l'avertir de son départ avancé. Marthe s'en inquiète, mais fait l'effort de ne pas le montrer.

Paul est parti avant l'aube. En sortant, l'air frais l'a agréablement surpris. Il s'est souvenu des matins comme celui-ci où il voyageait avec Claudine. Cette sensation du jour naissant, son envie de s'échapper de ses habitudes le remplissaient d'enthousiasme, d'une joie de vivre formidable. Il allait au-devant de ce bois sans lequel il n'y aurait pas d'instruments de musique. Et de belles soirées avec Claudine dans des restaurants où l'odeur du fromage cuit apportait un air de fête et de convivialité. Mais aujourd'hui, il a le cœur un peu lourd.

Il ne roule pas vite. Que va penser Angline de lui ? Qu'il la fuit ? N'aurait-il finalement pas dû l'avertir ? De longues traînées bleutées s'étirent sous un ciel clair. La journée sera belle, une de ces journées consacrées aux grands arbres qui l'appellent.

— Tu vois, Râteau, les grands arbres m'invitent chez eux. Avec eux, je me sens vraiment luthier, car l'atelier ne serait rien sans ces promenades en forêt.

Parler lui fait du bien, que ce soit à son chien ou à cet autre lui-même qui se tient, invisible, à côté de lui.

— Je me demande si le grand épicéa est toujours là... Tu sais, celui qui était dans la pente en arrivant aux Rizoux et avec lequel tu n'as pas été très respectueux ? Oui, je t'ai vu lever la patte sur lui ! C'est celui qui appartient à deux frères très vieux qui se disputent tout le temps. Quand l'un veut vendre, l'autre s'y oppose. Ah ! mon pauvre Râteau, tu ne mesures pas ta chance de ne pas être né humain !

Paul sourit, passe une main rapide sur le poil chaud de l'animal couché en boule sur le siège à côté de lui. Il s'attarde sur les paysages traversés par l'autoroute. Tant de souvenirs lui remontent à la mémoire. Il revit, il redevient jeune, avec cette épine plantée au plus sensible de son être, ce désir de bonnes surprises et d'arbres oubliés au fond d'une forêt, qui l'attendent...

— Ils me sont destinés. Ils sont sortis de terre pour moi voilà deux siècles, alors que la probabilité de ma naissance était infime. Le destin doit bien tenir ses comptes, sinon, rien ne serait possible !

Cela fait si longtemps qu'il n'est pas allé là-bas. Il a l'impression de renouer avec son passé, il en oublie le carcan de douleur et de haine dans lequel il s'est enfermé. Il a hâte de parcourir les pentes abruptes, de frémir sous le vent frais de la montagne, d'entendre les torrents qui coulent entre les rochers au fond des vallées. Il a hâte de sentir les odeurs de résine, de mousse humide, de regarder le ciel si bas que les nuages s'accrochent aux branches…

— Et toi, mon bon Râteau, tu vas courir derrière les chevreuils !

Arrivé aux Rousses, Paul se gare et attache Râteau. Son chien n'aime pas la laisse, mais c'est obligatoire : Paul redoute toujours qu'il se fasse tuer par une voiture… Tous deux se promènent avec plaisir dans ce village perché à flanc de montagne, arpentent ses ruelles. Une brise rafraîchissante court entre les maisons. Le vent lui fouette les joues, ce vent d'altitude si différent de celui de la plaine. Râteau hume le sol, n'osant pas s'éloigner.

— Ici, on est plus proche du ciel qu'à Rambouillet ! dit-il à l'animal en le flattant. On ira déjeuner dans ce petit restau. Je me souviens que la cuisine y était très bonne. On y mangeait des truites de torrent, c'était délicieux.

Le soleil sort en milieu de matinée, un soleil bien différent de celui de la région parisienne. Léger, il semble effleurer les toitures de sa lumière de montagne. Sur la route, des grains de quartz brillent comme les étoiles d'un firmament d'été. Paul a hâte d'arpenter la forêt et de se rendre chez Cyril, le scieur qui garde dans son entrepôt le bois que le luthier a acheté. Mais il n'a pas voulu aller à la scierie en arrivant, car il n'aurait pas pu échapper à une invitation à déjeuner, or il veut être seul avec ses souvenirs. Cyril sait tout du bois par instinct, et comme il connaît tout le monde, il lui est fort utile.

L'heure du déjeuner approche. Paul s'apprête à pousser la porte du petit restaurant quand une voiture s'arrête sur la place, à quelques mètres de la sienne. Il la reconnaît d'emblée. Blanche avec un petit accroc sur le côté gauche. « Nom de Dieu, mais qu'est-ce qu'elle fait là ? »

Angline sort, regarde autour d'elle, repère le véhicule de Paul. Il hésite à se montrer. C'est vrai qu'il a pensé à elle, qu'il s'est dit que sa présence l'aurait aidé, inspiré peut-être, mais il ne sera plus seul. Et comment la présenter à Jeannot et aux autres forestiers ? Ils ne comprendraient rien. Il pose la main sur la tête de Râteau.

— On verra, et puis ça ne regarde personne ! conclut-il en la rejoignant.

Angline l'aperçoit et agite les bras en marchant dans sa direction. Râteau lui fait la fête. Comme lui, l'animal a ses têtes et il n'a jamais grogné sur Angline, alors qu'il mordrait volontiers l'épouse de Louis.

La jeune femme lui sourit. Le soleil illumine son visage. Là, dans ce décor nouveau, elle semble moins retenue, moins distante, plus forte aussi.

— Mais pourquoi tu es venue jusque-là ? s'étonne Paul avec un regard sévère. Et ton travail ?

Elle sourit, un peu embarrassée et braque ses yeux dans ceux du vieux luthier.

— J'avais envie de venir voir les arbres avec vous. Je me suis arrangée avec mon employeur.

— Oui, mais comme je t'avais dit, je connais beaucoup de monde ici, et les gens savent tout de moi, alors, ta présence…

— Ne vous inquiétez pas, je ne vous ennuierai pas. Je serai discrète…

Malgré son air bougon, Paul est content. Angline est venue le rejoindre et cela le flatte, le conforte dans la haute idée qu'il a de lui-même. Et puis, il doit être honnête : s'il n'avait pas eu tout au fond de lui un petit espoir qu'elle l'accompagne, il ne lui aurait pas parlé de ce voyage.

— Tu imagines bien que je me moque de ce que les gens vont penser, fanfaronne-t-il. Viens, on va déjeuner dans un petit bistrot que je connais bien.

— C'est moi qui vous invite !

— Arrête de faire des manières.

Ils s'installent à une table au fond de la salle. C'est la première fois qu'Angline observe de près le visage de Paul, les rides de ses joues, son front dégarni. Et ses yeux bleus dont la clarté ne parvient pas à cacher la tristesse. Lui aussi découvre certains détails d'Angline qui lui avaient échappé : les reflets châtains de ses cheveux bruns, les nuances de son regard bleu-gris tourné vers quelque chose qu'elle est la seule à voir.

— C'est ici que nous venions, Claudine et moi. Elle prenait toujours le même plat, une omelette aux girolles. On logeait à l'hôtel Bresson, en haut du village. Claudine avait une oreille irremplaçable, elle savait entendre les arbres. Elle me manque beaucoup.

C'est la première fois que Paul parle de sa femme à Angline. Que s'est-il passé ? Elle n'ose pas poser de question. Alors elle inspire et décide de se confier elle aussi :

— Je vis chez ma mère, dans son petit appartement. Ça peut vous sembler bizarre à mon âge, mais elle insiste, et c'est vrai que je n'ai plus confiance en moi.

— Ah bon ?

— Depuis que j'ai arrêté la musique, la vie me pèse. Je n'ai pas de but, pas de raison de vivre. Pas de joie. Je suis seule. Et je fais des bêtises.

Paul est gêné par cette confidence et biaise :

— Tout le monde fait des bêtises, moi le premier. L'essentiel, c'est de savoir les corriger.

Ils échangent peu de mots jusqu'à la fin du repas. Paul refuse le café qu'on lui propose et se lève. Il redoute d'évoquer ces sujets qui le touchent, lui aussi. Et puis la forêt l'appelle avec ses mystérieux arbres oubliés qui vont lui parler.

— Je vais retrouver des vieux, des épicéas que je connais. Il faut voir comment ils ont supporté les années. Nous allons en Suisse.

Le chemin empierré sinue dans la pente. La fourgonnette cahote, brinquebalée par les ornières. Le soleil illumine le flanc de la montagne. Angline pénètre dans un monde immobile. Devant elle, des arbres se dressent, accrochés à la roche. Pourquoi pense-t-elle à la 3e *Suite pour violoncelle seul* de Bach ? Comme si les épicéas centenaires lui soufflaient chaque note, réveillant en elle les difficultés et aussi les bonheurs de cette musique, tant de souvenirs et de sensations qu'elle croyait oubliés. L'impression d'appartenir à un ensemble où tout est à sa place.

Paul se gare dans un renfoncement de la route, sous une paroi rocheuse abrupte où poussent des petits hêtres et quelques arbustes épineux. Il sort, claque la portière et s'arrête devant la frondaison dressée comme les colonnes d'un temple antique et profane où l'homme n'a pas sa place. Il reste ainsi un long moment, les mains ouvertes devant lui, comme s'il priait. Il inspire.

— Tu entends ce silence ?

Elle s'approche de lui, le bruit de ses pas sur les graviers lui semble incongru, déplacé, comme dérangeant un équilibre instable, une immobilité dissimulant des forces contraires, prêtes à en découdre, qui s'opposent et s'annulent. Angline ne peut détacher les yeux de ces grands troncs magnifiques parmi les hêtres. Paul s'anime :

— Ces épicéas ont grandi au milieu des feuillus dont les branches s'étalent pour capter le plus de lumière. Alors, bien sûr, il n'y en a pas assez pour tout le monde. Et le jeune épicéa doit pousser très vite, sans faire de branches parce qu'il n'a pas le temps. C'est la guerre entre lui et les hêtres qui l'entourent. Une guerre qu'il ne gagne pas toujours. Ces petits arbres sont vieux, noueux, parce qu'ils n'ont pas eu assez d'élan pour passer au-dessus des concurrents. En revanche, regarde celui-là, parfaitement droit sur plus de trente mètres. Mais viens, ces arbres en bordure de forêt ne valent pas grand-chose. Ils sont souvent blessés à l'intérieur et ne sonnent pas. Suis-moi.

La pente est raide. Paul marche avec une rapidité surprenante. Il saute d'un rocher à l'autre avec l'agilité d'un cabri. Angline est étonnée par son énergie ; elle le suit péniblement, se tord les chevilles entre les rochers cachés par la mousse.

— Surtout fais attention, recommande-t-il. Il y a des trous entre les rochers sous les brindilles et tu risques de te casser une jambe !

Il ralentit son pas sans perdre du regard les grands arbres qu'il croise. Une odeur de résine fraîche, d'humus, flotte dans l'air immobile. Le silence est si épais que la jeune femme n'ose pas parler. Elle retrouve cette sensation éprouvée quand elle entre dans une église, une cathédrale, celle d'un vaisseau prêt à embarquer pour un monde inconnu. Ici, tout est grand, démesuré comme ces troncs debout, comme ces rochers épars dans la broussaille. Il n'y a rien, pas un insecte, pas un papillon à la recherche de fleurs absentes, pas un chant d'oiseau, pas la moindre vie sur le tapis d'aiguilles rousses. Seul un murmure profond que son âme perçoit indique une présence subtile, une force paisible et généreuse. La voilà sereine ; ses soucis se sont envolés, elle est nue devant ces géants, comme une petite fille, sans pudeur, l'esprit vide, toute à la contemplation ravie. Ce n'est pas un bonheur puissant, brûlant, c'est une simple impression, minuscule, un voile sur son être qui ne laisse passer d'elle que l'essentiel. La voilà comme une fleur en bouton, prête à s'épanouir, mais sans impatience, lentement, dans le temps de ce temple à ciel ouvert.

Paul observe deux arbres très proches l'un de l'autre, parfaitement droits. Angline remarque l'écorce craquelée, faite de grosses écailles brunes prêtes à se détacher. L'homme contemple un instant ces jumeaux, puis s'approche lentement, en retenant ses pas pour ne pas les réveiller. Un souffle de vent anime les hautes branches qui se mettent à bruire, un son léger dont il est bien difficile de dire d'où il vient. Une sorte de chant avec des notes mêlées, aériennes, légères, semblables à un parfum agréable, impossible à définir.

Paul s'agenouille, creuse le tapis d'aiguilles rousses près du tronc, puis il baisse la tête, les yeux mi-clos, comme s'il priait. Que fait-il ? se demande Angline. Le vieux luthier n'est pas homme à montrer des sentiments ni à considérer l'aspect métaphysique de ce qui l'entoure. C'est un artisan pragmatique, souvent terre à terre, inventant toujours une explication, même quand il n'y en a pas.

— Pour bien entendre, il faut vider son esprit, ne laisser que le sensible, comme une peau de tambour que le moindre souffle fait vibrer. Alors, tu peux entendre ce que l'arbre te dit.

Il prend dans sa musette une sorte de serpe à la pointe recourbée en bec d'aigle.

— Tu me plais bien, toi, mais j'aime pas les tricheurs. J'en ai connu des vicieux qui sous une apparence parfaite cachaient des défauts insurmontables.

Il plante la pointe de son outil dans le tronc, pèse sur le manche et fend l'écorce en descendant dans un geste appuyé. Puis il recommence à un autre endroit. Enfin, il se tourne vers Angline :

— C'est pour voir si les fibres sont bien droites. Beaucoup de ces vieux arbres ont un fil en tire-bouchon. Comme si leur propre poids les écrasait. Et c'est pas quand on arrive dans l'atelier qu'il faut s'en apercevoir. Mais celui-là me semble pas mal !

Il se penche attentivement sur le sol. Angline s'approche, intriguée par cette inspection qui part de constats très ordinaires pour arriver à une musique supérieure.

— Ce que tu dois savoir, fait-il comme si la jeune femme était son apprentie, c'est que, pour choisir du bois, il ne faut rien négliger. Moi, j'ai été formé par un gars du pays, un forestier qui savait faire parler les arbres.

Il s'agenouille de nouveau près du tronc et dégage la terre noire qu'il hume et fait couler entre ses doigts.

— C'est bien sec. L'humidité de la terre se sent, une odeur un peu lourde. Les herbes te renseignent aussi sur la composition du sous-sol. Je ne connais pas leur nom, mais je sais reconnaître celles qui indiquent la présence d'eau en dessous. Les jeunes arbres qui ont grossi très vite ne valent rien. Leurs fibres sont trop espacées pour la musique. Le bois est mou. L'arbre doit avoir eu soif et faim toute sa vie. On dit souvent que là où la vigne souffre, le vin est bon, eh bien c'est la même chose avec les épicéas. Partout où ils ont soif et faim, ils grandissent lentement. Et ça se traduit par un son clair, riche, un peu triste parfois, mais c'est au musicien de le transformer. Maintenant, tu vas prendre cette pierre et frapper le tronc à l'endroit où j'ai enlevé un peu d'écorce et de mousse.

Il s'éloigne et de nouveau le silence écrase Angline. Elle sent la domination de ces géants, mais aussi leur force protectrice. Elle s'approche de l'énorme tronc qui monte, rectiligne, vers le ciel et se colle à lui, comme elle a vu le faire en forêt de Rambouillet. Il est si gros qu'elle n'arrive pas à l'enlacer, mais elle reste là, immobile, pressée contre l'écorce rugueuse. Une sensation de plénitude l'envahit, une onde chaude parcourt son corps. Une musique très douce se répand dans son esprit, des sons comme elle n'a jamais réussi à en produire avec son violoncelle, d'une pureté de cristal et en même temps pleins de chair, de ce bouillonnement de la vie. Le temps s'est arrêté. Le géant réchauffe son corps d'une énergie qui la rend heureuse. À cet instant tout a disparu, ses cauchemars, son vice et cette constante sensation d'inutilité.

Elle lève les yeux et suit la fuite vertigineuse du tronc vers le ciel sans nuages. Et tout au bout, quelques branches ouvertes en corolle, comme des mains prêtes à recevoir toutes les offrandes de l'univers. Impatient, Paul s'est approché, la caquette en arrière, et la regarde étrangement.

— Eh bien, toi…, fait-il d'une voix retenue.

— Pardonnez-moi, répond-elle en frappant le tronc avec la pierre que Paul lui a donnée et qu'elle avait oubliée dans sa main droite.

À chaque heurt, l'arbre émet un son étrange, tellement rond, tellement riche qu'il en est indescriptible. Et ce son se répand, remplit l'espace. Il monte jusqu'au ciel, s'y réfléchit et retombe sur les collines en une multitude de notes qui se mélangent, s'accordent pour s'amplifier à n'en plus finir.

Paul est tout à coup immobile, statufié, incapable de dire un mot. Angline se tourne, sa pierre à la main.

— Un miracle ! Tout un orchestre ! s'écrie-t-elle, émue.

Ce qu'elle vient de dire n'est pas juste, mais les mots lui manquent. Elle a pénétré un monde mystérieux et grandiose dont le sens lui échappe. Comme si ce son concentrait tout le bruit de l'univers, comme si son harmonie si simple, si juste, trouvait un écho au fond de chaque être vivant.

— Que c'est beau…, murmure Angline.

Elle a bien conscience que la voix de ce vieil arbre le rattache à l'infini, aux moindres étoiles, aux lointaines galaxies, comme le souvenir d'un temps où l'esprit était libre de la matière et parlait une langue de lumière.

— En fait, je n'ai jamais su faire de la musique…, découvre-t-elle. J'ai tourné autour de ce monde avec mon archet, mais je suis restée en dehors. C'est ce que vient de me dire l'épicéa, en me montrant la limite des virtuoses.

— Bon, cessons la littérature, réplique Paul soucieux de cacher son émotion. Pour tout te dire, cet arbre, je le connais depuis longtemps. Je n'ai jamais pu l'acheter, parce que le propriétaire en demande un prix trop élevé pour mes finances. Mais je n'ai pas perdu espoir. Chaque fois que je viens ici, c'est pour lui, pour lui parler, parce qu'il me fait des signes, il me souffle que le temps est venu pour qu'il commence une autre vie. Déjà son bois roussit par endroits, marques d'une grande vieillesse et d'une fin prochaine. Il a été épargné par les insectes parce qu'il est destiné à la musique, à des siècles de musique. J'irai voir le propriétaire et je tenterai une nouvelle fois ma chance. Tiens, pour bien te montrer la différence entre un arbre de résonance et un arbre ordinaire, tu vas frapper sur le tronc de celui-ci.

Angline cogne avec la pierre et entend un son sourd, rentré, qui ne pénètre pas dans l'air.

— Il est juste bon pour fabriquer des tavaillons, dit Paul.

Angline lui lance un regard interrogateur.

— Les tavaillons sont des tuiles de bois d'épicéa qui est pratiquement imputrescible. Ce sont les couvertures ternes que tu as vues sur les maisons. Elles tiennent plus de cent ans, sont insensibles au gel, à la pluie, et surtout légères, ce qui compte dans une région où il tombe beaucoup de neige. Continuons !

Et Paul repart de sa démarche de caprin, sautant sur les rochers et filant dans le raidillon, suivi péniblement par Angline qui redoute de se tordre une cheville. Avec ce qu'elle a ressenti lorsqu'elle s'est collée au tronc du grand épicéa, une porte s'est ouverte dans son cœur.

Ils consacrent l'après-midi à observer des arbres, certains sonores, d'autres inintéressants malgré leur bel aspect. À force de marcher, d'escalader les rochers, Angline a mal aux jambes.

— C'est comme les hommes, poursuit le luthier, infatigable. Tu en as de bien ficelés, tirés à quatre épingles et qui t'étonnent avec leurs belles tournures de phrases, mais dès que tu approfondis un peu, tu regrettes de ne pas être ailleurs.

La vivacité et l'endurance de Paul l'étonnent. Le vieil homme marche avec tant d'énergie qu'elle se demande ce qui peut bien le pousser ainsi. Enfin, il s'arrête au bord d'un sentier.

— On va rendre visite aux frères Rocconi, qui passent leur temps à se disputer. Eux et moi, on ne s'entend pas très bien ; et à chaque visite, ils augmentent le prix en me menaçant de le vendre au prochain producteur de tavaillons, ce qui serait un crime.

Ils remontent le sentier en silence. Puis, Paul la fait descendre le long d'un à-pic qui permet de rejoindre une piste ouverte par les machines de débardage, car ici, le bois est exploité, même si certains arbres sont épargnés.

De retour au village, Angline suit Paul jusqu'à une maison isolée, en bordure de prairie. Un petit chien noir se précipite vers eux en aboyant. Paul retient Râteau, car il est assez hargneux avec ses congénères. Un vieil homme au visage très sombre sort de la maison. Il porte une casquette à oreilles fourrées de laine. Il est costaud, son regard repère Angline et s'attarde sur elle.

— Ah ! Paul, quel plaisir de te voir ! Je pensais que tu avais pris ta retraite. Cela fait bien longtemps que t'es pas venu au pays !

— Le temps passe, mon cher Hervé. Et puis, je sais d'avance ce que tu vas me dire ! Et ton frère ?

Hervé prend un air affligé sans quitter Angline des yeux. Paul l'a remarqué et se dit qu'il peut, peut-être, en tirer avantage.

— Mon frère… Il est parti et il me manque beaucoup. On se disputait souvent, c'est vrai, mais c'était une manière de se dire qu'on s'aimait.

— C'est bien triste. Je n'étais pas au courant, toutes mes condoléances.

— Bon, c'est la vie, répond Hervé en soupirant. Je pense que tu veux parler de l'arbre. Eh bien, finalement, je me suis décidé à te le vendre. Mon frère aurait été d'accord.

Le regard de Paul s'allume. Hervé, décidément très curieux de la présence d'Angline, fait un pas dans sa direction, et son odeur d'animal des bois – des effluves de mousse, d'écorce mouillée et d'humus – parvient aux narines de la jeune femme. Une senteur de solitaire qui ne cherche pas à masquer ses exhalaisons naturelles et se fiche d'incommoder les autres. Les premiers voisins sont à un kilomètre…

— C'est une très bonne nouvelle, mais il va falloir s'entendre sur le prix. Tu sais que je ne roule pas sur l'or.

— D'autres luthiers sont très intéressés aussi, alors tu devras te montrer raisonnable.

Paul gratte sa joue couverte d'un début de barbe grise.

— Je ne peux pas t'en donner plus que ce que je t'ai proposé la dernière fois.

— Le temps a passé, et je ne m'en souviens plus. Il y a eu de l'inflation depuis.

Il se tourne de nouveau vers Angline.

— Tu ne m'avais pas dit que tu avais une nouvelle compagne !

Une bouffée d'exaspération enfle dans la poitrine de Paul : rien ne l'irrite plus que le cliché selon lequel les hommes vieillissants sont attirés par les femmes beaucoup plus jeunes. Mais il parvient à ravaler sa colère et répond posément :

— Je te présente Angline Démarais. Elle n'est pas ma compagne. Angline, voici Hervé Rocconi.

Angline, qui se tient un peu en retrait pour observer discrètement, salue Hervé d'un signe de la tête.

— Angline s'intéresse à la lutherie, explique Paul. Elle était violoncelliste professionnelle avant de devoir renoncer à jouer à cause d'un accident.

Hervé sourit l'air peu convaincu.

— Allons à la maison, on va parler.

Ils entrent. Râteau grogne sur le petit chien qu'Hervé enferme dans une pièce voisine où il se met à aboyer.

— L'arbre fait vingt mètres de bille. Probablement huit mètres cubes de bois de première qualité. Je te l'ai dit, des marchands de Genève me l'ont demandé.

— Pourquoi tu ne le leur as pas vendu ?

— C'est mon affaire. Disons mille euros le mètre linéaire du tronc, vingt mètres, ça fait…

— Et la perte ? s'insurge Paul. Je n'ai pas vu comment il est fait à l'intérieur. Les poches de résine, les branches incarnées et ces foutus débris métalliques qui datent de la guerre de 14, et toujours présents pour casser mes lames… C'est pas possible.

Paul se lève et se dirige vers la porte.

— Attends, Paul, tu as toujours un aussi mauvais caractère !

— Je n'ai pas besoin des vingt mètres de tronc. Tu sais que le haut ne vaut pas cher et tu le vendras à des faiseurs de tavaillons. Je peux te donner cinq cents euros le mètre linéaire et je prends six mètres à partir de un mètre du sol.

— Et tu crois que je vais me laisser faire ? Hier encore, Michon, le marchand de bois de lutherie, m'en a offert huit cents euros.

— Ce n'est pas vrai. Je connais Michon, il est toujours fauché.

Angline observe les deux hommes se jauger. Dressé de toute sa hauteur, prêt à claquer la porte, Paul semble défier Hervé. Le vieux Jurassien au visage hargneux, âpre, et crasseux, pose sur la table ses grosses mains.

— C'est mon dernier mot, répète Paul.

— Je vais faire un effort, assieds-toi. Mais il faut que tu en fasses un aussi. On partage.

Jamais Paul n'a été aussi près de réussir cet achat qu'il convoite depuis des années. Comment se fait-il qu'Hervé se montre si conciliant ? Est-ce la présence d'Angline ou bien Hervé a-t-il fait sonder son arbre et découvert qu'il présenterait des défauts, comme de la pourriture au cœur ?

— J'accepte à une condition, décide Paul. On coupe l'arbre. On fait trancher en quatre quarts le tronc à la scierie de Rebufaut. S'il y a des défauts, l'achat est annulé. Tu pourras revendre les quartiers à un faiseur de tavaillons.

— Tu crois encore que je veux te rouler ? Si tu ne me fais pas confiance, on arrête tout de suite…

— J'ai pas beaucoup de temps. C'est la pleine lune, on est en sève descendante.

— Mais je crois que c'est un peu tôt, réplique Hervé, d'ordinaire, on coupe les arbres en octobre ou en novembre.

— Ouais, mais j'ai envie de tenter une expérience, je vais le mettre dans l'eau.

— Dans ce cas, c'est mieux de le couper maintenant, admet Hervé. J'ai connu dans le temps des luthiers qui faisaient ça : ils plongeaient le tronc dans l'eau fraîche d'un petit torrent et le laissaient là un an ou deux. Paraît que le bois est meilleur !

— On le faisait autrefois quand les vieux luthiers se préparaient à confier leur atelier à leur fils et que le temps ne comptait pas. Alors, j'ai envie d'essayer.

— Mais Paul, tu n'es plus tout jeune !

Paul lance à Hervé un regard assassin.

— Dis aussi que je suis grabataire ! Bon, nous avons une fenêtre de deux jours, après il faudra attendre la lune prochaine. Je te donne la moitié de la somme. On abat l'arbre et s'il me convient, tu auras la totalité.

— Tu as vraiment décidé de m'emmerder jusqu'au bout. Si cet arbre est encore sur pied, c'est parce que je te le gardais. Mais si tu continues à faire ta tête de mule…

— C'est à prendre ou à laisser.

Paul sort de la maison, Râteau sur ses talons. Angline lui emboîte le pas, suivie de peu par Hervé.

— Je suis tellement sûr de moi que j'accepte. Je préviens Jean pour qu'il l'abatte demain matin et on se retrouve dans la forêt.

Ils se séparent. Le soleil décline derrière la montagne. Angline frissonne, la température a baissé d'un coup.

— Il faut que je trouve une chambre d'hôtel. Vous êtes où, vous ?

— Toujours au même endroit, à l'hôtel Bresson. J'y ai mes habitudes.

— Ça ne vous dérange pas si j'y prends une chambre ?

— Pourquoi ça me dérangerait ?

Pourtant, il préférerait qu'Angline ne séjourne pas dans le même hôtel que lui. Ici, on le connaît, on l'a vu avec Claudine pendant des années et il craint que se présenter en compagnie d'une jeune femme fasse de lui l'homme qu'il n'est pas. Il imagine les ragots, les rigolades dans son dos.

Angline va chercher son bagage dans le coffre de sa voiture.

— On va dire que tu es mon apprentie, décide-t-il. Je ne veux pas qu'il y ait de confusion.

— Comme vous voulez, dit-elle en feignant l'indifférence.

Ils se dirigent vers l'hôtel, Râteau sur leurs talons. En premier, Paul demande une chambre.

— Pour deux personnes ? l'interroge la réceptionniste.

— Non, une pour Râteau et moi, et une pour mon apprentie.

Paul s'éloigne, son sac à la main. Angline s'avance pour prendre sa clef et le rejoint dans le couloir. Une fois qu'ils sont seuls, il se tourne vers elle et précise :

— J'ai dit que tu étais mon apprentie, mais c'est pas vrai, naturellement !

— Naturellement, confirme Angline en le regardant disparaître dans sa chambre.

Pour la seconde fois de la journée, Angline se sent rejetée par Paul et elle en est blessée. Elle a toujours eu l'impression de n'être pas à sa place. Petite fille déjà, elle se sentait en trop dans la ferme de ses grands-parents en Normandie. La solitude était son lot, elle l'est toujours. À six ans, elle est entrée au conservatoire de Dieppe où, très vite, ses dons ont fait d'elle une élève hors du commun, appliquée, travaillant sans relâche. Elle caracolait en tête des examens de fin d'année. Ses professeurs parlaient de lui faire passer le concours du Conservatoire de Paris…

La porte refermée, une boule se forme dans sa gorge. Elle pousse un grand soupir, puis se dirige vers la fenêtre.

7

Angline range rapidement ses affaires dans la petite armoire. C'est un rituel chez elle. Quand elle était violoncelliste, d'abord à l'orchestre de Lille, puis à celui d'Auvergne, elle voyageait beaucoup et chaque déplacement à l'hôtel commençait de la même façon. C'était une manière pour elle de s'approprier l'éphémère qui s'évanouissait dès le lendemain, de se rassurer en cultivant l'illusion d'être là pour longtemps, de se poser enfin !

Elle s'approche de la fenêtre, regarde dehors, s'imprègne de ce village inconnu, de ses toitures, de cette rue qui file au bas de l'hôtel, des gens qui vaquent à leurs occupations, dans leur univers si loin du sien.

Le silence pesant de sa chambre, encombrée de meubles qui ne lui parlent pas, cette odeur étrangère la dérangent. Elle envoie un texto à sa mère pour lui dire que tout va bien, puis entre dans la salle de bains. Le miroir lui renvoie une image dont elle détourne les yeux. Angline ne s'aime plus. Depuis qu'elle a arrêté la musique, elle ne voit d'elle que des défauts, son petit nez en trompette, ses joues rondes encore trop enfantines à son goût et ses lèvres aux commissures tombantes qui lui confèrent une sorte de moue méprisante. Elle essaie de discipliner ses cheveux qui forment de longues boucles épaisses et rebelles. Elle consulte sa montre. C'est l'heure du dîner. Paul est parti dans sa chambre sans lui donner rendez-vous dans la salle à manger. Quand elle entend sa porte s'ouvrir et se refermer, ses pas s'éloigner dans le couloir, elle hésite, puis sort à son tour. À l'entrée de la salle à manger, elle est soulagée de voir Paul l'attendre.

— J'allais te faire avertir. C'est bête, mais je n'ai pas ton numéro de téléphone.

Il a fait un effort pour gommer cette apparence un peu brute qui le caractérise. Il s'est rasé et ses joues lisses révèlent une peau claire qui le rajeunit. Sa veste bleue affine sa silhouette. Toujours très droit pour ne pas perdre le moindre centimètre, il garde la tête haute, plein d'une autorité qui plaît à Angline. La petite fille perdue a toujours eu besoin d'être dirigée.

— J'ai retenu une table pour deux, dit-il en emboîtant le pas au serveur.

Ils s'installent près de la baie, face à la montagne que les derniers rayons du soleil caressent d'une lumière dorée. Paul reste silencieux. Il est troublé par le fait que le serveur, un jeune qu'il voit pour la première fois, les ait installés exactement là où ils avaient l'habitude de s'asseoir avec Claudine et Julie... Le passé le rattrape avec cette table toute simple, cette cheminée qu'il voit du coin de l'œil droit et cette ambiance particulière des restaurants de montagne. L'odeur du fromage en train de cuire épaissit l'air.

Angline éprouve le besoin de parler, de chasser cette forme d'angoisse qui monte en elle. Quand elle se sent mal à l'aise près d'une personne qui la domine, elle lance en toute hâte un sujet de conversation.

— Comment pensez-vous transporter le bois que vous allez acheter ?

Le serveur vient proposer l'apéritif. Paul demande un whisky, Angline hésite avant de répondre : « La même chose. » Puis elle mesure son inconséquence. Elle déteste le whisky qui lui brûle la gorge et dont le goût désagréable se répand dans sa bouche, pénètre dans ses narines et lui donne des frissons écœurés.

— J'en ai parlé à Cyril, celui qui garde mon bois dans son entrepôt. Il m'a proposé d'immerger ce bel épicéa dans un ruisseau qui lui appartient. Sa scierie n'est pas très loin d'ici. C'est chez lui que nous irons demain pour choisir un peu de bois sec, histoire de ne pas rentrer à vide.

— Vous êtes sûrement musicien ? On ne peut pas faire votre métier sans…

On apporte le whisky. Paul prend le verre et le tend vers Angline.

— Trinquons à notre réussite.

Que veut-il dire ? De quelle réussite parle-t-il ?

— Non, je ne suis pas musicien. Je joue quatre notes, toujours les mêmes quand je règle l'instrument, mais ça suffit. Je n'ai pas l'oreille musicale.

— Ah bon ? s'étonne la jeune femme.

Elle porte le verre à ses lèvres et réprime une grimace qui n'échappe pourtant pas à Paul.

— Si c'est trop fort pour toi, commande autre chose. Je le boirai. Non je n'ai pas l'oreille musicale, je n'entends pas les notes, j'entends autre chose, un autre son, qui englobe toutes les musiques des hommes. Le scintillement léger des étoiles, le grondement du soleil. La musique, c'est une manière d'imaginer l'infini et cette multitude de mondes qui nous entourent. C'est cette voix qu'il faut entendre quand on est luthier, car seuls les bons instruments nous en rapprochent. La qualité d'un violoncelle, je l'entends avec mon ventre.

Elle lui lance un regard surpris.

— C'est là, ajoute-t-il en plaçant sa main au bas de son estomac, c'est là que les vibrations s'amplifient. Les notes ne sont qu'une petite partie de ce qu'on entend.

Le silence retombe entre eux. On apporte l'entrée et la bouteille de vin du Jura que Paul a commandée. Si elle n'aime pas le whisky, Angline boit volontiers un peu de vin et se laisse remplir son verre. Ils se mettent à manger. Finalement, les quelques paroles échangées n'ont pas brisé le mur qui les sépare, plus haut et infranchissable que d'ordinaire. Si près l'un de l'autre et dans un lieu où ils sont en tête-à-tête, trop gênés pour parvenir à engager une conversation.

— Vous ne m'avez jamais parlé de vous, ose-t-elle enfin, tant le silence est lourd.

Il ne répond pas, mange sans lever la tête, seul face à ses souvenirs qui l'accablent. Il ne prononce pas un mot jusqu'à la fin du repas. Il a bu pratiquement toute la bouteille de vin. Angline le sent malheureux.

Puis, toujours silencieux, il se lève et se dirige vers l'escalier qui conduit à l'étage. Angline marche lourdement derrière. Quand il arrive à sa chambre, qu'il enfonce sa clef dans la serrure, la jeune femme s'approche de lui.

— Pardonnez-moi de vous imposer ma présence.

Il entrouvre sa porte puis se tourne.

— À demain. On doit être tôt en forêt.

Et il s'enferme, plus seul que jamais.

De son côté, Angline n'a pas envie de dormir. Elle trouve dans le réfrigérateur près du lit une petite bouteille de crémant du Jura qu'elle pose sur sa table de nuit.

Elle allume la télévision et cherche un film en replay. Mais rien ne l'intéresse. Dépitée, elle coupe la télévision, range la bouteille qu'elle n'a pas débouchée et tente de s'endormir, mais elle a envie de pleurer.

Le lendemain, elle est dans le hall de l'hôtel à 7 heures. Elle n'a pas dormi de la nuit. Elle se sait fripée, mal coiffée, vraiment pas à son avantage. Paul lui a dit de ne pas oublier ses bottes, elle est allée les chercher dans le coffre de sa voiture et les tient à la main. Elle se trouve aussi ridicule qu'une bergère à l'entrée de cet hôtel d'où commencent à sortir des voyageurs de commerce, des entrepreneurs, des touristes qui partent pour une journée de randonnée.

Lorsque Paul la rejoint, Râteau sur les talons, le luthier paraît bien reposé et porte une musette qui pend à son épaule gauche.

— Allez, on y va ! Les bûcherons du Jura sont toujours les premiers sur pied. Je t'emmène.

Ils montent dans la fourgonnette encombrée de Paul et s'engagent sur une route tortueuse. Le soleil apparaît derrière les montagnes à l'horizon. Une lumière diffuse court au ras des crêtes.

— C'est l'heure magique, dit Paul. Tu sens le soleil prêt à sortir entre la ligne des montagnes. Et ces épicéas qui ont déjà leur tête dans la lumière dorée du ciel. Je me suis toujours dit qu'ils captaient des ondes venues du début du monde. Et j'ai compris qu'avec eux, le temps n'existe pas.

Angline opine. Cette façon volubile de parler ne correspond pas au Paul qui dînait hier soir en face d'elle. Son silence lui semblait sincère alors que ses mots ce matin sonnent faux et cherchent à cacher ce qui le taraude.

Au bout de deux kilomètres, la route fait place à une piste caillouteuse où les roues des grosses machines ont imprimé deux profondes rigoles pleines d'eau. Paul range son véhicule en retrait. Il fait beau, le soleil illumine la montagne. Paul a retrouvé son agilité de cabri et saute d'un rocher à l'autre. Angline le suit en prenant garde de ne pas tomber. Paul ne se préoccupe pas d'elle ; il court vers l'arbre promis, celui qu'il attend depuis des années.

Les voilà enfin dans la pente raide qui descend vers un ruisselet. L'arbre est là, majestueux, énorme. Angline remarque une racine en surface, qui s'éloigne du tronc comme un énorme serpent. Paul précise :

— Cette racine, c'est une marque de qualité. Ici, la vie est dure, les arbres ne prennent pas le temps de fignoler leur apparence. Si une racine dépasse et court sous la surface, c'est qu'il n'y a pas d'eau permanente en dessous. Donc, notre animal a eu soif et faim, ça l'a rendu noble et sage.

Ils aperçoivent une fourgonnette s'arrêter près d'un mur de rochers infranchissables. Un homme assez corpulent en sort et vient à leur rencontre. Le visage rouge piqué d'une barbe de plusieurs jours, la casquette de travers, il salue le luthier et lance un regard curieux à Angline.

— Salut, Jean ! Je te présente Angline, mon apprentie, dit Paul en désignant la jeune femme.

— Ben toi…, fait l'homme sans aller au bout de sa pensée.

Jean est sceptique, ça se voit à sa tête, mais il passe outre et sort de son véhicule une énorme tronçonneuse, des cordes et différents bidons contenant de l'huile et du carburant.

— Celui-là, je le connais bien, explique Jean. On va le tomber dans ce sens. Il y a une trouée par là. Ça va casser quelques hêtres, mais c'est pas grave. Ici, le hêtre ne vaut rien.

De plus en plus mal à l'aise, Angline ne peut quitter du regard le géant impassible dans la lumière éclatante du matin, son dernier matin, son dernier jour… Elle voudrait protester, mais n'ose pas en face de Jean. Elle caresse l'écorce de l'épicéa pendant que Jean prépare sa tronçonneuse. Ne résistant pas à l'élan qui la pousse, elle plaque ses bras contre l'écorce. Goguenard, Jean sourit.

— Tu l'as trouvée où, ton apprentie ?

Angline pourrait presque l'entendre penser : « Encore une de ces citadines qui pleurent la mort d'un arbre ! »

Paul, un peu à l'écart, ne répond pas. Lui aussi est triste face au sacrifice tant espéré et sûrement inutile. Il se réconforte en se disant que l'épicéa est vieux, qu'il ne supportera pas les prochaines tempêtes et mourra de la pire des manières, arraché par un orage, couvert de mousse, foulé au pied par les animaux. Il s'approche d'Angline et lui pose une main sur l'épaule. La jeune femme frémit.

— Viens, c'est ce qu'il y a de mieux pour lui.

Les larmes roulent sur les joues de la jeune femme. Jamais elle n'aurait pensé que l'abattage d'un arbre pourrait lui causer autant de chagrin.

— Pas de sensiblerie ! reprend Paul sur un ton plus dur, sans doute pour cacher sa propre émotion. Une nouvelle vie l'attend, tellement plus enthousiasmante que celle d'une plante ordinaire, même s'il a plus de deux cents ans.

Jean ricane ouvertement de la réaction d'Angline. Pleurer pour un arbre ! Ces gens de la ville ne comprennent rien à la nature, à la mort qui engendre la vie. C'est comme ceux qui mangent de la viande, mais refusent qu'on tue les animaux…

— Ce n'est pas un arbre ordinaire, oppose Angline à Paul. Il me parle quand je me presse contre lui, il me souffle des tas de sentiments. Je le sens vivre, palpiter, et le voilà condamné. Un peu comme si c'était un homme à qui on va trancher la tête.

La tronçonneuse enfin démarrée rugit. Figée, Angline regarde la lame renvoyer des rais de lumière agressifs.

— Éloignez-vous, conseille Jean.

Le bûcheron commence à entailler le tronc du côté de la pente et, avec une coupe oblique, il arrache un coin de bois. Angline découvre sa chair blanche. Elle a mal pour lui, elle voudrait partir en courant, ne pas voir la chute du géant vaincu par une petite machine tonitruante. Jean fait le tour du tronc et se tourne vers Paul.

— Abattre des monuments comme celui-là, ce n'est pas à la portée de n'importe qui. Il faut un peu de métier.

« Des monuments », ce mot tourne dans la tête d'Angline. C'est le bon terme, puisqu'il regarde le monde depuis plus de deux siècles. Quand il est né, les hommes s'éclairaient à la bougie et coupaient les arbres à la scie manuelle ou à la hache. Respecté par tant de générations pour finir sous les rugissements d'une tronçonneuse pleine de rage, qui crache les débris de sa chair ! Une agréable odeur de résine se répand dans l'air, comme si celui qui allait mourir faisait un dernier cadeau à ses bourreaux.

— Il contient tant de musique, murmure Paul qui lui non plus n'est pas très à l'aise.

Tant de musique ! Angline aussi est pleine de cette musique apprise et jouée autrefois, quand elle était vivante. Les notes qui s'aiment, comme disait Mozart, se tassent en elle, forment un embrouillamini qui lui cache le soleil et ses reflets sur l'étang. Des sentiments contraires, des désirs qui s'entrechoquent alourdissent chacun de ses gestes et embrument ses pensées. Sa solitude la laisse au bord de la route.

— Je jure que je ne t'oublierai jamais ! laisse échapper Angline.

Qu'est-ce que cela signifie ? Elle en a une vague idée, mais ne veut pas la formuler pendant que la lame s'enfonce droit dans le tronc, à l'opposé de la saignée. Enfin, Jean recule et regarde un instant le tronc toujours immobile. Tout en haut, les branches sont animées de légers tremblements.

— C'est qu'il ne veut pas tomber ! s'exclame Jean.

Il retourne vers son véhicule et revient avec une masse et des coins de fer.

— S'il commençait à partir de ce côté, rien ne pourrait l'arrêter et il risquerait de rouler jusqu'à la rivière. Pour le sortir, il n'y aurait que l'hélico, mais ça coûte cher. Et il penche un peu dans ce sens, alors autant prendre des précautions.

Les accidents survenus pendant l'abattage de ces grands épicéas sont nombreux. Combien de bûcherons expérimentés se sont fait surprendre ? Jean, lui-même, a déjà manqué d'être broyé et l'explique :

— C'était à peu près comme ici. L'arbre devait se renverser dans la pente, on n'avait pas vu que ses branches hautes pesaient dans l'autre sens. J'ai entendu un craquement et tout d'un coup la grosse bille s'est renversée et m'a fait rouler dans la pente. Il s'en est fallu de peu qu'elle m'écrabouille. J'étais plus souple qu'aujourd'hui.

Il enfonce les coins dans la fente. Rien ne bouge.

— Quand tu sais comme c'est petit, une graine d'épicéa, et que ça donne ce géant ! La nature n'a pas fini de m'étonner, poursuit le bûcheron.

Il regarde le sol et ajoute en s'adressant à Angline :

— Vous voyez, ces petits arbres de l'année, une tige pas plus grosse qu'un fil, haute de cinq centimètres, si fragile ! Un chevreuil passe, y donne un coup de dent et c'est fini ! Combien de chances a-t-elle de devenir un grand arbre ?

Il redémarre sa tronçonneuse et glisse la lame devant les coins. Ses gestes sont simples, précis, méthodiques. La scie mécanique recommence à cracher son jet de sciure. Jean ne cesse de lever la tête, et reste sur ses gardes, prêt à s'écarter au moindre craquement. Il s'arrête, sort la lame et pose la tronçonneuse sur le côté.

— Cette fois…

Il a entendu un bruit sourd, une sorte de soupir du bois, un râle profond. Il attend, les bras écartés, surveillant la cime de l'épicéa toujours immobile. Au bout d'une longue minute, comme rien ne se passe, il prend sa masse et frappe alternativement les deux coins fichés dans la blessure qui s'est un peu ouverte. Encore un craquement, comme venu du centre du tronc. En haut, la touffe de branches s'agite, comme secouée par un brutal coup de vent. Angline retient sa respiration. Un autre craquement, puis un autre, plus sec celui-là, plus puissant. Il semble que le tronc amorce un léger tour sur lui-même, puis, lentement, il penche, prend de la vitesse, et s'abat dans un grand bruit de branches cassées, s'allonge sur le sol avant de s'immobiliser, pendant que ses branches continuent de bouger. Qu'il est grand ! Le bel épicéa gît sur le sol, énorme, beaucoup plus gros que lorsqu'il était debout ; le voilà immobile, vaincu par une minuscule machine, renversé aux pieds des hommes tout à coup plus hauts que lui. L'arbre vivant est devenu grume, bois de travail. Jean s'approche, un grand sourire satisfait aux lèvres.

— Un sacré bestiau ! C'était un des plus beaux du coin.

— C'est pour cette raison que je l'ai acheté, dit Paul en s'approchant lentement de la coupure nette qui montre le bois et les stries.

Il le caresse du bout des doigts.

— Superbe !

Il fait signe à Angline de le rejoindre et lui montre :

— Les stries sombres t'indiquent l'âge de l'arbre. Tu les comptes et tu sais !

À son tour Angline passe sa main, caresse la chair blanche. C'est un acte de compassion. Une larme qu'elle ne peut retenir roule sur sa joue. Paul et Jean feignent de ne pas la voir. Eux aussi se sentent mal à l'aise face à ce cadavre qui, deux heures plus tôt, était encore debout et fier.

Hervé Rocconi arrive, essoufflé, et, les mains dans les poches, contemple son arbre au sol.

— Regarde, Paul, pas une branche sur vingt mètres, c'est exceptionnel. Je ne te l'ai pas vendu assez cher !

— Il faut d'abord regarder ce qu'il a dans le ventre.

— Tu veux le couper en combien de tronçons ?

— J'en prendrai seulement quatre ou cinq.

Arrive un camion qui ressemble vaguement à un tank avec ses roues reliées par de larges chenilles métalliques. Pendant ce temps, la tronçonneuse reprend son vacarme agressif et tranche le tronc, formant d'énormes tronçons de trois mètres, comme l'a demandé le luthier. L'orgueilleux épicéa n'existe plus. Angline voit le ciel bleu par la trouée qu'il occupait. D'autres prendront sa place. Ainsi va la vie.

Quand le chargement est prêt, les hommes se rassemblent. Angline est restée à l'écart et les regards des forestiers s'arrêtent sur elle. Mais personne ne fait de commentaire.

— Tu passeras te faire payer, dit Paul à Jean. Ce soir à l'hôtel Bresson, tu sais, celui qui est au bord de la place. C'est là qu'on loge.

Jean range sa tronçonneuse, ses coins, tout son matériel de bourreau des grands arbres. Il salue tout le monde et s'en va. À son tour, le camion à chenilles s'éloigne.

— Si ces grands épicéas sont encore là, dit Paul à Angline, c'est qu'autrefois, les hommes n'avaient aucun moyen pour les transporter. Dans une trentaine d'années, il n'y en aura plus.

— Et les luthiers, alors ? demande Angline.

— Ils se débrouilleront avec des bois de moins bonne qualité. Je me dis souvent que j'aurais aimé vivre au temps de Stradivari. Il devait y avoir des arbres merveilleux !

Ils prennent congé d'Hervé et rejoignent la fourgonnette. Ils empruntent la route départementale jusqu'à un village au milieu de bosquets et de larges prairies en pente. Ils se garent devant un grand bâtiment tout en largeur à côté d'un empilement de grumes. Paul et Angline traversent la vaste cour entre les bâtiments, assourdis par le sifflement d'énormes machines. Autour d'eux, des petits tracteurs transportent des planches, des ouvriers se croisent, échangent quelques mots et poursuivent leur chemin. Ça sent bon la sciure, la résine et l'écorce humide.

Un homme encore jeune se dirige vers le luthier et lui sourit. Il a un visage avenant, un beau sourire, et une certaine grâce dans sa démarche.

— Monsieur Lebarron, comme je suis content de vous voir !

— Salut, Cyril, fait Paul en serrant la main tendue. Comment va ton père ?

— Très bien, il va regretter de ne pas vous avoir vu.

— Bon, j'ai un gros épicéa à trancher en quatre. Il faut que je voie ce qu'il a dans le ventre. Au fait, ma réserve, j'espère que tu ne l'as pas vendue ?

L'homme sourit. Tout en parlant, il avise Angline qui, comme toujours, reste en retrait. Il s'étonne intérieurement de sa présence auprès de l'ours Paul. Cyril connaît beaucoup de choses sur la vie de ce client un peu particulier. Il était enfant quand il l'a rencontré pour la première fois avec son épouse. Son père dirigeait la scierie et ils passaient souvent une partie de la journée à bavarder. Cyril a pris la relève.

— Votre bois est toujours là où vous l'avez entreposé il y a près de dix ans. Figurez-vous que je m'en souviens. J'étais ado, mais votre manière de parler de ces bûches m'avait beaucoup intrigué.

— Je commence à me faire vieux, mais j'ai encore envie de travailler, se sent-il obligé d'affirmer.

Cyril regarde de nouveau Angline. Un petit vent joue dans ses cheveux et le jeune homme n'est visiblement pas insensible à son charme.

Ils entrent tous les trois dans un vaste hangar où sont stockées des piles de planches.

— Comment tu t'y retrouves dans tout ça ?

— L'habitude !

Dans un coin, Paul reconnaît « sa » pile, haute de près de deux mètres, de grosses bûches empilées croisées.

— Voilà votre bois. Personne n'y a touché.

Paul reste un instant étonné par la quantité.

— Je ne pensais pas qu'il y en avait autant. Il va falloir que je te débarrasse. Je vais bientôt venir en chercher.

— Ce serait une bonne chose, je commence à manquer de place !

Paul retourne à sa fourgonnette, laissant Cyril en compagnie d'Angline. Le silence tombe entre eux, lourd, plein de pensées non formulées. Cyril se racle la gorge et demande :

— Vous travaillez avec Paul ?

— Non. Je suis une ancienne violoncelliste. J'ai dû arrêter la musique à la suite d'un accident.

Paul revient, portant une large bûche de sycomore très ondé.

— Je vais prendre une partie de la réserve, mais je voudrais bien m'assurer qu'il se trouve là-dedans une bonne table à marier avec ce fond.

Sous le regard intrigué des deux jeunes gens, il commence à frapper les morceaux de bois qui émettent des sons plus ou moins clairs, plus ou moins aigus. Il revient en arrière et s'arrête longuement sur une bûche qui sonne très pur.

— Qu'est-ce que tu entends ? demande-t-il à Angline.

— Entre *fa* et *fa* dièse.

Paul se tourne vivement.

— Et celui-là ?

— *Do* dièse un peu bas, répond Angline, se prêtant au jeu.

— Je me dis souvent que ce genre d'écoute ne sert à rien. Le son, c'est beaucoup plus qu'une note.

— Vous me l'avez déjà dit, répond Angline, pensive. Alors pourquoi vous le faites ?

— Par habitude, mais j'ai remarqué qu'il vaut mieux se fier à son instinct. Ce qui compte surtout dans le son, c'est sa richesse. Un peu comme le vin bourru. Ce qu'il faut y chercher, ce sont les acides, les aigreurs qui, avec le temps, vont devenir des arômes sublimes. Ici, c'est un peu plus compliqué. On mélange des sonorités avec des caractéristiques qui, rassemblées, peuvent donner des sons uniques et riches. Mais l'inverse se produit aussi. Mes mariages, s'ils fonctionnent généralement assez bien, sont parfois déplorables.

— Vous devriez créer un site de rencontres ! plaisante Cyril.

Imperturbable, Paul poursuit sur sa lancée :

— Rien n'est gagné. Le son que je découvre en ce moment contient le son final. Quand la table et le fond sont à l'épaisseur, il arrive que leur sonorité se soit transformée et qu'elle ne me plaise plus. Comme un couple humain. On se met ensemble parce qu'on a les mêmes vibrations superficielles et, avec le temps, on découvre que ce ne sont pas les plus importantes.

Il se tourne vers Angline :

— C'est le sens de toutes les tables et de tous les morceaux d'instruments que tu as vus dans un coin de mon atelier : des mariages ratés.

Il joue encore, il essaie de redevenir le luthier d'avant. Pourtant, la sonorité de ce bois ne lui parle plus. Et ça lui fait mal de mentir.

— Bon, je vais mettre celui-là de côté, conclut-il, mal à l'aise. Et je vais charger le reste dans la fourgonnette. Il est temps que j'en rapporte à Rambouillet.

— Vous vous rendez compte de la quantité ! s'exclame Cyril. Vous ne pourrez jamais tout utiliser ! En en plus, vous venez d'acheter un arbre !

— Ce que tu oublies, Cyril, c'est que je suis maniaque, je ne me sers que des plus beaux morceaux.

Sans rien ajouter, Paul prend une bûche et l'emporte jusqu'à sa camionnette dont il a ouvert les portes arrière.

Cyril lui donne un coup de main. Quand tout est chargé, Paul se tourne vers le jeune homme :

— Tu salueras ton père et tu lui diras que je l'attends toujours à Rambouillet.

Il déplace son véhicule pour laisser passer le camion transportant son arbre. Un tracteur muni d'une énorme griffe dépose les morceaux de grume près du banc de la scierie. Le conducteur du camion s'approche de Paul et lui tend une facture.

— Je vais te régler tout de suite. Je repars demain matin. Le temps passe si vite et j'ai beaucoup à faire !

— Toujours pressé ! Tu n'as donc pas changé. Quand prendras-tu le temps de te reposer !

— T'en fais pas, du temps pour me reposer, j'en aurai bientôt et beaucoup !

Le tracteur dépose une pièce d'épicéa sur le chariot de la scie.

— En quatre, comme d'habitude ? demande un des scieurs à Paul.

— Il est vraiment très gros. Tu me le fais en huit. Ce sera plus facile pour moi.

Il s'est approché et regarde cette partie de l'arbre, *son* arbre. Il s'assure que l'ouvrier règle la lame de sorte qu'elle passe exactement par le centre. Enfin, le large ruban hérissé de grosses dents se met à siffler. Le chariot roule lentement, très régulièrement. La lame tranche dans le bois avec un sifflement que Paul ressent au fond de lui comme une sorte d'angoisse, l'attente avant l'ouverture d'un cadeau surprise.

Enfin séparés, les deux morceaux roulent de chaque côté du rail. Paul se précipite. L'odeur de résine est intense, tellement puissante qu'elle en devient presque désagréable. Paul se penche sur la première moitié, frotte la surface pour en enlever la sciure et regarde longuement les fibres du bois. Il fait signe à Angline de s'approcher.

— L'instant de vérité. Pas de poches de résine, cela prouve que l'arbre a poussé régulièrement, protégé de coups de froid au printemps et avec peu de nourriture, mais en quantité suffisante. Il n'a pas eu à se défendre contre des agressions extérieures. Les poches de résine, c'est comme les varices chez nous, c'est la preuve d'un mauvais fonctionnement, explique-t-il à Angline.

Il reprend sa contemplation et précise :

— D'ordinaire, je ne prends pas de lunettes, mais là, c'est très délicat. Tu vois les lignes sombres de poussée d'automne, assez larges, bien visibles ? L'idéal, ce serait qu'elles mesurent à peu près le quart de la largeur des poussées de printemps, on y est presque. Et cette régularité ! Parfaitement droit ! C'est bien ce que je pensais, cet arbre a bénéficié d'un tout petit microclimat dans sa pente et il a eu juste assez d'eau et de soleil chaque année avec des minéraux pour nourrir ses fibres. Un grand cru !

Il n'arrive pas à détacher son regard de ces deux pièces de bois blanc cassé. Déjà les ouvriers positionnent une moitié sur le banc pour le trancher de nouveau par le milieu.

— Et le centre est bien au centre, mais ça ne veut pas dire que je n'aurai pas de mauvaises surprises.

Puis, se tournant vers Cyril :

— Tu peux le mettre à la place de celui que j'emporte. Tu le pèleras, bien sûr !

Il ajoute à l'attention d'Angline :

— L'épicéa a deux écorces. Une première, celle que tu vois, épaisse et craquelée, comme écaillée. Il y a en dessous une seconde écorce, lisse, très isolante. Si tu ne l'enlèves pas, le bois ne sèche pas régulièrement et devient un nid à insectes, sans parler des champignons qui le bleuissent.

Paul se dirige vers sa voiture et fait signe à Angline d'y prendre place.

— Ça me fait de la peine de laisser ce trésor ici. Je reviendrai le chercher très vite. C'est un des plus beaux arbres que j'aie achetés.

Le soir au dîner, Paul est de nouveau sombre. Il commande son habituel whisky, garde les yeux baissés, visiblement préoccupé, loin de cette salle de restaurant où flotte une forte odeur de fromage chaud. Angline ne fait pas de remarque. Elle commence à connaître Paul. Grande gueule et d'une sensibilité qui le fait souffrir. À quoi pense-t-il ?

— Je suis fatigué, dit-il soudain. J'ai tué cet arbre pour faire le malin. Pour me donner l'impression que je suis encore vivant.

Il porte le verre de whisky à ses lèvres.

— Certains jours, je me sens au fond du trou. Il ne faut pas m'en vouloir.

Angline braque sur lui ses grands yeux bleu-gris. Elle ne connaît Paul que depuis quelques semaines, mais elle s'est attachée à lui, comme s'il comblait une place restée vide depuis sa petite enfance, celle d'un homme debout à côté d'elle, d'un père qui lui montre la route.

— Je devrais être heureux, poursuit le luthier. J'ai acheté l'arbre que je convoite depuis des années. C'est bien, parce que ce beau géant ne méritait pas qu'on le laisse dans un coin et que personne ne s'occupe de le faire chanter. Pourtant, je me dis qu'il ne verra pas le retour des hirondelles au printemps prochain.

Il parcourt la carte des menus. Quand la serveuse approche, il demande à Angline :

— Que penses-tu d'une fondue ? Allez, on ne va pas se laisser abattre !

Il commande une bouteille de vin du Jura, puis baisse de nouveau les yeux. Son visage exprime une grande tristesse. Angline respecte son silence. La bouteille de vin arrive, Paul la prend vivement, puis remplit son verre et le boit d'un trait. Il lance un regard rapide à la jeune femme.

— Je ne veux pas gâcher ton dîner. Alors parlons de toi. Tu as des nouvelles de ta maman ?

— Elle va bien.

Là, dans cette salle de restaurant, au milieu des autres clients, la retenue, la pudeur n'ont plus de sens. Et soudain elle éprouve le besoin de vider son esprit, de se confier.

— J'ai ressenti des choses uniques dans la forêt, des signes qui me poussent vers un autre monde, un monde que j'ignorais jusque-là.

— La lutherie ?

— Je ne sais pas, c'est sans doute trop tôt pour le dire.

Son visage se ferme. Paul boit son deuxième verre comme s'il cherchait à s'assommer avec l'alcool pour ne plus sentir les épines de son âme.

— Tu n'es pas guérie de ton accident. Ta réaction disproportionnée vis-à-vis du violoncelle que tu as vu chez moi montre que tu es toujours malade de ne plus pouvoir jouer de musique.

Angline ne répond pas, car elle ne trouve pas les mots pour exprimer ses contradictions. Des flots de regrets affluent et les larmes noient ses yeux. Paul vide son troisième verre.

— Allez ! C'est notre dernier soir dans cette région. Il faut fêter ça, et surtout éviter les nuages. J'ai besoin de m'éclairer l'esprit avec des pensées folles ! Je ne suis pas un ivrogne, mais parfois, ce qui se passe en moi est si douloureux que j'ai l'impression que ça va me requinquer. Mon médecin veut toujours me prescrire des médicaments, des anti-ceci et anti-cela. Je pense que ce n'est pas bon non plus.

— Ça m'a rendue très triste de voir tomber l'épicéa, murmure Angline. Mais je sais bien que c'est dans l'ordre des choses.

— Tu sais, parfois, je me dis que les hommes sont comme les arbres. Quand ils tombent, ils meurent dans cette vie pour en commencer une autre : le feu pour les uns, des poutres, des meubles pour d'autres, et enfin la musique pour les plus nobles…

Paul continue de boire. Angline comprend qu'il fait un gros effort pour poursuivre la conversation, pour passer outre ce qui l'oppresse. C'est la première fois qu'elle le voit dans cet état. Ce soir, le fardeau du luthier semble trop lourd, trop douloureux. Il mange très peu, se contentant de grignoter des morceaux de pain grillé. Après un autre long silence, il soupire et lève ses yeux mouillés sur la jeune femme.

— J'ai assez vécu pour comprendre que la vie est une garce, qu'elle te fait des sourires et te poignarde dans le dos.

— Après mon accident, j'ai tenté de me suicider, avoue Angline en tournant le morceau de pain dans la crème de fromage. Je ne voyais aucune issue, seulement une vie sombre et douloureuse. Peut-être que je recommencerai.

Le vieil homme l'observe longuement. Comment une si belle personne peut-elle avoir envie de mourir ? Il sort son portefeuille de sa veste posée sur le dossier de la chaise, l'ouvre et en extrait une petite photo qu'il pose devant Angline. Une jeune femme tient une fillette dans ses bras.

— Claudine et Julie. Claudine, c'était ma femme. Notre fille Julie avait seize ans. Pleine de vie. Un soir, c'était le 17 mars 2017, elle est partie à vélo rejoindre une amie de l'autre côté de Rambouillet, comme elle le faisait souvent. À un moment, la route s'enfonce dans un morceau de forêt. Le temps était gris. Une voiture qui roulait très vite l'a fauchée. Le chauffard l'a laissée gravement blessée, agonisante. C'est à partir de ce moment que mes instruments sont devenus médiocres.

Bouleversée par cet aveu, Angline avance sa main et la pose sur celle de Paul qui ne bouge pas. La chaleur de cette jeune peau sur la sienne lui fait du bien.

— Julie est morte dans le camion des pompiers qui la transportait à l'hôpital. Secourue quelques minutes plus tôt, elle aurait pu être sauvée. Claudine ne s'en est jamais remise. L'année suivante, elle est tombée malade : le cancer du pancréas. Je suis certain que c'est lié. Trois mois de souffrance et elle est morte.

Il contemple son verre vide, soupire et poursuit :

— La police n'a rien trouvé. Le chauffard, le criminel, court toujours. Avec tout ça, tu comprends que je ne peux plus construire de bons violons. Mon esprit est encombré de nuages sombres, de mauvais temps, d'orages.

Paul a bu seul tout le vin. Il ne prend pas de dessert et décide d'aller se coucher. Il fait glisser sa chaise et se lève. Angline le suit. Paul marche lentement, en titubant. Il arrive à l'escalier et monte lourdement, jusqu'au palier.

À la porte de sa chambre, il ne trouve pas le trou de la serrure. Angline lui prend la clef des mains.

— Bonne nuit, dit-il. Je n'aurais jamais dû revenir ici. Ça me fait trop mal.

8

Paul a très peu dormi. Il a passé la nuit, couché sur le dos, à ressasser ces terribles journées qui ont anéanti sa vie, qui l'ont éloigné à tout jamais de sa vocation. Les jours qui ont suivi l'inhumation de Julie, les larmes de Claudine qui errait sans but, qui tournait en rond dans la maison avec un regard de folle, qui oubliait de se laver, de s'habiller, qui restait souvent des heures dans le noir, les volets fermés, le révoltaient. L'injustice du drame le rendait agressif et méchant. Il est allé à l'église de Rambouillet. Il s'est assis sur un banc et a attendu un signe du ciel qui n'est pas venu. Pourtant, avec un tel signe, tout aurait pu repartir. « Une certitude, demandait-il à voix basse en regardant l'autel, donnez-moi une certitude et j'accepterai. » Mais l'autel est resté muet. Quand il retourne y allumer un cierge, il espère toujours ce déclic qui ne se produit pas.

Et puis le cancer de Claudine. C'était trop pour ce petit homme qui ne peut travailler que dans la sérénité, dans la lumière d'un esprit ouvert aux autres. Il n'a pas eu le courage de mettre fin à ses jours, alors, il a laissé passer le temps, viscéralement attaché à Râteau, le seul être aimant qui lui restait.

Il roule en direction de la région parisienne, en surveillant qu'Angline n'est pas derrière lui avec sa petite voiture blanche. Il veut être seul aujourd'hui. Il s'est laissé allé à une confidence qui va changer leur relation. Ce qu'il redoute.

Il traverse Rambouillet et arrive chez lui vers onze heures. Sa fourgonnette arrêtée devant son atelier, il regarde autour de lui, comme si ce qui a été son environnement depuis son enfance avait changé. « Voilà que je perds la tête ! À la fin, mon grand-père s'était égaré dans Rambouillet, je prends le même chemin. » Assis devant lui, Râteau le regarde, étonné. Alors, les mains dans les poches, Paul passe devant sa maison sans entrer, se dirige vers le fond de son terrain. Il revoit Julie courir entre les arbres, se balancer à la branche basse d'un marronnier. Il se souvient que, lorsque quelque chose n'allait pas dans son travail, il venait là, sous le gros cerisier. Souvent, la solution lui apparaissait aussitôt. Il s'assoit au pied de l'arbre, et reste impassible un long moment.

Soudain, Râteau part en courant vers la maison, signe d'une visite. Paul se tourne. Angline vient au-devant de lui. Il voudrait la fuir, comme s'il avait honte de ce qu'il lui a dit.

— Quand je me suis levée, j'ai vu que votre voiture n'était plus sur le parking…

Il ne sait quoi répondre et rebrousse chemin vers sa maison. Angline, qui a compris que sa présence n'était pas désirée, s'éloigne discrètement. Paul est soulagé et en même temps déçu : pourquoi n'a-t-elle pas insisté ?

Il ne mangera pas, le vin bu la veille lui brouille encore l'estomac. Dans son atelier, il reste très longtemps assis sur son tabouret. Les pièces de bois qu'il a sélectionnées ne lui parlent pas. Alors, il va décharger sa camionnette et ranger les nouvelles bûches dans sa réserve. Ensuite il se sent fatigué et rentre à la maison. Il réussit à dormir un peu sur le canapé devant la télévision. Au réveil, avec un atroce mal de tête, il décide d'aller se promener en forêt et met sa laisse à Râteau, puis change d'avis et se dirige vers son atelier.

Angline s'est directement rendue à la boutique de Samuel Lehman, qui n'a pas caché sa satisfaction de la retrouver. Après son après-midi de travail, elle retourne chez Paul et le trouve dans son atelier. Le vieux luthier a ceint son tablier de cuir trop long, qui touche presque le sol, ce qui le fait paraître encore plus petit que d'habitude.

— Ah, c'est toi ? fait-il comme s'il était surpris de sa présence. J'ai eu le temps de découper le bois avec ma scie à ruban et de le rectifier avec la raboteuse. Ici, le sycomore, pour le fond, le dos si tu préfères, et là, l'épicéa pour la table, c'est la partie avec les ouïes qui supportent le chevalet et les cordes.

— Ah bon ?

Elle ne va pas au bout de sa pensée. Paul a retrouvé un élan vital qu'elle ne veut pas contrarier. Il lui lance un regard lourd de reproches. Il n'a pas oublié un seul mot de sa confidence de la veille et cela le met très mal à l'aise ; alors, pour s'en défendre, il ronchonne.

— Ouais, je vais construire ce violoncelle. Aux Rousses, j'ai fait le mariole, je n'étais pas sûr de moi. Mais les arbres m'ont fait des signes et ce serait grave de les ignorer.

— Ça me fait plaisir de constater que vous avez toujours envie de donner du bonheur aux musiciens.

— Bon, bon, coupe court Paul avec agacement.

Angline caresse les deux planches de sycomore, avec leurs ondes lumineuses. Une émotion profonde la gagne. Il y a là un instrument en devenir, un petit miracle en cours.

Paul ne quitte pas des yeux les doigts fins qui glissent sur la planchette. C'est un peu à lui que s'adressent ces caresses et ça lui fait du bien. Il se sent plus léger, comme si la présence de la jeune femme chassait la brume de ses pensées.

— Là, dans ce bloc, ce sera le manche, explique le luthier. Le manche, c'est une sculpture plus compliquée que le reste, mais je prends mon temps, un peu chaque jour, en rectifiant les imperfections de la veille. Et là, c'est le moule.

— Le moule que vous m'aviez montré ? s'étonne Angline.

— Ben oui ! Ce moule, que l'on dit « en dedans », donne la forme intérieure du corps. Le corps du violoncelle est constitué de vide… Il existe aussi des moules « en dehors » qui donnent le contour extérieur de l'instrument. C'est mieux pour la symétrie, mais il faut en avoir l'habitude. Moi, j'ai toujours travaillé avec des moules « en dedans » et ce n'est pas à mon âge que je vais changer ! Tu remarques là les deux tasseaux en bois d'aulne et les coins. Ils permettent de donner la forme caractéristique de l'instrument et de le rendre plus solide. Et maintenant, voici les éclisses, ces bandes de bois de un millimètre et demi d'épaisseur qui forment le tour de l'instrument.

Angline prend dans sa main une de ces fines feuilles de bois aux ondes chatoyantes.

— On va les plier, et ensuite, on les collera aux coins que j'ai mis en forme tout à l'heure. Ce qui est étonnant dans cet instrument, c'est qu'il n'y a pas un seul angle droit, mais que tout doit être d'aplomb. On peut commencer le pliage des éclisses.

Étrange, cet enthousiasme soudain. La veille, Angline avait vu un désespéré lui expliquant qu'il ne pouvait plus travailler depuis le drame, et voilà qu'elle le retrouve parlant avec entrain de son futur instrument, de son travail, comme si rien de plus important au monde n'existait. De son côté, Paul remarque l'étonnement d'Angline, ce qui lui fait reculer sa casquette vers l'arrière comme pour mieux la voir.

— C'est la mise en route qui est la plus contraignante, il faut tout vérifier, s'assurer qu'il n'y a pas la moindre erreur qui se retrouverait jusqu'à la fin. Au fait, je ne t'ai pas dit : la forme de mon moule, c'est celle de Stradivari, avec quelques petites modifications personnelles !

Il lance un regard fier à la jeune femme qui sourit, car il le lui a déjà dit. Comme un gamin espiègle qui aurait montré au maître une autre solution au problème qu'il résout au tableau.

— Ouais, c'est un peu prétentieux de ma part, mais bon, Stradivari aussi faisait des erreurs.

Il se dresse, pose ses mains sur ses hanches et poursuit :

— La personnalité du luthier est tout entière dans l'instrument. J'imagine une forme, tellement juste que celui qui la regardera pensera que c'est une forme parfaite, mais avec ce brin de fantaisie sans laquelle la perfection devient ennuyeuse.

À mesure qu'il parle, les yeux d'Angline s'illuminent. Elle boit ses paroles en entrouvrant la bouche, comme un enfant à qui on raconte une belle histoire. Elle paraît tout à coup fragile, simple.

— Mais il faut toujours douter et se remettre en cause. Alors, je modifie constamment mes moules, et comme je suis toujours dans le doute, j'en fabrique de nouveaux…

Il pose les planches de sycomore sur l'établi et se tourne vers Angline restée un peu en retrait.

— J'ai beau avoir construit beaucoup de violoncelles, c'est toujours aussi compliqué. Au début, on a la naïveté de l'enfant qui ne mesure pas la difficulté de ce qu'il entreprend. Alors, son ignorance le fait passer à côté des pièges. Dès que tu as un peu de métier, des tas de questions surgissent, pourquoi ceci, pourquoi cela, est-ce bon pour le son ? Et ces fameuses idées géniales, qui naissent la nuit, que tu t'empresses de concrétiser dès le lendemain et qui s'avèrent souvent catastrophiques deux jours plus tard ! En lutherie, la perfection est si lointaine et toi si pressé de l'atteindre, que tu multiplies les chemins ; parfois tu t'en approches un peu, souvent tu t'en éloignes ! En fait, tu ne vois que ce que tu veux bien voir, et deux jours plus tard, ton regard a changé. Ce qui te semblait raté te paraît correct et, à l'inverse, il se peut que ce que tu croyais être une idée de génie te semble fade et inutile.

— C'est la même chose avec la musique. Au fil du temps, on perd sa spontanéité de débutant et ce qui était naturel au début demande un grand effort pour être réalisé d'une manière simple avec réflexion, confie Angline.

C'est la première fois qu'elle parle de musique. Cela la surprend elle-même. Est-ce pour aller dans le sens de Paul, ou parce que le blocage face à son passé est en train de se fissurer ?

— Ça fait plus de cinq siècles qu'on construit des violons, il faut se dire que tout a été tenté et que si les anciens ont abandonné tel ou tel procédé, c'est qu'il y avait une bonne raison. Tu dois te méfier du bois souvent menteur qui te montre des aspects te poussant vers l'erreur, mais c'est surtout de toi que tu dois te méfier.

Paul se penche sur son moule, prend des mesures et se tourne de nouveau vers Angline.

— J'ai toujours pensé que j'avais un défaut aux yeux. Quand je mesure cette distance et celle-là, elles sont parfaitement identiques ; pourtant, quand je les regarde, j'ai l'impression qu'elles sont différentes.

Angline observe les lignes tracées sur le moule et opine.

— À force de reluquer les formes, de chercher le moindre défaut, on finit par en trouver, comme si notre vue se lassait de la perfection des lignes. Bon, c'est bien beau de discuter, mais je dois plier les éclisses. Ce n'est pas difficile, mais ça demande quand même un peu d'habitude.

Son fer à plier, sorte de cylindre aplati et plus étroit d'un côté que de l'autre, est prêt. Paul trempe un tissu épais dans l'eau chaude où il a mis les éclisses et en entoure le cylindre de métal. Un sifflement d'eau bouillante et de la vapeur s'en échappent.

Il pose l'éclisse contre le tissu et, des deux mains, le plie lentement.

— Il ne faut pas se presser. Tu dois sentir le bois qui cède, et toujours exercer la même pression. Si tu forces, tu casses tout.

Angline voit la fine pièce prendre la forme. Ensuite, Paul soulève les mains en maintenant la pièce pliée.

— Il faut la garder ainsi jusqu'à ce qu'elle soit froide, alors elle se redresse moins. Tu veux essayer ?

La jeune femme prend l'éclisse et la pose sur le tissu mouillé qui fume. Elle appuie et sent le bois fléchir. C'est peu de chose, mais elle découvre des mouvements qui lui semblent naturels.

— Tu es douée, constate Paul, un peu froissé par tant de facilité.

Elle lui lance un regard ravi. En pliant l'éclisse, elle a retrouvé la sensation de plénitude qu'elle avait ressentie en étreignant l'épicéa : une joie profonde, un contentement de tout son être, l'impression de ne plus avoir de poids ni de corps, d'être immatérielle, comme au temps où elle jouait en soliste…

— Je peux continuer ? demande-t-elle.

— Oui, mais surtout garde la tête froide. Trop d'impatience conduit à la catastrophe.

Paul se prend au jeu et pose ses mains sur celles d'Angline pour les diriger. Quand c'est fini, ils se rendent dans la pièce des machines.

— Là, il n'y a rien d'intéressant à faire. Raboter les deux planches, puis les coller avec des presses puissantes.

Angline ne perd pas une miette du moindre geste de Paul. Le temps n'existe plus. Tout son esprit est tourné vers ces morceaux de bois qui s'assemblent et vont bientôt renaître pour raconter aux hommes des histoires qui les concernent.

— Est-ce que je pourrai revenir ?

— Pourquoi pas ? acquiesce Paul.

La jeune femme prend son sac et se dirige vers la porte.

— Votre atelier est un peu petit. Un maître comme vous devrait avoir une salle d'exposition où les musiciens viendraient essayer les instruments. Vous êtes un très bon constructeur, mais vous ne savez pas vous mettre en valeur !

— C'est mon défaut, admet-il, mais on ne se refait pas. Je n'ai jamais su vanter mon travail, au contraire, j'aurais tendance à le dévaloriser parce que j'en connais les imperfections. Et puis je crois que l'artisan, comme l'artiste d'ailleurs, doit s'effacer devant son œuvre qui le dépasse, se faire oublier pour qu'elle prenne toute la place. À une époque, je ne signais pas mes instruments.

— Grave erreur ! réplique Angline qui connaît bien le milieu des musiciens. Un instrument prend de la valeur par sa signature, ou en perd, d'ailleurs !

— Permets-moi de refuser cet état d'esprit qui ne pense qu'à l'argent qu'on peut tirer de mes instruments. Pour moi, on en tire de la musique, rien que de la musique. Je n'ai jamais eu beaucoup d'argent, mais l'argent ne m'a jamais eu !

Paul a parlé ainsi pour faire un bon mot. En réalité, il n'a jamais manqué d'argent, ce qui lui a permis de n'écouter que ses fantaisies.

Après le départ d'Angline, il n'est pas pressé de quitter son atelier. Il a retrouvé son enthousiasme et s'en étonne. D'où lui vient cette brusque envie de travailler, de relever la tête ? Râteau, près de la porte, lui lance un regard suppliant.

— Et tu crois que je n'ai rien d'autre à faire ? Bon, on y va !

Ils sortent pour une petite promenade, puis Paul fait demi-tour. Râteau tire sur sa laisse pour la prolonger, mais le luthier rentre chez lui et détache le chien.

— Tu as de la place pour courir, alors, laisse-moi à mes occupations. Beaucoup de chiens seraient heureux de disposer d'un grand terrain comme ça !

Il retourne dans son atelier, contemple les ondes chatoyantes du sycomore qui bougent à la lumière comme un rayon de soleil sur une flaque d'eau. Cet instrument qu'il a commencé pour Angline, aura-t-il la force de le terminer ?

Dès qu'Angline pousse la porte de l'appartement, Marthe l'accueille avec joie.

— Alors, ce voyage dans le Jura ?

— Très bien ! Je viens de découvrir un monde formidable, je crois que c'est pour lui que je suis faite ! s'enthousiasme la jeune femme.

— Qu'est-ce que tu veux dire ?

— Je ne pourrai plus jamais jouer de musique. C'était peut-être le destin, un moyen pour me montrer que ma véritable vocation, c'est la lutherie.

Marthe s'est assise en face de sa fille. Pourquoi pas ? Si seulement cela pouvait lui permettre de se sentir bien dans sa peau, de retrouver l'envie de vivre !

— Tout ce que je veux, c'est que tu sois heureuse. Alors, si c'est ta voie, n'hésite pas.

Le téléphone sonne dans le sac d'Angline. La surprise qui s'est peinte sur son visage n'a pas échappé à sa mère qui redoute toujours quelque relation toxique. La jeune femme esquisse un léger sourire, puis elle enfonce l'appareil dans la poche de son pantalon.

— Il faut que j'y aille, maman ! s'écrie-t-elle, en se rendant dans la salle de bains. Je sors.

Marthe lui lance un regard angoissé. Elle lui prend les mains.

— Ma chérie, fais bien attention à toi.

— Tout va bien, maman ! s'exclame la jeune femme. Je vais juste dîner.

Après s'être changée, Angline roule jusqu'à Versailles pour rejoindre Henri Nespouls. Tout se bouscule dans son esprit, l'impatience, la surprise d'avoir accepté si facilement de dîner avec lui, une légère crainte aussi de voir sa vie prendre un nouveau tournant. N'est-ce pas curieux, quand même, qu'au moment où elle pense trouver sa voie, un espoir de reprendre goût à la vie, de renouer avec la musique, l'homme qui la courtise de loin depuis si longtemps décide de l'inviter ? Un peu craintive, elle arrive devant le bureau où le jeune homme travaille encore. Consacrer sa vie à des projets immobiliers, acheter, vendre, est-ce suffisant pour remplir une existence ?

La porte est ouverte. Angline entre, le cœur battant. Henri se tourne vers elle. Éclairé par sa lampe de bureau, son visage prend un relief nouveau. Il sourit. À cette heure, il ne ressemble plus à ce patron qui décide, qui ordonne et va d'un pas assuré.

— Merci d'être venue ! Vous voyez où je passe le plus clair de ma vie, derrière ce bureau à éplucher des dossiers. Parfois, je me dis que cela n'a pas de sens. Et pourtant...

— Il faut voir les choses du côté positif. En construisant des immeubles, vous permettez à des gens de se loger, répond Angline, qui mesure aussitôt la stupidité de son propos.

— Peut-être, répond-il en se levant. On y va ?

Ils sortent dans la nuit dont la douceur caresse la peau d'Angline. Henri lui tient la porte de sa voiture et s'installe au volant.

— J'ai réservé un restau que je trouve très agréable.

Ils roulent jusqu'à un manoir au milieu d'un parc éclairé, vieille bâtisse aux murs imposants et aux lourdes toitures en ardoise.

— Magnifique ! s'exclame Angline en sortant du véhicule.

— On y mange très bien, se contente d'affirmer Henri.

La terrasse du restaurant baigne dans une douce lumière. On les installe à une table proche d'un superbe chèvrefeuille. Il règne une atmosphère feutrée. Des couples dînent à des tables voisines, et tout pousse aux confidences, au rapprochement. Henri commande du champagne. Pour mettre Angline à l'aise, le promoteur commence par parler de ses parents : son père, ancien fonctionnaire au ministère des Finances qui a monté un cabinet de conseiller fiscal, sa mère, professeur de lettres à la faculté de Jussieu, et puis lui, guidé par son père dans l'immobilier.

— Ça marche assez bien, malgré le contexte, mais je ne suis pas certain d'être à ma place. Je rêvais d'autre chose, d'un métier libre, j'aimerais voyager dans des contrées lointaines…

— Ce sont des envies d'adolescent, relève Angline avec un léger sourire.

Il remarque qu'elle s'est fardée avec beaucoup de discrétion et cela va bien à son visage un peu large, à ses yeux bleu-gris. Le léger rouge à lèvres lui donne une touche sensuelle qu'il n'avait jamais perçue. Cherche-t-elle à lui plaire ?

— Quant à vous, je sais que c'est la nécessité qui vous a poussée à travailler dans la boutique de Samuel. Je connais le drame de votre vie. Pas facile à surmonter…

Elle baisse les yeux. On apporte deux flûtes de champagne, Henri remercie le serveur. Elle semble ne pas s'en être aperçue. Elle est là, en face de celui qui est presque un inconnu et à qui elle a envie de faire confiance, de se raccrocher. Est-ce parce qu'elle commence à entrapercevoir une lueur d'espoir que Paul a su éveiller en elle ? Elle éprouve le besoin de parler, comme si ses propos s'envolaient, telle la fumée des bougies allumées sur leur table, s'effaçaient aussitôt prononcés.

— Comme vous le savez, j'ai donné toute ma jeunesse à la musique. Contrairement aux autres jeunes filles, je n'ai jamais rêvé au prince charmant, je vivais pour la musique. Mes copains, c'étaient Bach, Saint-Saëns et quelques autres. Je cherchais à les approcher avec des notes justes, des expressions qu'ils avaient imaginées et qui trahissaient mes propres sentiments. C'étaient beaucoup de sacrifices, mais malgré tout, la musique me rendait heureuse. Je n'imaginais pas faire ma vie autrement qu'avec mon violoncelle. J'avais été remarquée par un grand responsable de la Banque de France. Il voulait me prêter un Vuillaume pour sponsoriser ma carrière.

— Vraiment ?

— Oui, les solistes jouent souvent des instruments prêtés par les grosses fortunes qui les possèdent. Savez-vous que Jacqueline du Pré jouait ainsi un stradivarius qui valait plusieurs millions de francs de l'époque ? Elle redoutait tant qu'on le lui vole quand elle dormait à l'hôtel, qu'elle l'attachait à sa jambe ! Pour moi, tous ces beaux rêves se sont évanouis à cause d'une lourde porte normande qui s'est refermée brutalement sur ma main gauche. Depuis, le seul fait de m'imaginer jouer me donne la nausée.

Tout en parlant, elle pense à ses séjours dans l'atelier de Paul. Elle comprend à cet instant qu'il faudrait si peu de choses pour rallumer la flamme, pour qu'elle retrouve la musique, cette amie de chaque instant, d'une autre manière, par le bois. Elle sourit, lève les yeux vers Henri. Elle remarque ses iris clairs, presque bleus, mais avec des paillettes dorées. Et cette âme, juste derrière, ouverte, généreuse et tout aussi solitaire que la sienne.

— Moi, je n'ai jamais osé être moi-même. J'ai obéi à mon père qui pensait toujours aux affaires et je me suis fondu dans le personnage qu'il dessinait pour moi, mais je suis seul. L'homme autoritaire, que l'on dit dur en affaires, est finalement très fragile.

— Une femme ? ose Angline.

Il opine de la tête.

— Ça s'est mal passé. Mais je ne veux pas en parler.

— J'ai eu autrefois une relation, avoue tout de go Angline, comme pour aller dans le sens d'Henri. Ça s'est mal passé aussi. Depuis, j'ai toujours refusé de nouvelles aventures. Et puis, j'ai été amoureuse de Brahms durant tant d'années ! J'ai l'impression de ne pas vivre dans le monde d'aujourd'hui, de ne plus appartenir à cette époque.

Il lui prend la main posée sur la nappe blanche.

— Nous avons tous nos travers qui nous permettent de combler des failles béantes. Ce qu'il faut, c'est trouver le moyen de survivre.

— Justement, reprend Angline en essayant de masquer son émotion, j'ai rencontré Paul Lebarron, le luthier. Il m'apprend à fabriquer un violoncelle…

— Et votre dégoût de l'instrument ?

— Ce n'est pas pareil. Il me fait découvrir le travail du bois. Construire un violoncelle, c'est un peu comme… comme faire un enfant. J'aimerais m'y consacrer tout entière. Mais c'est un travail qui vous accapare, qui vous prend toutes vos forces, et il faut que je gagne ma vie.

— C'est, hélas ! la triste réalité pour tout le monde.

Le dîner se poursuit dans une douce atmosphère. Angline constate que, près d'Henri, elle n'éprouve pas le besoin de se cacher derrière des mots. Elle ne baisse pas les yeux quand elle rencontre les siens. À la fin du dîner, alors qu'il la raccompagne à sa voiture, Henri voudrait prendre sa main, mais il se ressaisit, redoutant un refus qui lui ferait mal.

— Je dois rentrer chez ma mère, dit-elle pour couper court avant de le saluer.

Elle s'éloigne, la tête ailleurs. Un désir brûlant gêne sa respiration et fait battre son cœur. Elle pourrait se rendre à Enghien, dans ce grand bâtiment qui se reflète sur les eaux tranquilles du lac…

— Non, je ne peux pas, je ne peux pas ! crie-t-elle.

9

En fin de matinée, la sonnerie du téléphone fait sursauter Paul. Désormais presque plus personne ne l'appelle. Un client potentiel ? C'est peu probable. Il décroche ; c'est Louis Barthe, qui lui demande de ses nouvelles.

— Viens donc prendre l'apéro !

Heureux de cette distraction, Paul quitte sa maison et se rend chez Louis qui l'attend à la porte. Leur vieille amitié lui fait du bien. Avec lui, il oublie sa solitude, il revient quelques années en arrière, quand Julie venait jouer avec Maéva Barthe.

— Alors ce petit voyage dans le Jura ? demande Louis.

Comme Paul ne répond pas, l'autre, le visage éclairé d'un large sourire, poursuit :

— Et la belle musicienne qui vient sans cesse ? Elle est plutôt bien balancée !

— Bof, j'ai commencé un violoncelle pour elle…

— Pourquoi tu t'obstines à travailler ? Tu as l'âge de la retraite ! Regarde-moi, cela fait six ans que je m'occupe de mon potager, qu'est-ce que tu attends pour faire la même chose ?

Louis n'a jamais compris la passion pour son travail qui rend Paul inapte à toute autre activité, lui qui a passé sa vie sans ambition, sans se poser de questions, une année poussant l'autre. Paul a souvent envié sa simplicité, même s'il sait qu'il en est incapable.

— J'ai peur que cette nana, roulée comme elle est, vienne vers toi par intérêt, reprend son ami avec un sourire convenu.

— Tu m'agaces, Louis ! Tu ne vois que le mauvais, tu te méfies de tout et de tout le monde. Moi, je veux lui faire confiance.

Paul hausse les épaules. Ils se chamaillent souvent, car ils sont aussi têtus l'un que l'autre. Mais cela ne va jamais très loin. Ils se retrouvent toujours après quelques jours de bouderie, prêts à se disputer de nouveau. Paul aime la contradiction, cette manière de se montrer différent, au risque d'être stupide. Les deux hommes ont rejoint la terrasse où les attend Isabelle, la femme de Louis. C'est une femme replète au large visage souriant. Elle fut très belle autrefois, mais les années ont alourdi son corps, légèrement courbé son dos. Elle paraît beaucoup plus vieille que Louis.

— Tu ne t'es jamais demandé pourquoi une si jolie fille fréquente un homme comme toi, qui n'est pas de la première jeunesse et qui se comporte comme un ours mal léché ? s'exclame Isabelle qui a entendu la fin de leur conversation. L'ennui, avec toi, c'est que ta fortune est étalée devant tout le monde.

Paul lui jette un regard furieux.

— Ma fortune ? Je vis grâce à la petite réserve que j'ai réussi à amasser au temps où tout allait bien !

— Et ce que t'ont laissé tes parents ? Les affaires marchaient bien pour eux ! Et puis ton terrain vaut un million d'euros au bas mot. Ce n'est pas une fortune, tout ça ?

— Mon terrain n'est pas à vendre.

— Je me demande si quelque promoteur immobilier n'a pas payé cette fille pour qu'elle te fasse les yeux doux et te décide à vendre enfin ! Rien n'est plus tentant que la jeunesse quand on prend de l'âge…

— Tu m'emmerdes, Isabelle, tu entends, tu m'emmerdes !

Isabelle et Louis éclatent d'un grand éclat de rire qui vexe définitivement Paul.

— J'ai assez entendu de conneries ! s'insurge le luthier en se levant vivement et se dirigeant vers la porte.

Louis le rattrape :

— Attends. Tu nous montreras ton mauvais caractère plus tard. Pour l'instant j'ai quelque chose d'important à te dire. Tu te souviens de la vieille Marguerite Tronchet ?

— La vieille du bout de la rue ? Oui, je me souviens qu'elle avait parlé aux gendarmes après l'accident.

— Elle est entrée à l'Ehpad il y a quelque temps et comme elle n'a plus beaucoup d'argent, sa fille a décidé de vendre la maison et tout ce qui se trouve à l'intérieur.

— Qu'est-ce que tu veux que ça me fasse ?

— Mais cesse de faire ta tête de lard, laisse-moi terminer ! L'autre jour, Isabelle et moi, on est allés au vide-maison. Comme on a repéré une commode qui nous intéresse, on est allés voir Marguerite pour lui en parler.

— Elle s'est troublée d'un coup, poursuit Isabelle. Elle s'est levée sans un mot et est allée fouiller dans ses affaires. Elle a sorti une petite boîte, nous l'a montrée et l'a remise dans le tiroir de sa table de nuit.

— Mais pourquoi vous me racontez ça ?

— Parce qu'elle nous a expliqué que c'est lié à la mort de Julie. Au moment de l'accident de ta fille, elle se promenait dans le bois, tout près. Elle a entendu le choc, et presque aussitôt une voiture qui faisait un drôle de bruit est entrée dans la sente et s'est arrêtée en retrait de la route. Un homme en est sorti, très bien mis, vêtu d'un costume sombre, chemise blanche, cravate bleue et a tenté de détordre une partie du pare-chocs qui frottait contre la roue.

Paul a blêmi. Louis ressert une dose de pastis. Le luthier a du mal à respirer, l'émotion lui noue la gorge.

— C'est tout ce qu'on sait, ajoute Louis. Tu devrais aller la voir. Elle a sûrement des choses à te dire…

En fin d'après-midi, Angline se gare devant le portail de Paul, ouvert comme s'il l'attendait. Râteau aboie, puis, l'ayant reconnue, accourt pour lui faire la fête. La porte de l'atelier est entrebâillée. Paul est là, assis sur son tabouret près de l'établi, les mains posées sur les cuisses. L'envie de construire l'a quitté. Il pense au salopard qui a renversé Julie et l'a laissée se vider de son sang sans appeler les secours.

— Ah ! c'est toi ! Les éclisses sont collées. Si tu étais venue plus tôt, tu aurais pu le faire. Mais on aura l'occasion de recommencer. Il faut s'occuper des contre-éclisses. Passe demain, c'est toi qui le feras.

— C'est que demain… J'ai rendez-vous à 9 heures avec mon patron.

— Ton patron, ton patron…

Il est agacé, Paul, d'apprendre ce qu'il sait pourtant. Angline a un travail et ne peut pas se consacrer uniquement à ce qui reste pour elle un loisir.

— Bon, demain, je colle les contre-éclisses à 7 heures. Si tu es levée, tu seras la bienvenue.

— Les contre-éclisses ?

Paul lui montre des bandes de bois brun-doré.

— Les contre-éclisses sont des renforts en aulne qu'on colle à l'intérieur du côté de la table et du fond.

— Pourquoi l'aulne ? demande Angline.

— Parce que c'est un bois de résonance. Il se plie facilement. Et puis, Stradivari utilisait l'aulne ! Allez, tu dois te coucher tôt, n'oublie pas, demain, 7 heures dans l'atelier !

Le lendemain, vers 6 heures, Paul se lève. Il n'a pas dormi de la nuit. Ce que lui a dit Louis n'a cessé de tourner dans sa tête. La vieille Marguerite a vu le meurtrier de sa fille. Pourquoi s'est-elle tue si longtemps ? Paul a toujours eu de bonnes relations avec Marguerite. Elle était arrivée dans le quartier voilà une vingtaine d'années, déjà vieille et déjà un peu fantasque. Elle avait acheté une maisonnette qui n'avait pas grande valeur à cette époque et passait beaucoup de temps à marcher dans la forêt, dont elle connaissait tous les recoins. Elle ne recevait aucune visite, à l'exception de sa fille et d'une aide-ménagère avec qui elle se disputait régulièrement.

Avant le drame, Paul était possédé par son métier, qui embrasait son corps et ses pensées, cette envie de travailler sans relâche, sans vacances. Claudine avait sa vie en dehors de l'atelier. Le soir, tout le monde se retrouvait autour de la table familiale. Julie parlait de sa journée, de ses amis, de ses professeurs ; Claudine, qui enseignait dans le même établissement, ajoutait des détails et donnait son avis sur tel ou tel collègue. Paul restait en dehors de ce petit monde, mais il était heureux de les entendre le lui raconter. Lui, le solitaire qui passait sa vie dans son atelier avec son bois, était ravi quand, à son tour, il pouvait raconter la visite d'un musicien : il évoquait ses questionnements sur la manière de faire, ce qui n'intéressait personne, mais il était fier de se montrer supérieur dans son domaine, le seul qui comptait pour lui.

Paul n'a envie de rien et sort faire son habituel tour du jardin. La brise lui apporte des odeurs du matin, d'herbe mouillée, de fleurs entourées par le bourdonnement des abeilles. Autrefois, l'inspection de son domaine était un bonheur. Il s'arrêtait devant chaque arbre, la haie, les clôtures. Les mains dans les poches, il humait les saisons. Même en décembre, quand on croit tout immobile et mort, il ressentait le mouvement de la Terre ; la rougeur du ciel à l'orient indiquait la proximité de l'hiver juste avant le retour de l'année nouvelle. Une année de plus, ce n'était pas grave, un tour de manège dérisoire. Ce qu'il n'avait pas réussi pendant l'année écoulée, il le ferait sans difficulté dans la nouvelle. C'était, bien sûr, une année de plus à ajouter à son âge, mais peu importait : il lui restait encore beaucoup de temps avant de courber l'échine, avant de se sentir vieux et de ne plus pouvoir diriger ses outils avec la précision que demandait son métier.

Maintenant, c'est plus difficile. Il se livre à un calcul d'épicier ; une année de plus, c'est peu, mais le chiffre ne cesse de grandir, et parfois des douleurs au dos lui indiquent que son âge est de plus en plus lourd à porter. Morne, il achève son tour et revient vers l'atelier. Une voiture est là, stationnée devant le portail. Angline ? Il s'approche. C'est bien elle qui lui adresse un regard désespéré.

— Qu'est-ce que tu fais là ? Pourquoi tu ne sors pas ?

La jeune femme secoue la tête. Enfin, elle ouvre la portière. Paul s'étonne de sa chevelure en désordre, de ses vêtements fripés – les mêmes que la veille.

— Ça va ?

— Oui, oui !

Paul précède Angline qui marche d'un pas lourd. Elle frissonne.

— Tu es malade ?

— Non, non, ça va.

Paul allume le puissant néon qui maintient une lumière éclatante, indispensable pour les travaux délicats. Sans y être invitée, Angline s'assoit sur le siège proche de la table où se trouve le moule avec les éclisses collées. Déjà la forme de l'instrument est visible, avec les coins, les épaules, les hanches…

— C'est vraiment très parlant, ces noms donnés aux différentes parties du corps de l'instrument, remarque-t-elle d'une voix rauque.

Paul pose sur la table des planchettes, à l'aspect chatoyant sous la lumière directe.

— Tu vas préparer les contre-éclisses. Je mets le fer à chauffer pour les plier.

Angline se prend au jeu et oublie sa nuit. Dans cet atelier, près du bois et de l'instrument en devenir, enveloppée de la présence silencieuse de Paul, elle redevient elle-même, en accord avec sa nature profonde. Une petite flamme chauffe sa poitrine. Elle présente la contre-éclisse pliée à sa place, entre les coins. Paul, prenant un air docte, s'approche, l'index levé :

— Tu vas la couper pour qu'elle soit à la juste longueur en prévoyant deux millimètres de plus pour le forçage qui augmente la solidité. Tu mettras de la colle et tu maintiendras en place avec ces petites presses et ces pinces à linge.

Il sourit et ajoute :

— Merci à l'inventeur de la pince à linge ! Sans lui, il n'y aurait pas de violoncelle et le monde serait bien triste ! Je te laisse continuer. Je vais déplacer les bûches ici, pour faire de la place à celles que j'irai récupérer dans le Jura. Après, j'irai chercher de l'argent à la banque.

Devant son regard intrigué, il explique :

— Dans le bois, comme dans les achats immobiliers, beaucoup de transactions se font en liquide et sans facture !

— Mais vous l'avez déjà payé ! Je me souviens…

Il l'interrompt d'un geste de sa main levée et continue d'un ton supérieur :

— Je l'ai payé en partie. Le reste, c'est entre le vendeur et moi, de la main à la main !

— Ah bon ? Est-ce bien légal ?

— Non, mais l'État est toujours trop curieux. On n'a pas besoin de tout lui dire ! conclut-il, perché sur ses jambes courtes tel un coq sur ses ergots.

Ça lui va bien, ce côté tricheur, à Paul qui n'a jamais eu le courage de cacher le moindre centime aux impôts par peur des ennuis ! Mais devant Angline, il aime se mettre en avant ; et surtout lui indiquer sa proximité avec ces gros marchands de biens, lui qui n'a jamais eu le sens des affaires et s'est souvent fait rouler.

Angline s'applique à coller les contre-éclisses. Paul va et vient, déplace une pile de bûches, passe un coup de balai sur le sol en ciment, puis cherche dans un fouillis de bidons.

— Je vais asperger d'insecticide le bois que j'ai déjà rapporté. Ça ne le touche pas dans l'épaisseur et ça suffit pour éloigner les sales bestioles mangeuses de bois…

Le temps passe. Il est temps pour Angline de se rendre à son travail. Elle pense à ce qu'elle a fait. Aura-t-elle la force d'être agréable avec les clientes ?

— Il faut que j'y aille, dit-elle en consultant sa montre. Mon patron m'attend à 9 heures.

— Très bien, je terminerai. L'essentiel, c'est que tu aies compris comment on procède. Ensuite, c'est tout simple.

En la raccompagnant jusqu'au portail, Paul ne peut s'empêcher de lui demander :

— Qu'est-ce qui s'est passé cette nuit ? Ça ne me regarde pas, mais ce n'est pas dans tes habitudes d'arriver ainsi, toute flétrie !

Elle lui lance un regard froid et le salue sans répondre. Le vieux curieux en est pour ses frais, mais il finira bien par savoir.

Angline se regarde dans le rétroviseur et constate qu'il a raison. Une tête de déterrée. Elle pense à ces heures passées en enfer, un pieu planté dans le ventre. Elle doit parer au plus urgent et appelle Samuel Lehman.

— Je n'ai pas dormi de la nuit, dit-elle d'une voix sombre. Je pense que j'ai pris froid.

— Ah mince… Attendez, un instant, je vérifie. Ce matin, vous n'avez pas de rendez-vous. Venez cet après-midi.

Soulagée de ces quelques heures de répit, Angline rentre chez sa mère et prend une douche pour se débarrasser des souillures de la nuit. Puis elle se coiffe, se farde et s'habille de vêtements propres et bien repassés. L'Angline du jour prend la place de celle de la nuit. La belle jeune femme toujours souriante a chassé la personne crispée, rageuse, angoissée et capable du pire à ses heures sombres.

Que va-t-elle faire ? La voilà démunie et sans le sou. Comment a-t-elle osé ? La vérité, c'est qu'elle fuit la vie, qu'elle se suicide lentement. Un bateau sans quille, perdu, ballotté par des courants contraires.

Elle devrait en parler à Henri ; quelque chose la pousse vers lui, un sentiment confus, nouveau et qui lui fait du bien. Il pourrait la comprendre, l'aider, mais rien n'est sûr. Et si elle le perdait ?

Paul a regardé la voiture d'Angline disparaître au bout de la rue. Cette femme arrivée chez lui voilà seulement quelques semaines, avec l'air perdu, a réveillé en lui le souvenir de ses bonheurs passés, jusqu'à cette après-midi de printemps où les gendarmes se sont présentés à l'atelier. Il était là, à cette même place. Claudine était encore au lycée. À l'attitude des deux hommes, Paul avait compris que quelque chose de grave venait de se passer. Et l'horrible nouvelle était tombée. Il lui avait fallu un moment pour comprendre. Alors, sa vue s'était brouillée, il avait chancelé, s'était senti tomber dans le vide. Il n'avait pas entendu les paroles d'apaisement des gendarmes. Claudine était arrivée. Ils s'étaient regardés comme s'ils ne se connaissaient plus. Julie ne rentrerait pas ce soir, sur son vélo, heureuse de vivre, semant la joie. Ils s'étaient étreints, devant les gendarmes silencieux. Enfin, le visage noyé de larmes, mais le regard dur, Claudine s'était adressée à eux :

— Où est-elle ?

— À l'hôpital.

— On y va.

Ils étaient montés dans la voiture de Paul et avaient roulé sans un mot. Paul n'était plus de ce monde, mais il conduisait très prudemment, concentré, ne pensant à rien.

À l'hôpital, on les avait accompagnés dans une pièce éclairée. Un lit au milieu, et sur le lit, un corps caché par un drap. Claudine avait fait signe à l'infirmier de le découvrir. Et Julie était apparue. On avait pris soin de coiffer ses cheveux, de nettoyer son visage, elle dormait. Paul et Claudine étaient restés debout de longues minutes, puis Paul s'était tourné vers la porte. Ils étaient sortis sans un mot. Un médecin les attendait dans le couloir pour leur présenter ses condoléances.

Paul a oublié ce qui s'est passé par la suite. Son esprit a gommé ces heures terribles et lourdes d'une peine infinie. Il ne se souvient que des battements saccadés de son cœur.

Le lendemain ou deux jours après, ils avaient appris que Julie avait survécu au choc. Si le chauffard s'était arrêté et avait prévenu les secours, la jeune fille aurait pu être sauvée.

Alors, Paul avait délaissé son atelier et son bois, ses commandes en cours, et la rage s'était installée en lui. Les gendarmes cherchaient le chauffard, mais aucun indice ne permettait de trouver la moindre piste. L'accident avait eu lieu en forêt, loin des habitations. Les gendarmes avaient ratissé l'endroit et n'avaient rien remarqué qu'un mouchoir froissé, qu'ils avaient envoyé au laboratoire pour analyse.

Cela n'avait rien donné et, les jours passant, les gendarmes avaient dû s'occuper d'autres affaires, convaincus qu'ils n'apprendraient rien de plus, à moins d'un grand coup de chance.

Paul avait repris son travail dans son atelier, Claudine était retournée au lycée. Pendant une année, ils avaient tenté de vivre avec cette douleur paralysante, qui les hantait jusqu'au plus profond de leur sommeil. Puis Claudine était tombée malade. Bien difficile de ne pas faire le lien entre les deux malheurs. Les médecins n'en étaient pas convaincus, mais pour Paul, aucun doute n'était possible.

Claudine avait rejoint Julie dans le caveau de famille. Paul avait alors eu la tentation de partir très loin. Mais il n'en avait pas eu le courage. Et cette pensée lancinante, obsédante : « Pourquoi ce cancer foudroyant ? C'est parce qu'elle aimait notre fille plus que tout ! Mais moi, le chagrin ne m'a pas tué ! » La haine du meurtrier, le désir de le faire payer l'ont maintenu en vie.

Alors, après que les gendarmes eurent arrêté les recherches, Paul avait passé des journées à passer au crible le lieu de l'accident, à fouiller les grandes herbes du fossé, à inspecter centimètre par centimètre la sente à l'écart de la route.

Ce matin, il va enfin en avoir le cœur net. Il referme la porte de l'atelier et monte dans sa fourgonnette, direction l'Ehpad du Val-Fleuri où réside désormais la vieille Marguerite.

Il gare sa voiture dans l'immense parking qui jouxte la bâtisse moderne et sans âme. En entrant dans l'établissement, il est accueilli par une odeur de vieux, de chair fanée, de vêtements souillés, une odeur de fin de vie. Ça le choque. Qu'attendent les membres du personnel pour parfumer cet air qui annonce le caveau ?

Des gens vont et viennent dans le grand hall où les sièges s'alignent le long des cloisons. Des personnes âgées font les cent pas. Certaines, handicapées, végètent dans leur fauteuil roulant ; d'autres, assises sur des chaises proches de la fenêtre, regardent passer la vie. Des hommes noueux appuyés sur deux cannes tentent de rester debout et bavardent, jouent aux adultes en s'accrochant à ce qu'ils furent.

— Les résidents attendent l'heure du déjeuner et se détendent dans cette salle, lui explique un employé en blouse bleue.

« Les résidents… » Quel terme hypocrite ! Ils sont là parce qu'ils ne peuvent pas aller ailleurs et que personne n'a besoin d'eux. Les voilà sur le quai à attendre le train de l'au-delà.

— Vous venez voir quelqu'un ? s'enquiert l'employé.

— Oui, Marguerite Tronchet.

L'homme le conduit le long d'un couloir sans fin et frappe machinalement à une porte qu'il entrouvre sans attendre qu'on lui réponde.

— Marguerite, vous avez de la visite !

Paul entre, sa casquette à la main. Marguerite est assise sur une chaise à côté d'un lit défait. Ça sent l'excrément. La toilette de la « résidente » n'a pas été faite. Ses cheveux filasse emmêlés tombent sur ses épaules maigres. Son visage décharné, ses yeux profonds montrent un crâne presque nu. Elle tremble et son menton hérissé de quelques gros poils blancs bouge avec ses rides.

— Qu'est-ce que vous me voulez ? demande-t-elle d'une voix rouillée.

— Je ne vais pas vous embêter longtemps… Je suis venu parce que Louis Barthe m'a dit que vous vouliez me voir.

— Vous ne m'embêtez pas. J'ai beaucoup trop de temps à regarder les murs et surveiller les gens dans la cour.

Elle tourne lentement la tête et le dévisage.

— J'étais votre voisin, Paul Lebarron, le luthier, vous savez…, reprend Paul.

— Bien sûr, c'est vous, le fabricant de binious !

— Oui, je suis le papa de la jeune Julie, celle qui s'est fait percuter par le chauffard qu'on n'a jamais retrouvé.

Elle devient grave, lance un regard soupçonneux à Paul, toujours debout devant elle. Puis son visage s'anime, elle prend un mouchoir dans sa poche et s'essuie le visage.

— Vous vous souvenez ?

Paul redoute sa réponse, mais la vieille tend sa main noueuse vers une chaise.

— Asseyez-vous. Oui, je me souviens. Et je ne l'oublierai jamais. Pauvre gamine !

— Louis m'a dit que vous lui en avez parlé récemment.

— Oui, laissez-moi un peu de temps, je suis une vieille machine qui ne réagit pas au quart de tour. Ça s'est passé en mars 2017.

« Elle a encore toute sa tête ! » constate Paul qui reprend espoir.

— J'étais dans la forêt quand c'est arrivé. J'ai entendu le bruit. Je n'ai pas vu l'accident, mais j'ai vu une voiture blanche s'arrêter près d'une piste. Un homme assez distingué en est sorti pour détordre son pare-chocs. Il a regardé autour de lui pour s'assurer que personne ne le voyait. Et il est reparti en s'enfonçant dans la forêt.

— Vous le reconnaîtriez ?

— Oh que oui ! Je ne perds pas la mémoire, surtout pour une affaire aussi grave. J'en ai parlé aux gendarmes, ils sont allés voir sur place, ont fouillé l'endroit, et puis ils sont partis. Ils ont dressé un portrait-robot. Ça n'a rien donné. Mais mes pas me ramenaient toujours à cet endroit, comme si quelque chose m'y appelait.

Elle reprend son souffle. Sa poitrine enfoncée se gonfle rapidement, puis elle continue.

— Ce qui m'a intriguée, c'est que cet homme est revenu deux jours plus tard. Il avait une autre voiture, mais je l'ai bien reconnu. Toujours aussi élégant. Il s'est mis à chercher, il s'est même agenouillé à un endroit, comme pour trouver je ne sais quoi qui l'aurait dénoncé. Ça a duré une bonne heure. Moi, j'étais tout près, dans les fourrés, mais il ne m'a pas vue. Enfin, il s'est dressé, il s'est épousseté avec de grands gestes de ses mains qu'il avait très blanches. Et il est parti.

— Oui, c'est bizarre, admet Paul, il cherchait sûrement quelque chose. Vous savez si c'est un homme d'ici ? Vous l'aviez déjà vu en ville ?

— En ville ? J'y vais jamais. Non, si j'avais su qui c'était, je l'aurais dénoncé sans la moindre hésitation.

Elle se tourne vers lui.

— Alors, j'y suis retournée et j'ai cherché moi aussi. Il devait être un peu miro, parce que j'ai vite trouvé. Le soleil brillait et j'ai aperçu comme une étoile dans les brindilles sèches. C'était une épingle à cravate. Une épingle ordinaire, enfin, j'imagine, parce que j'y connais pas grand-chose en épingles à cravate.

— Et vous l'avez portée à la police ?

— Non, je me doutais bien qu'ils n'allaient pas me prendre au sérieux avec cet objet trouvé dans un fourré plusieurs jours après. Mais bon, cette histoire me pèse. J'ai remis la main dessus quand j'ai dû déménager pour m'enterrer dans ce trou à rats. Alors, quand vos amis sont venus pour la commode, je me suis décidée à leur en parler.

Elle se lève de sa chaise avec une facilité étonnante. Elle est si légère.

— Ils se foulent pas ici. Comme ma fille est loin et qu'elle peut pas vérifier souvent ce qu'ils font, ils me laissent croupir dans cette chambre.

Elle fouille dans un tiroir, en extrait une multitude de papiers froissés, et enfin une boîte à pilules.

— La voici ! dit-elle en soulevant le couvercle.

— En effet, ça m'a l'air d'être une épingle à cravate ordinaire, constate Paul en la tournant entre ses doigts. Je ne comprends pas que ce meurtrier y ait attaché autant d'importance.

— Moi non plus. Mais elle en a peut-être pour qu'il se donne cette peine.

Terriblement déçu, Paul pose la pince sur la table de nuit et pousse sa chaise.

— Je ne vais pas vous ennuyer plus longtemps, dit-il en se dirigeant vers la porte.

La vieille dame le retient :

— Emportez-la avant que je la perde ou qu'on me la vole !

Paul prend la boîte, la fourre dans sa poche et remercie Marguerite. Il monte dans sa voiture avec le sentiment amer d'avoir espéré en vain. Au retour, il passe à la banque retirer de l'argent, en se disant qu'il ne tardera pas à aller chercher son bois, cela lui fera une distraction.

Enfin dans son atelier, il s'assoit à l'établi, sort la pince de sa poche et l'examine dans tous les sens. Il songe soudain au violon qu'il avait construit pour un bijoutier de la place Vendôme. Il fouille fébrilement dans ses factures et finit par trouver.

— Monsieur Berger, mon vieux Râteau ! Lui pourra peut-être nous dire quelque chose. J'irai le voir demain matin.

Il se souvient maintenant de ce Jocelyn Berger. Un homme brun assez fort, élégant malgré son embonpoint. Très curieux de la lutherie… Cela fait bien une dizaine d'années, il faut espérer qu'il est toujours à Paris.

Paul note l'adresse du bijoutier. Cela suffit à lui redonner confiance dans l'avenir. Retrouver celui qui a tué sa fille est une obsession si ancienne. Et voilà qu'une porte s'ouvre sur l'espoir ! Requinqué, il se remet au travail.

Lorsque Angline arrive en début de soirée, Paul vérifie l'aplomb des éclisses. Il lui sourit. Lors du collage des contre-éclisses et du pliage, il a remarqué qu'elle a le sens du bois, qu'elle sait orienter son outil en fonction du fil, sans se précipiter ; la réflexion précède le geste.

— Ah ! te voilà ! Tu tombes à pic. Tu vas mettre en forme la voûte du fond. Sous mon contrôle, bien sûr, s'empresse de préciser ce petit homme qui tient à garder la maîtrise de la situation.

Angline a passé une mauvaise journée. La nuit précédente n'a pas quitté ses pensées. Elle se vomit, voudrait se retourner comme un gant pour se débarrasser de la crasse qui remplit son être. Ce n'est qu'avec Paul, dans ce petit atelier où chaque chose a un sens, qu'elle se sent en sécurité, comme protégée contre elle-même.

Installée sur le tabouret, elle saisit le rabot à fond bombé sous le regard autoritaire de celui qui aime tant montrer son savoir. Paul lui prend l'outil de bronze des mains :

— Quand tu utilises un rabot à semelle plate, ça va tout seul, mais avec ces rabots de luthier, il faut un petit coup de main. Je te montre : il est si petit que tu dois le tenir entre le pouce et l'index, et pour qu'il taille avec sa lame arrondie, il faut le pencher légèrement vers l'avant.

Tout en parlant, il fait aller l'outil sur le sycomore. De fins copeaux s'enroulent au-dessus de sa main, rebondissent sur l'établi comme des ressorts de bois. Angline découvre la finesse de ces boucles de fibres qui lui semblent à elles seules des œuvres d'art.

— Parfois, des musiciens me demandaient de garder les copeaux de leur instrument. Ils disaient que c'était une manière de se l'approprier, de le regarder autrement…

Angline sourit ; elle se concentre sur ses gestes. Paul ne la quitte pas de son regard inquisiteur.

— Tu es douée. On dirait que tu as fait ça toute ta vie ! Mais il ne s'agit pas pour autant de te laisser aller à ta fantaisie. Tu dois respecter la courbe. Celle du fond n'est pas identique à celle de la table. Je vais te trouver des gabarits.

Il fouille dans un grand désordre d'objets accumulés sur une table derrière l'établi, déplace des fonds ébauchés, des monticules de morceaux de bois dont on se demande ce qu'ils font là.

— Au fait, je vais reporter mon voyage dans le Jura, j'ai plus important à faire ici. Je vais cacher l'argent en attendant, je suis plus malin que les voleurs.

Il déplace une pile de boîtes sur une étagère, puis inspecte le fond de la pièce.

— Je ne sais pas ce que j'ai fait de ces gabarits ! marmonne-t-il, exaspéré. Je ne m'en sers jamais : j'ai la forme dans la tête et je ne varie pas d'un millimètre. Je reviens.

Il sort, et se dirige vers le petit hangar dans lequel il est difficile de se mouvoir tant il est encombré. Puis, dans la lumière du jour qui commence à décliner, il se met à chercher dans des caisses de bois.

Restée seule, Angline sent un poison bien connu se répandre dans ses veines. Elle pose le rabot et regarde par la porte. Paul est encore dans l'autre bâtiment. Elle hésite, mais ses doigts s'avancent malgré elle vers la veste du luthier posée sur le dossier de la chaise, glissent sous le col jusqu'à la poche intérieure et rencontrent une enveloppe gonflée. Un nouveau coup d'œil à l'extérieur : Paul est toujours en train de se battre avec une multitude d'objets disparates. Elle sort l'enveloppe, l'ouvre. Une grosse liasse de billets neufs, bien propres. Fébrile, elle rejoint Paul.

— Il faut que j'y aille.

Paul a à peine le temps de se tourner vers elle qu'elle est déjà au portail et saute dans sa voiture, le cœur battant à tout rompre. Elle démarre en trombe.

10

Paul est à bout. Voilà une heure qu'il ratisse l'herbe devant chez lui, qu'il inspecte sa voiture, sous les sièges, les tapis : rien ! Hier soir, en prenant sa veste, il a constaté que l'enveloppe dans laquelle se trouvaient les deux mille cinq cents euros retirés à la banque avait disparu. Il a d'abord pensé avoir été distrait ; il a fouillé toutes ses poches, celles de son pantalon, puis il a commencé à chercher dans son atelier et tous les endroits où il était passé. En s'éclairant avec une puissante lampe torche, il a inspecté les différents chemins parcourus sur le gazon. Il a passé son terrain au crible, puis il a fait plusieurs fois le tour de la maison. Il a regardé sous les meubles de la cuisine, de la chambre, du couloir. Il est retourné dans sa réserve de bois en se disant que l'enveloppe avait peut-être glissé entre les bûches. Pendant deux heures, il les a déplacées une à une. Rien. Et cette question qui le taraude : Angline l'aurait-elle volé pendant qu'il avait le dos tourné ? Sa précipitation à partir en serait-elle la preuve ? Et pourtant, il s'en veut d'avoir une telle pensée : comment oser soupçonner cette jeune femme, alors qu'il est sûrement le seul responsable ?

Il rentre chez lui, s'assoit près de la table. Râteau lui lance un regard curieux. Non, Angline n'est pas une voleuse. Il a probablement perdu l'enveloppe à la sortie de la banque, dans la rue, quelqu'un l'a ramassée et il ne la retrouvera jamais. Certes, ce n'est pas dramatique, mais tout de même, cette somme serait mieux dans sa poche que dans celle d'un inconnu !

— Je suis de plus en plus étourdi, dit-il à Râteau. Je dois vraiment commencer à perdre la boule.

Le chien le regarde en penchant la tête sur la droite.

— Tu ne penses pas ? Tu as peut-être raison.

Il décide de manger un peu et se raccroche à l'idée qu'il a rangé machinalement l'enveloppe quelque part. Combien de fois dans une journée cherche-t-il un outil avant de s'apercevoir qu'il l'attend sagement devant lui ? Il a posé sur la table, devant son assiette, la petite pince à cravate que la vieille Marguerite lui a donnée. Le lien avec le meurtrier est là, sous ses yeux, mais comment faire parler ce minuscule objet ? Peut-être avec l'aide de son ancien client, le bijoutier de la place Vendôme. Il avale sa tasse de café et se prépare à partir. Paul n'aime pas Paris. Il a beau habiter à moins de trente kilomètres de la capitale, c'est pour lui une expédition. Il est perdu dans cette multitude de rues. Il prendra le train, ce sera toujours plus facile que la voiture, même s'il déteste la promiscuité des transports en commun. Pas besoin de se garer, de risquer une contravention. Mais dans les rues, quand il marche sur le trottoir, il se sent maladroit. De toutes façons, les gens l'ennuient et, depuis la mort de Claudine, la seule compagnie de son chien lui suffit. Et Angline ? Curieuse rencontre… Au début, comme son vieil ami Louis, il se méfiait, hésitait, ne parvenant à comprendre ce qu'elle venait chercher là, dans son atelier, puis était né le fol espoir d'avoir en face de lui l'élève douée, celle qui pourra le remplacer. Paul le vaniteux n'est pas insensible à ses regards pleins d'admiration. Mais que sait-il vraiment d'elle ? Le strict minimum : sa mère travaille chez un notaire ; elle ne connaît pas son père ; ses grands-parents l'ont élevée en Normandie. Puis elle est entrée au Conservatoire de Paris et a multiplié les remplacements dans différents orchestres tout en préparant le concours Rostropovitch. Une brillante carrière s'ouvrait à elle quand l'accident lui a coupé les ailes. Pauvre gamine ! songe-t-il en flattant Râteau.

— Tu vas garder la maison. Je reviens tout à l'heure.

Le chien frétille de la queue et le regarde, bien décidé à l'accompagner.

— Le train et le métro, c'est pas fait pour toi. Tu seras mieux là, à dormir sur ton coussin !

Il sort, ferme la porte à clef. Il ne peut s'empêcher d'aller faire un tour dans son atelier et de fureter de nouveau dans tous les coins. Puis il remonte lentement l'allée, les yeux rivés sur les dalles et les touffes d'herbe tout au bord. En vain.

Le voilà à la gare, à l'heure où les banlieusards se rendent à leur travail. Le hall est bondé. Il consulte les horaires, achète son billet aller-retour. Il ne se sent pas à sa place. Ces visages fermés, si différents de ceux de sa jeunesse, l'inquiètent.

Il monte dans le train, bousculé par des voyageurs pressés. Il n'y a pas de place assise et il doit rester debout, brinquebalé, tassé au milieu des autres. Ça empeste l'eau de toilette, le parfum musqué, les relents de peau sale… Comment ces pauvres gens peuvent-il mener une telle vie, prendre le train chaque matin et rentrer le soir dormir chez eux pour repartir le lendemain ?

À Paris, il emprunte un long couloir vers le métro. Il s'arrête tous les dix pas en hésitant sur la direction. Sa vue ayant beaucoup baissé, il doit s'approcher pour lire les indications. Le voilà enfin place Vendôme. Il s'arrête quelques instants devant le magasin de Jocelyn Berger avant de pousser la porte. Une jeune femme s'occupe d'un couple âgé, apparemment fortuné. Paul reste à l'écart, sa casquette à la main, attendant que la vendeuse vienne vers lui en souriant.

— Je voudrais voir monsieur Berger, Jocelyn Berger !

— Je ne sais pas s'il est disponible…

— Dites que je suis Paul Lebarron, le luthier qui a construit un violon pour sa fille.

La vendeuse disparaît dans l'arrière-boutique et revient suivie d'un homme très élégant, une pochette blanche à sa veste sombre, une épingle dorée tenant sa cravate.

— Monsieur Lebarron ! Comme je suis heureux de vous voir ! J'ai toujours eu envie de vous rendre visite, mais le temps passe vite et je suis tellement occupé… En tout cas, ma fille est très heureuse de son violon.

— J'espère que vous ne dites pas cela pour me faire plaisir !

— Non, c'est très sincère. Mais que puis-je pour vous ?

Paul sort de sa poche l'enveloppe qui contient l'épingle.

— Je voudrais vous demander un renseignement.

Le bijoutier prend un air étonné.

— J'ai trouvé cette épingle de cravate devant mon portail, dit Paul. Alors, comme je passais près de chez vous, j'ai voulu vous la montrer. Ce serait dommage de ne pas la rendre à son propriétaire.

Monsieur Berger observe l'objet, le tourne dans tous les sens.

— Je ne sais pas. Suivez-moi, je vais l'examiner dans mon atelier.

Paul entre dans une pièce très propre, bien rangée, avec une sorte d'établi qui ressemble un peu au sien. Un ouvrier y travaille. Une énorme poche de cuir ouverte devant lui étonne le luthier.

— C'est la peau de vache pour ramasser les copeaux d'or, explique Jocelyn Berger en remarquant son regard. Ça ne paraît pas comme ça, mais chaque année, on récupère ainsi plus de vingt mille euros.

Le bijoutier s'assoit à une place voisine, braque une lampe au-dessus de la pince qui brille.

— Elle est en or, d'une belle qualité. Finement ouvragée. Ce n'est en effet pas une pince ordinaire à trente euros. C'est un véritable bijou. Vous aviez remarqué ?

Il montre l'objet à Paul, qui ne voit rien de particulier.

— Ici, au centre de ce cercle, il y avait un petit solitaire qui a été perdu. Et regardez bien de ce côté, deux lettres sont ciselées. On peut lire J. L. Il arrive que les gens aisés fassent ainsi graver leurs initiales sur un tel objet.

— Certes, mais avec seulement ces deux lettres, comment retrouver le propriétaire ?

— Si vous êtes d'accord, je vais montrer ce bijou à des confrères. Qu'en pensez-vous ?

— Bien sûr !

— Je vais vous signer une lettre de dépôt…

— Ce n'est pas la peine.

Paul ressort de la boutique dans un état second. Si on identifiait son propriétaire, s'il se retrouvait face au meurtrier de Julie, comment réagirait-il ? Il a bien conscience de n'être ni un patient ni un calme. Soupe au lait, comme on dit, et capable des pires violences. Alors, il a peur de lui-même.

Il est pressé de regagner son atelier, son établi, son bois, et les odeurs de son grand terrain qui changent avec les saisons et selon les heures de la journée. Son coin de campagne en plein milieu de la ville. Isolé de ces étrangers, de ces inconnus, de ces Parisiens qui, en le croisant sur le trottoir, le regardent comme s'il était une bête curieuse.

De retour chez lui, préoccupé, il ratisse de nouveau les allées dans l'espoir de retrouver l'enveloppe et son argent. Il fouille de nouveau entre les bûches, puis dans le désordre au bout de son atelier.

— Voyons, fait-il, quand je suis revenu de la banque, j'ai posé ma veste sur le dossier de cette chaise. Ça, c'est certain ! Et j'ai cherché partout sur le terrain, dans la réserve, dans la voiture. Une enveloppe blanche, ça se voit de loin ! Donc, soit je l'ai perdue en sortant de la banque, soit…

Il ne va pas plus loin dans sa pensée. Imaginer qu'Angline aurait pu le voler lui fait très mal. Pourtant, tout pousse à le croire. Alors, il cherche une diversion, se donne l'impression de travailler. Il pose le fond ébauché sur les éclisses, le positionne avec deux chevilles, vérifie les dimensions.

— C'est bien, dit-il à Râteau qui ne le quitte plus depuis son retour de Paris.

Il se penche vers l'animal et poursuit, comme si c'était un élève, un apprenti à qui il devait transmettre son savoir :

— Maintenant, je vais profiter d'avoir un peu de temps pour tracer la gorge des filets… Tu penses qu'elle va venir, la gamine ? Si elle croit qu'elle va apprendre le métier sans s'impliquer à fond…

Râteau remue la queue, comme s'il avait compris.

— Tu l'aimes bien, hein ? Je l'ai remarqué. T'es un drôle d'animal, toi ! Tu as tes têtes, pas vrai ? Pour ça, on se ressemble.

Il prend dans un tiroir une sorte de traçoir avec deux lames accolées et une tige qui sert de guide tout autour du fond.

— Et maintenant, les filets ! Tu sais ce que c'est ? Ce sont trois feuilles de bois dur insérées dans une gorge qui court tout autour de la table et du fond, près du bord. Ça fait beau et surtout ça empêche les fentes au moindre choc.

Râteau s'est couché sur son coussin. La tête posée sur ses pattes avant croisées, il somnole. Par moments, ses oreilles bougent quand éclate la voix de son maître, toujours en train de chercher les filets.

— Si je veux me remettre sérieusement au boulot, il va falloir que je range ce capharnaüm…

Angline est sur la route, pressée d'atteindre son but, là où sa vie va enfin recommencer. Son esprit noir ne peut formuler que des pensées de défaite, de désespoir, de mort. Elle a commis l'irréparable, la faute la plus grave, qui va la séparer à jamais du luthier et d'un rayon d'espoir. Tout a commencé il y a trois ans, juste avant son accident. Elle faisait un remplacement dans l'orchestre d'Auvergne. Un soir de relâche, elle était sortie avec Aurélien Passort, le premier violon, qui se prenait très au sérieux et lui faisait la cour. Après le dîner, comme ils étaient à Vichy, ils étaient allés au casino Partouche. Passort lui avait fait découvrir la roulette, et par jeu, elle avait tenté sa chance. Alors, elle avait ressenti la délicieuse angoisse de la boule qui se rapproche lentement du numéro joué, le bonheur brûlant quand elle semble hésiter et s'immobilise tout près de sa mise. Une voix profonde lui criait qu'elle devait insister, qu'elle était sur le chemin de la gagne... Ainsi, le jeu lui procurait des satisfactions infinies et immédiates. La concentration des autres joueurs était communicative. Tous les regards suivaient la boule comme si cela pouvait influencer son parcours... Angline avait le sentiment d'être en prise directe avec le destin. Et puis ce plaisir, elle qui n'avait jamais eu de distractions, qui avait si peu flirté avec un garçon de son âge ! Tout lui était donné d'une manière si simple...

Elle a roulé au hasard une partie de la nuit. Elle ne se souvient plus exactement de ce qu'elle a fait. Où est-elle ? Au croisement de petites routes, un panneau indique Chartres. Que fait-elle dans cette région qu'elle ne connaît pas ? Aucune importance, que ce soit ici ou ailleurs, elle n'est nulle part chez elle. Elle s'est arrêtée dans un renfoncement d'une petite route départementale. Peut-être a-t-elle dormi ou alors sombré dans une sorte d'inconscience douloureuse ; elle a fui la réalité, mais la voilà maintenant en face de sa faute, son énorme faute.

Elle a volé Paul. L'enveloppe est vide et les regrets prennent le dessus. Comment a-t-elle pu se laisser emporter de la sorte ? Comment le dire au luthier ?

Après que sa dernière mise se soit envolée, elle est restée comme assommée. Puis elle est partie, elle a couru à sa voiture et a démarré pour prendre une rue au hasard. Après cette rue, il y en a eu une autre, puis encore une autre, et enfin des routes de campagne. Elle a conduit en automate, égarée dans un vide douloureux. Elle a fui l'horreur. Elle attendait la joie, le bonheur, et c'est encore l'enfer qui l'a accueillie.

Son téléphone sonne. Sa mère. Après réflexion, elle lui envoie un message : « Ne te fais pas de souci, tout va bien. J'ai passé la nuit chez une amie. Bisous. »

Elle envoie le message et s'étonne d'avoir trouvé l'énergie pour mentir avec autant d'aplomb. Cet effort l'a vidée. L'image de Paul ne cesse de la hanter. Comment a-t-elle pu le voler, lui qui l'a accueillie ? Lui qui lui a offert la possibilité d'une autre vie, de renouer d'une autre manière avec la musique… Et comment le rembourser ? Elle ne peut pas demander une autre avance à Samuel Lehman. Elle doit se ressaisir et prendre la décision la plus difficile de son existence. Ne plus jamais céder à ce qui est devenu un vice ! Mais sans ce plaisir, un monde vide s'ouvre devant elle.

Elle fait demi-tour. Elle doit trouver de l'argent. Sa mère possède une paire de boucles d'oreille en or, une bague de sa grand-mère avec un diamant, une dizaine de louis d'or cachés derrière une fausse prise électrique.

De retour à l'appartement, elle dévisse la fausse prise et trouve un paquet dans le renfoncement. Les bijoux sont là. Elle en ignore la valeur. Ses doigts tremblent en saisissant ces objets en or chargés d'une histoire familiale.

Non, elle ne peut pas faire ça. Elle remet les bijoux à leur place et va prendre une douche pour se calmer. Mais la même voix aiguë n'en finit pas de la harceler : « Ce soir, la chance sera avec toi, tu verras, tout ira bien. Il suffit d'y croire et de persévérer. D'un coup, tu peux tout arranger. Tu portes les bijoux au mont-de-piété, tu joues, tu gagnes et tu rembourses Paul en inventant une histoire. Ensuite, tu récupères les bijoux que tu remettras à leur place. Personne ne se rendra compte de rien. »

Elle secoue la tête pour chasser la tentation.

Une fois prête, elle pose, bien en vue, un petit mot pour sa mère. C'est une habitude entre elles, ces petites marques d'attention. Puis elle ouvre la porte pour se rendre chez Paul. Mais la tentation est toujours là, tellement forte qu'elle l'oppresse, la gêne pour respirer.

La voilà dans la rue. Quand elle arrive chez Paul, son malaise s'accroît. Comment a-t-elle pu voler cet homme doux, d'une grande honnêteté ? Et puis, cet arbre qu'elle a étreint dans la forêt du Jura, ce bois qu'elle a senti sous l'outil l'appellent, lui font des signes, lui disent que cette direction est la bonne. Elle sent encore ses doigts caleux d'avoir tenu le rabot, et cette petite douleur la ramène à un sentiment de vie.

Elle coupe son téléphone, sort de sa voiture et se dirige vers l'atelier. La porte est ouverte. Le luthier est assis sur son tabouret, devant le fond fixé sur l'établi, et semble accablé. Deux rabots de bronze émergent des copeaux. Râteau fait la fête à Angline. Paul se tourne lentement. À son attitude, il comprend que quelque chose ne va pas. Il lui adresse un regard interrogateur. Le silence pèse tout à coup.

— J'ai l'impression que tu as fait la bringue toute la nuit ! dit enfin Paul en bougeant sur le tabouret qui grince.

La mince armure se fissure. Les larmes nouent sa gorge, Angline éclate en sanglots. Paul est atterré. Cette jeune femme qui a tout pour être heureuse s'effondre devant lui. Un pressentiment l'agite, mais il n'en dit rien.

— Allez, viens t'asseoir ! fait-il sur un ton plein de compassion. Il y a des moments comme ça dans la vie, mais ça passe, crois-en mon expérience.

Elle tourne vers lui ses yeux pleins de larmes. Elle ne peut plus tricher. Le bois, les outils, la vérité de chaque chose dans cet atelier l'isolent du restant du monde, des voitures qui passent dans la rue, des soucis simples et ordinaires. Son regard s'attarde sur la veste de Paul, posée sur le dossier de la chaise, mais il ne le remarque pas. Ici, le bois ne parle qu'aux esprits sincères ; dans ce lieu où la musique des étoiles arrive par bribes, la jeune femme mesure la noirceur de sa faute. Ici, il n'y a pas de place pour tricher : les coups de rabots doivent être toujours francs, sinon, le bois se rebelle.

Elle se dresse vivement.

— Je suis une pauvre fille.

Le visage de Paul se durcit, comme celui d'un père face à son adolescente qui vient de lui avouer qu'elle a fait une grosse bêtise.

— Tu ne vas pas me dire que…

— Si ! dit-elle dans un cri qui la libère tout en la broyant. C'est moi qui ai pris votre argent. Je suis une pauvre fille… Je joue !

Paul ne bronche pas. Râteau baisse les oreilles et vient se frotter aux jambes de son maître.

— Tu joues ? hurle soudain Paul.

Elle s'approche de lui, suppliante, misérable.

— Oui, je joue, et alors ?

Pour Paul, c'est le vice le plus abominable, celui qui conduit à tout, au vol d'abord, à la trahison, puis au crime. Angline est incapable de soutenir son regard accusateur posé sur elle, il la fait se sentir encore plus sale, un chiffon plein de boue. Elle tourne les talons et se dirige vivement vers la porte.

— File ! crie Paul. Et que je ne te revoie plus jamais, tu entends ? Plus jamais !

Paul la regarde courir dans l'allée et le bruit de ses pas sur le gravillon lui parvient comme un tocsin. Il s'assoit sur son tabouret lustré à force d'avoir servi, tournant le dos au fond de violoncelle posé sur l'établi. Le voilà vide, une coquille de noix livrée au vent, un vieux carton plein de choses perdues et couvertes de poussière. Alors, l'image de Julie s'impose, avec l'apparence paisible qu'elle avait sur son lit de mort.

Il secoue la tête, comme Râteau quand il est mouillé. Ne plus penser à ça, se laisser aller à l'indifférence, voilà ce qu'il veut. Il se sent tout à coup très vieux, ses muscles n'ont plus de force. Il va entrer à l'Ehpad, il passera ses journées à somnoler sur un fauteuil confortable, à attendre l'heure des repas, ces petits plaisirs ordinaires, cette satisfaction du corps que l'on apprécie quand il ne reste rien d'autre. Il se lève, éteint la lumière et sort.

Son atelier, c'était son refuge, son havre, là où il était plus roi que le roi. Ce soir, l'atelier le rejette, le pousse vers la porte, il n'a plus rien à y faire. Angline a été sa dernière étincelle de vie, son sursaut, et il sentait encore au fond de lui beaucoup de choses à réaliser, de belles sonorités prêtes à éclater, un feu d'artifice de sons. Mais ce n'était qu'une illusion.

Il traverse son terrain, s'arrête à différents endroits, tous chargés de souvenirs. Et là, devant lui, se dresse la balançoire verte qu'il avait achetée et montée pour Julie. Elle est toujours à sa place, pendue à une grosse branche du marronnier rose, inutile. Il aurait dû l'enlever, mais n'en a jamais eu le courage.

Il rentre chez lui, monte à l'étage ; s'immobilise un instant sur le palier. Devant lui, c'est la porte de sa chambre, celle qu'il partageait avec Claudine. Angline s'est bien moquée de lui. Elle a joué son rôle en attendant la première occasion qui s'est vite présentée. Ne lui avait-elle d'ailleurs pas parlé un jour de la fortune que valait son grand terrain ? Il avait senti l'intérêt dans la voix de la jeune femme, et comme un reproche face à son refus de le vendre.

Il ouvre une autre porte, d'ordinaire interdite. Mais ce matin, il ne sait plus très bien ce qu'il veut. Ou alors, il le sait trop bien. Il allume et voit le lit ; la couverture et les draps sont en tas au fond. Des vêtements posés sur une chaise, l'armoire est entrouverte… Personne n'y a touché depuis que Julie s'est levée ce matin du 17 mars 2017. Le temps s'est figé dans un silence glacé et une horrible odeur de renfermé. Un caveau ! C'est la première fois depuis la mort de Julie qu'il entre dans ce lieu maudit et sacré.

Il referme lentement la porte pour ne pas faire de bruit, comme au temps où il s'assurait que sa fille dormait paisiblement, redescend dans la salle de séjour, allume la télévision pour se distraire. Ce midi, il ne mangera pas. La télévision l'ennuie, il l'arrête et le silence reprend la place. Toute la place.

Les jours filent et le temps ne passe pas. Paul erre dans sa maison trop grande, son immense terrain, gagne l'atelier où il n'est plus chez lui. Il n'a pas ramassé les copeaux, épars sur le sol, ceux qu'il a faits avec Angline, des copeaux qui ont un sens, qui parlent une langue de musique et, peut-être, d'espérance.

Il rend visite à Louis Barthe, passe une heure à bavarder de tout et de rien, mais son ami comprend bien qu'il n'a pas la tête à parler, qu'il est là pour se fuir, pour ne plus penser à ce qui le tracasse.

Et cette question : pourquoi a-t-il réagi avec autant de violence en apprenant le larcin d'Angline ? Elle lui a volé deux mille cinq cents euros, et alors ? Qui est-il pour jouer le justicier ? Il a espéré que la jeune femme reviendrait lui présenter des excuses. Mais Angline n'est pas reparue. Il avait tant envie de lui pardonner, de recommencer avec elle l'aventure de la lutherie dont il a tant besoin. C'est lui qui l'a invitée à le voler en lui montrant l'enveloppe dans la poche de sa veste et qui s'est absenté, comme pour lui en fournir l'occasion. Et il s'est puni…

Une semaine déjà, une semaine de solitude. Il a envisagé d'aller dans le Jura chercher son bois, mais a renoncé au dernier moment. Pour quoi faire ? Pour l'entreposer et ne jamais l'utiliser ? « Tu vois, dit-il à Râteau qui le regarde avec ses grands yeux tendres, je me suis toujours méfié des jeunes qui viennent me demander de leur apprendre le métier. Il suffit que tu les voies poser un regard sur le bois ou sur un instrument pour comprendre qu'ils ne sont pas faits pour ça. Le véritable luthier a des étincelles dans les yeux quand il se trouve devant une belle pièce de bois. Il imagine déjà la musique ! »

L'été s'étire lentement. Les jours diminuent. « J'aimerais bien être à ta place, mon vieux Râteau. Toi, tu te fais pas de souci, tu manges et tu dors. Imagines-tu le tumulte dans ma vieille caboche ? J'ai trop de nœuds, trop de choses qui se contrarient, qui s'aiment et se détestent. Toi, tel que je te connais, tu ne supporterais pas ! »

De la fenêtre de son atelier, il peut surveiller la rue et voir les voitures ralentir avant le tournant. Il reste là, face à lui-même, en se disant qu'il va s'enfoncer dans une vieillesse ordinaire et sans musique. Il brûlera tous les livres de lutherie qu'il a amassés au temps de la passion. Il ira faire ses courses à pied, son sac à la main. Il achètera peut-être le journal pour les nouvelles locales. Et puis non, il n'achètera pas le journal. Ce qui se passera chez les voisins ne l'intéressera pas. Il se laissera aller ; l'été, il se brûlera la peau au soleil, l'hiver au coin de son feu qu'il entretiendra avec son précieux bois qui ne deviendra jamais instrument de musique. Il faut savoir fermer la porte quand on n'a plus rien à faire dehors.

Ce soir, il voit passer beaucoup de voiture blanches, identiques à celle d'Angline. Chaque fois, il espère que l'une d'elles va ralentir et s'arrêter, mais elles poursuivent leur route. La nuit tombe lentement. Les gens rentrent chez eux, se retrouvent en famille après une journée de travail, et lui reste seul dans un silence qui hurle à ses oreilles. Mais n'est-ce pas un peu de sa faute ?

Il pense souvent au bijoutier qui ne l'a pas rappelé. Il n'a rien dû trouver sur les origines de l'épingle. Pas grave, le marasme continue.

Le lendemain, il est debout de très bonne heure. Pour ne rien faire, bien sûr, mais rester au lit passé 6 heures n'est pas dans ses habitudes. Il fait le tour de son terrain, comme tous les matins, salue ses arbres, siffle Râteau qui court devant lui, se souvient que c'est le jour d'Anita, grâce à qui la maison garde un semblant de propreté.

Il se rend à son atelier. Tout à coup, la tête lui tourne. Curieuse impression de voir le sol monter vers lui. Ses jambes flageolent. Il pose la main sur son établi et chancelle. Un brouillard s'est formé, il ne voit plus ce qui l'entoure. Le voilà dans une sorte de prison noire qui devient de plus en plus minuscule. Un pavé écrase sa poitrine. Il veut aller jusqu'à la porte et tombe sur le plancher, bousculant le fond ébauché du violoncelle. Ses outils se perdent au milieu des copeaux. Un filet de bave coule au coin de ses lèvres.

Comme chaque semaine à cette heure, la femme de ménage gare sa voiture devant le portail et constate que Paul est seul, ce qu'elle préfère. Depuis qu'Angline fréquente le vieil homme, Anita redoute un piège, une arnaque. La lutherie n'est qu'un prétexte, elle en est certaine, mais Paul ne veut rien entendre…

Elle sait ce qu'elle doit faire. Elle travaille ici depuis une vingtaine d'années et s'occupe de Paul avec grande attention. Depuis que Claudine est partie, le luthier se laisse aller. Heureusement qu'elle est là pour garder tout en place !

La porte de l'atelier est ouverte, donc Paul travaille, ce qui serait une bonne chose, mais elle n'y croit pas. Elle a bien remarqué à ses gestes pleins de lourdeur qu'il n'était plus comme avant et qu'il glissait lentement vers la vieillesse. L'arrivée d'Angline l'avait requinqué, mais cela n'avait été qu'un feu de paille.

En arrivant dans l'atelier pour saluer le luthier, elle le découvre étalé sur le sol, inconscient. Elle s'affole, puis reprend ses esprits et appelle aussitôt les pompiers. La caserne n'est qu'à cinq cents mètres, ils seront vite là. En effet, ils pilent devant le portail, sautent de leur camion et courent dans l'allée. L'un d'eux se penche sur le corps inerte, pose son oreille sur la poitrine.

— Vite ! Ma trousse.

Il déchire la chemise et fait une piqûre. Pendant ce temps, d'autres apportent un brancard. Râteau est là, qui gémit, mais personne ne s'occupe de lui. Anita l'enferme dans la pièce voisine où il se met à hurler à la mort.

Pendant que les pompiers emmènent Paul, Anita s'approche de l'un d'eux et demande :

— C'est grave ?

— On ne sait pas. Il faut l'hospitaliser. La piqûre devrait le ramener à lui.

Le camion des pompiers part, sirène hurlante, laissant les badauds au milieu de la chaussée où les voitures tentent de se frayer un passage.

Et le silence. Les voisins se questionnent. Que s'est-il passé ? Chacun donne son avis. Paul ne se nourrit plus correctement, et surtout ne fait rien. Il s'ennuie, voilà l'explication. Il n'a plus envie de vivre. Et puis il y a cette fille. On dit que c'est une grande musicienne qui ne peut plus jouer depuis un accident. Ne serait-elle pas en train de chercher à plumer le vieux solitaire ? On a remarqué que lorsqu'elle n'est pas là, il passe beaucoup de temps au portail ou à la fenêtre.

Louis Barthe se rend à l'hôpital, où on ne le laisse pas voir son ami. Il rentre chez lui, persuadé qu'on lui cache quelque chose de grave.

11

Le lendemain matin, Louis Barthe se présente de nouveau à l'accueil de l'hôpital et demande à voir Paul. Cette fois, on lui indique une chambre. Dans le couloir, il croise un homme en blouse blanche, de grande taille, le visage austère, et lui demande :

— Je suis un ami de Paul Lebarron, chambre 326. Comment va-t-il, ce matin ?

— Il va bien, répond l'homme, mais il est passé très près. Son cœur est fragile. Il ne faut plus qu'il fasse d'efforts.

— Merci, docteur, fait Louis. Je peux le voir ?

— Oui, mais pas plus de cinq minutes.

Persuader Paul de ne pas faire d'efforts, comment est-ce possible ? C'est une pile électrique. Ce petit homme n'écoute personne. Louis pousse la porte de sa chambre. Paul est là, très pâle, les joues creuses, le front ridé, les cheveux gris qui partent dans tous les sens. Sans sa casquette, ce n'est pas le même homme.

Il lève les yeux, se fige. Inspire profondément.

— Comment va Râteau ?

— T'en fais pas, on l'a pris chez nous. Ça lui fait des vacances !

— Arrête. Râteau n'est bien qu'avec moi. Il lit dans mes pensées comme je lis dans les siennes.

— Et le médecin, qu'est-ce qu'il t'a dit ? demande Louis.

— Il a dit que tout va bien. Que c'est un petit malaise.

— Moi, il m'a parlé autrement, objecte Louis. Il faut que tu te ménages, sinon, ça recommencera et cette fois…

— De quoi tu te mêles ? s'énerve Paul. J'ai l'âge de faire un beau mort. Maintenant, laisse-moi. Je suis fatigué !

Louis obtempère, et quand la porte est fermée, confie à une infirmière :

— Quelle tête de mule !

Paul se dresse sur les coudes, mal à l'aise. Des bruits auxquels il n'est pas habitué le font sursauter. Il se sent comme un animal en cage.

Les heures passent lentement ; en fin de matinée, le cardiologue constate que son cœur reprend progressivement son rythme habituel.

— Ce n'est pas encore parfait, mais ça s'arrange ! dit-il. Nous allons procéder à d'autres examens. Ce qui importe, c'est de vous reposer. Nous allons vous garder quelques jours, ensuite, ce serait bien que vous alliez dans un établissement de convalescence.

— Et quoi encore ? Pourquoi pas en maison de retraite ?

— Vous y seriez bien, en effet. Il faut économiser vos forces. Sachez que la prochaine crise risque de vous être fatale.

Il ne répond pas, persuadé que les médecins en font toujours trop. Il pense à la phrase de Paganini lue quelque part : « Bienheureux qui peut mourir sans l'aide de son médecin ! » Paul s'est toujours méfié des spécialistes. Il n'a pas oublié l'exemple de son grand-père à qui les médecins avaient annoncé qu'il était condamné lorsqu'il avait trente ans et qui a vécu cent deux ans. Et puis, il ne peut pas mourir tant qu'il n'a pas retrouvé l'assassin de Julie. Au fait, le bijoutier l'a-t-il appelé ?

Il consulte une énième fois son téléphone, la batterie est vide.

Les heures lui semblent des jours et les jours des semaines. Il fait si chaud dans cet hôpital sans courant d'air.

Un midi, ce qu'il attendait sans se l'avouer se produit. On lui apporte le plateau-repas ; rien de bien mangeable : des carottes râpées et un petit morceau d'une viande dont il ne saurait dire si c'est du poulet, du porc ou tout autre animal. De toute façon, Paul n'est pas un grand carnivore, il préfère les légumes. Aux temps heureux, il s'occupait de son petit potager en hommage à son père maraîcher, décédé brutalement d'une crise cardiaque. Tiens ! Il y pense à l'instant : n'est-ce pas héréditaire ? Les carottes qu'il cultivait étaient bien différentes de ces filaments orange insipides. D'ailleurs depuis qu'il est seul, Paul n'aime plus les carottes.

La porte s'ouvre, il se fige. Elle est là, devant lui, un sourire un peu gêné aux lèvres, n'osant pas lever les yeux sur le malade.

— Ah ! c'est toi… Qu'est-ce que tu deviens ?

Elle fait un pas vers lui, puis s'immobilise de nouveau. Lui ne peut pas s'empêcher d'être méchant :

— Tu en as trouvé un autre à plumer ?

Elle fait brusquement demi-tour pour franchir la porte dans l'autre sens. Il l'arrête :

— Reste, j'ai besoin de te parler. Viens t'asseoir là, sur cette chaise.

Angline hésite, puis décide d'obéir.

— Je suis désolée. Je n'osais plus venir. Mais le travail du bois me manque… Alors je suis retournée chez vous, et là, on m'a dit…

Il ouvre de grands yeux, pousse le plateau-repas, renverse le verre d'eau. Elle se précipite pour éponger le liquide avec la serviette de table.

— C'est pas grave… de toute façon, je ne vais pas mijoter très longtemps dans ce lit. Tu dis que le travail du bois te manque ?

Elle ne trouve toujours pas le courage de lever la tête vers ce vieil homme semblable à un de ces chênes noueux sur les causses. Lui mesure combien la présence d'Angline lui a manqué. Il se sent tout à coup en pleine forme. Il pense à l'enveloppe de billets, à sa colère, mais n'en parle pas.

— Si on passe notre temps à flemmarder, on n'est pas près de terminer le violoncelle.

Alors, elle plante ses grands yeux graves dans les siens et murmure :

— Je vous rembourserai l'argent.

— Tu penses bien que je vais pas t'en faire cadeau ! s'exclame le vieux renard. Mais pour l'instant, ce n'est pas la question. L'envie de travailler me remplit le corps. C'est comme du miel, doux et sucré, avec une odeur de fleurs sauvages. C'est le meilleur médicament pour mon vieux cœur. Allez, on a assez perdu de temps !

Il s'extrait de son lit, sans se soucier de se montrer en pyjama devant Angline. Ses vêtements sont posés sur une chaise près d'une armoire blanche. Il les attrape et s'enferme dans le cabinet de toilette pour s'habiller. Cela ne prend que quelques secondes et il sort :

— On y va !

— Mais vous ne pouvez pas partir comme ça ! Vous êtes malade. Il faut vous soigner et vous reposer. On reprendra la construction plus tard !

Il fusille Angline du regard :

— Depuis quand c'est toi qui me dis ce que je dois faire ? Tu as ta voiture ? Alors, tu m'emmènes.

Désemparée, elle ne sait que faire. Une infirmière passe devant la porte ouverte et voit Paul vêtu, prêt à partir.

— Mais que faites-vous ?

— Je pars, vous le voyez bien !

Il sort. L'infirmière s'en prend à Angline :

— C'est vous qui lui avez mis cette idée dans la tête ? Il peut faire une nouvelle crise fatale à tout moment.

— Je n'y suis pour rien !

L'infirmière court appeler du renfort pour arrêter le fugitif. Le cardiologue qui était dans son bureau intervient.

— Monsieur Lebarron, vous ne pouvez pas partir ! Voilà que vous délirez !

Il se tient droit, entre Paul et la sortie, dépassant son patient d'une bonne tête.

— Allons, soyez sérieux, retournez dans votre chambre. Vous n'avez pas déjeuné ?

— Je n'ai pas faim et laissez-moi passer. Je pars et personne ne m'en empêchera.

— Vous prenez un risque énorme.

— Parole de médecin, parole de coquin ! réplique Paul en contournant le cardiologue. Je suis encore le maître de ma vie. Si j'ai décidé de mourir, c'est pas vous qui allez m'en empêcher !

— Dans ce cas, monsieur, vous devez signer une décharge.

Il se tourne vers Angline restée en retrait. Paul s'emporte :

— Je signe ce que vous voulez, mais il faut que j'aille dans mon atelier.

Il sort de l'hôpital. Une jeune femme court derrière lui en lui tendant une feuille imprimée et un stylo. Il griffonne et monte dans la voiture d'Angline.

— Si on les écoutait, ces gens-là, on ne ferait rien, bougonne-t-il. Pas manger ça, pas d'alcool, attention à ceci, surveiller cela… On se priverait de tout pour vivre très longtemps dans un ennui total.

Ils roulent en silence jusqu'à Rambouillet. Paul sort vivement de la voiture, entre dans son atelier.

— Et mon Râteau ?

Il traverse très vite son terrain, arrive chez Louis. Angline peine à le suivre. Il entend son chien, qui l'a flairé, se mettre à gémir.

— Mais qu'est-ce que tu fais là ? demande Louis. On nous a dit que tu en avais encore pour une bonne semaine…

— Je viens chercher mon Râteau !

Libéré du sous-sol où il était enfermé, le chien tourne autour de son maître en remuant la queue et glapissant de bonheur.

Angline est restée en retrait. Le regard de Louis s'attarde sur la jeune femme.

— Je t'en prie, Paul, sois prudent.

Paul a déjà tourné les talons, précédé par Râteau qui gambade vers leur maison.

— On reprend où on en était ! s'exclame Paul en entrant dans l'atelier. Le fond est mis en forme, presque à l'épaisseur. On va le peser.

Il pose le dos du violoncelle sur une balance de cuisine.

— Sept cent dix grammes. C'est trop. Il y a encore des grammes parasites ici et là. Il faut les trouver.

Il se lève et recule.

— À toi de mesurer tout ça. Tu prends le compas et tu cherches. Les épaisseurs que je t'ai données au début sont seulement des indications. C'est la densité du bois qui t'indique les bonnes mesures. Mais tu dois respecter les proportions.

Angline déplace l'outil sur la totalité du bois. De temps en temps, elle jette un regard inquiet à Paul, qui continue sa leçon, comme si de rien était :

— Il ne doit pas y avoir d'à-coups. Tout est lié, tu enlèves quelques dixièmes en fonction de ton ressenti.

Elle fait oui de la tête et tâte le bois, mesure l'épaisseur, donne quelques coups de rabot, passe le racloir pour unifier la surface, caresse de nouveau le bois du bout des doigts.

— Je crois que c'est bon. Peut-être qu'ici on peut enlever un ou deux dixièmes ?

Paul lui lance un regard admiratif.

— Je ne me suis pas trompé. Tu es douée…

Puis il poursuit en haussant la voix :

— Mais il faut que tu arrêtes tes conneries ! C'est un métier d'humilité, de perpétuel questionnement. Ce qui est vrai sur un instrument peut en tuer un autre. Il faut beaucoup de pratique, beaucoup de travail, et avoir quelque chose en plus !

— Bref, si j'ai bien compris, il faut avoir toutes vos qualités ! fait-elle en souriant.

Insensible à la légère moquerie d'Angline, il se dresse, fier de lui, de son talent.

— Tu dois te dire que, quand tu construis un instrument, c'est la chose la plus importante au monde. Tu es l'intermédiaire entre ce qui dépasse l'entendement humain et les raisonnements mathématiques, l'interprète de ce qui ne se raisonne pas. Au toucher, le bois doit te parler, tu le sens vibrer sous tes doigts, tu le sens au point que les mesures ne sont là que pour te rassurer.

Il est assez content de sa tirade alambiquée. Angline lui lance un regard curieux :

— Donc c'est par le raisonnement qu'on maîtrise ce qui ne se raisonne pas !

— C'est tordu ce que tu dis. Toi qui es musicienne, sais-tu pourquoi telle note s'entend bien avec telle autre ? Pourquoi les mélodies de trois notes suffisent à réveiller des tas de choses dans ton esprit ? Parce que toi aussi, tu es liée à l'échafaudage invisible de l'univers qui ne se raisonne pas, mais c'est par la raison que tu arriveras à l'entrevoir.

— C'est trop compliqué pour moi, conclut Angline en souriant. Ce que je sais, c'est que les musiciens composent des symphonies à partir d'un thème de trois ou quatre notes. Regardez la *Cinquième* de Beethoven : deux notes, et pourtant…

— Il faut que tu fasses un effort ! Voilà quarante ans que je réfléchis à ces choses-là !

Quand il parle comme ça, Paul se tient très droit, tire sur ses jambes et ses articulations comme pour se grandir. Il dresse la tête avec un air sérieux, un peu hautain, qui amuse Angline. Son visage a repris des couleurs et il semble en pleine forme.

— La lutherie, c'est une alchimie qui consiste à coller quelques morceaux de bois pour atteindre l'irrationnel, le divin, assène Paul doctement.

Angline consulte sa montre.

— Il faut que j'y aille, le magasin va rouvrir. Je reviendrai ce soir et si vous êtes d'accord, je peux rester tout le week-end.

— Début de journée 6 heures, fin des travaux 21 heures, fait-il sur un ton sec qui se veut celui d'un patron.

— Ça me va.

Elle prend son sac et sort. De la fenêtre, Paul la regarde franchir le portail. Râteau vient tourner autour de lui. « Tu veux que je te dise, mon bon Râteau, elle fait la dure, mais elle ne tiendra pas. Pourtant, je crois qu'elle a du talent… » Il reprend le rabotage du fond et le pose régulièrement sur la balance.

Il est assez content de lui : « Demain, elle collera ce fond aux éclisses. Il faut bien qu'elle apprenne ! »

Il sort, va marcher dans son terrain, surveillant les monticules des taupinières, les feuilles qui flétrissent sur le grand marronnier. C'est en déambulant là, sur ce lieu où il sent la présence de ses ancêtres, qu'il a toujours eu ses meilleures idées. Râteau court devant, la truffe au sol. Il a sûrement senti des lapins. Paul pense à sa vie passée sur ce lopin de terre. Il entend les cris joyeux de Julie, les rires de Claudine, ses pas se font hésitants.

Il rentre chez lui pour y laisser Râteau, puis se rend à pied à la brasserie de Norbert, où il commande un plat qu'il avale rapidement sur le rebord du comptoir. Ici, tout le monde le connaît et on s'inquiète pour sa santé. Paul est une célébrité locale. Grâce à lui, les plus grands musiciens ont fréquenté le village. Le maire a même voulu l'intégrer à son équipe de conseillers municipaux ; il a refusé.

Ensuite, il retourne à son atelier après avoir libéré Râteau. Le manche du violoncelle, juste découpé à la scie, est posé sur le rebord de l'établi. Il le prend, l'examine, fait deux ou trois rectifications à la silhouette de la volute et repose le lourd morceau de bois : « Un gros boulot ! »

Les jours passent. Depuis sa fugue de l'hôpital, depuis qu'il a retrouvé son atelier et qu'il regarde Angline travailler, Paul se sent mieux ; une chaleur qui ressemble à de l'enthousiasme réconforte son vieux cœur. Angline a-t-elle assez de talent pour prendre sa succession ? Elle joue, elle lui a volé de l'argent et recommencera sûrement à la première occasion, mais il saura la mettre au pas. Pourtant, il a beau y réfléchir, il ne parvient pas à comprendre ce qui la pousse ainsi à fréquenter les salles de jeu, à dilapider de l'argent. Serait-ce l'espérance d'une fortune facile ? Paul esquisse une moue contrariée. Quand un luthier pense à l'argent qu'il va retirer de l'instrument en construction, il est en train de se tromper.

Râteau lève sur lui son regard plein de tendresse.

— Tu te moques de moi, hein ?

Le chien remue la queue, comme s'il avait vraiment compris. Paul va chercher l'ébauche de la table et commence à en découper grossièrement le tour à la scie à chantourner. Quand c'est fini, il frappe le bois avec son index plié. Un son léger, aérien en sort. « Comment te le décrire, Râteau… mais tu as sûrement entendu, ce son de miel, comme je l'ai expliqué à la petite. Un son doré sans excès, avec de la lumière en transparence, mais pas trop, et puis le parfum de fleurs sauvages… C'est bien ça, mais ce que je ne lui ai pas dit, c'est que ces fleurs ne sont pas n'importe lesquelles. Des fleurs de tilleul juste ouvertes. Pas le parfum entêtant de l'après-midi, mais celui du matin, au lever du soleil de juin, un peu humide et qui flotte par petites bribes. Et puis je lui ai caché l'essentiel. Il ne faut pas que je lui dévoile mes secrets trop rapidement, elle me prendrait pour un con. Oui, l'essentiel, toi avec tes oreilles de chien, tu l'as entendu : un son qui naît du choc et monte en remplissant la pièce, qui devient plus aigu sans perdre de sa résonance, toujours aussi transparent et qui te caresse d'une manière agréable, qui te donne envie de sourire et d'aimer les autres. »

Alors qu'il est en train une nouvelle fois de farfouiller dans ses outils, Paul entend la sonnerie de son téléphone. En général, il pose son portable quelque part et l'oublie, ou laisse sa batterie vide ; il déteste ce mouchard. Mais depuis son retour de l'hôpital, il ne s'en sépare plus et veille à le garder chargé, car il attend toujours un appel, bien qu'il n'y croie plus trop.

Quand il voit le nom du bijoutier s'afficher, son cœur fait un bond dans sa poitrine. Il a l'impression de se vider d'une partie de lui-même, la haine qu'il nourrit envers le meurtrier lui saute de nouveau à la gorge et il en mesure l'ampleur. Il prononce un « allô » rauque.

— Monsieur Lebarron ? Jocelyn Berger. J'ai avancé dans la recherche que vous m'avez confiée. Ce serait bien si vous pouviez passer me voir…

— Vous voir ? À Paris ?

— Oui, c'est assez compliqué à expliquer au téléphone. Et il faut que je vous rende l'épingle.

— Très bien, j'arrive.

Il raccroche, ennuyé. Se rendre à Paris, perdre son après-midi dans le RER et le métro… Mais la haine le pousse, énorme et dure, une grosse pierre qui l'empêche de respirer librement. Peut-être l'espoir, malgré tout.

En voyant Paul se changer, Râteau comprend qu'il va rester seul et se couche dans sa panière, mimant l'envie de dormir. Paul inspire. Ce qui le tracasse, c'est qu'il redoute de ne pas être rentré quand Angline va arriver de son travail. Il va faire vite, mais avec ces cheminots toujours entre deux grèves, il faut s'attendre à tout.

Pourtant, il a de la chance aujourd'hui. Le train s'arrête en gare au moment où il arrive sur le quai. Serait-ce un signe ? Il s'installe dans un wagon presque vide. Trois quarts d'heure plus tard, il est place Vendôme, devant l'enseigne de Jocelyn Berger. Il hésite sur le trottoir. Quand il ressortira de ce magasin, il sera différent : il aura un nom, peut-être une adresse ; de nouvelles questions aussi. Ce qu'il redoute désormais.

Enfin, le souffle court, il se décide à entrer dans la boutique tout en lumières, en éclats dorés, en petits objets aux formes si délicates. Lui, l'homme du bois, mesure combien semble rustique la matière qu'il travaille, à côté de tout cet or, ces diamants et ces pierres colorées et brillantes.

Jocelyn Berger aperçoit Paul et vient le saluer, puis l'invite à passer dans l'atelier, à l'arrière de la boutique.

— Ça a été difficile, mais je crois qu'on a trouvé le propriétaire de cette pince à cravate, commence le bijoutier.

Paul, la gorge sèche, comme s'il n'avait vécu que pour cet instant, ne dit mot. L'homme lui montre l'épingle.

— Ici, vous avez deux initiales… Ce sont celles de Joël Leriet, un avocat réputé.

— Comment pouvez-vous l'affirmer ?

— Un de mes confrères a reconnu l'épingle personnalisée qu'il a confectionnée. Il conserve les coordonnées de tous ses clients. Je vous ai tout noté sur cette feuille. Vous pourrez lui rapporter son bijou, puisqu'il ne réside pas très loin de chez vous.

En proie à un déluge d'émotions contradictoires, Paul n'a plus qu'une hâte : quitter ce lieu luxueux. Devant la main manucurée qui lui tend l'enveloppe, il n'ose pas approcher ses gros doigts de travailleur du bois. Il ne s'est pas nettoyé les ongles et remarque qu'ils sont sales. Il demande combien il lui doit, monsieur Berger sourit en lui rappelant qu'il a réglé gratuitement le violon de sa fille.

— C'est la moindre des choses, conclut le bijoutier en souriant.

Une fois dans la rue, Paul est pris de frissons. L'enveloppe pèse dans sa poche et le tumulte qui l'agite le fait marcher en trébuchant, comme s'il avait trop bu. Vivement qu'il retrouve son enclos, son atelier et sa solitude.

Il reprend le métro, puis le RER. La feuille de papier donnée par le bijoutier concentre ses pensées. Arrivé chez lui, il libère Râteau et retourne à son atelier. Il s'assoit sur le tabouret, en face du violoncelle en construction. Demain, ils pourront enlever le moule et ajuster la table.

Il hésite longuement.

Immobile, les yeux rivés sur la pendule au mur. Cette pendule arrêtée depuis bien longtemps. Il suffit d'y mettre des piles neuves, mais Paul n'a jamais trouvé le temps et le courage.

12

En cette fin d'après-midi, le visage de Paul s'éclaire quand il entend la voiture s'arrêter devant son portail. Angline entre dans l'atelier, comme si elle était chez elle, et regarde le collage du fond.

— Il ne faut pas y toucher jusqu'à demain matin, dit Paul.

— Nous sommes vendredi soir, répond-elle en souriant, et j'ai trois jours entiers pour travailler avec vous.

— Trois jours entiers ? s'étonne Paul.

— Oui, exceptionnellement, nous serons fermés samedi et lundi. Monsieur Lehman doit se rendre dans sa famille. C'est le moment d'en profiter pour avancer !

Paul reste un instant pensif. Angline s'est assise à l'établi et se remet au rognage de la table. Paul intervient :

— Attention, je t'ai déjà dit que ce n'est pas la même forme que le fond. Tu peux vérifier avec le gabarit. Mais très vite tu dois apprendre à t'en passer, à faire des voûtes selon ton inspiration, ainsi tes instruments seront toujours des pièces uniques.

— Vous m'avez dit qu'avec un peu d'habitude, on reconnaît le son du luthier qui se répète d'un instrument à l'autre…

— Oui, mais si le son en général est le même, il varie un peu d'un instrument à l'autre, nuance Paul. Il faut que tu te fasses ta propre forme, et pour cela, tu dois regarder des milliers d'instruments, penser violon, vivre violon, il faut que ton esprit soit entièrement accaparé. Quand tu entends un musicien jouer, tu ne dois pas écouter la musique, mais l'instrument, analyser à travers le son le comportement de tel ou tel élément…

Il se redresse et se dirige vers un meuble à côté de la fenêtre.

— Tu as là des tas de bouquins et de revues. Tu peux prendre ceux que tu veux. Tu y trouveras des photos d'instruments remarquables, de chefs-d'œuvre de Crémone, de Venise et même de l'école française de Mirecourt. Tu vas voir qu'ils varient très peu, mais avec l'habitude, on reconnaît très vite le luthier qui les a fabriqués et à quelle école ils appartiennent…

Tout en parlant, Paul a sorti un grand livre qu'il ouvre. Chaque page montre des instruments anciens. Angline en admire la perfection que les photos en noir et blanc rendent encore plus émouvante.

— Ce métier, ajoute Paul, demande un don total de sa personne. C'est une vocation. Dès ton premier instrument, ton originalité doit se faire sentir, il faut que les formes, la manière dont il a été construit te semblent évidentes.

Ils travaillent sans prendre conscience du temps qui passe. Angline actionne la grosse gouge en travers de la pièce d'épicéa, Paul ne perd pas un de ses gestes et les commente. Exprimer des sensations qu'il a ressenties toute sa vie le requinque.

— L'épicéa n'est pas un bois facile. Il a mauvais caractère et se cabre dès que tu veux le contraindre. C'est normal, tu le mets à nu, l'obliges à te révéler son intimité, et il a beaucoup de pudeur. Ta lame doit toujours raboter dans le bon sens, sinon, elle déchire le bois. Et le sens change plusieurs fois sur une table de violoncelle selon l'inclinaison de la voûte... Tu ne dois jamais insister : si l'outil rechigne à avancer, c'est que quelque chose ne va pas. Mais j'ai vu que tu sais t'y prendre.

— C'est comme si j'avais fait ce travail toute ma vie, affirme soudain Angline, j'en ressens comme une chaleur qui monte en moi, qui me rend heureuse.

Paul esquisse un léger sourire.

— Ne fais pas la mariole ! Tu ne sais rien encore, tu dois tout apprendre ! Ne te laisse surtout pas emporter par une apparente facilité. C'est la meilleure manière d'aller dans le mur. Pour l'instant, tu découvres le superficiel. Tu dois apprendre à toucher le bois, le caresser et sentir au bout de tes doigts cette... comment dire... cette réponse qu'il te fait. Tu dois t'imprégner de sa réalité, comme il va s'imprégner de la tienne. Un violoncelle, c'est une réplique de ton âme, parce que le bois que tu as utilisé répond à tes questions, parce que vous vous êtes reconnus. Ce n'est qu'à ce prix que tu peux construire un bon instrument. Comme la musique, la lutherie ne souffre pas l'à-peu-près.

Il fronce les sourcils et prend la gouge des mains d'Angline.

— Tu vois bien que ça ne coupe pas ! s'emporte-t-il. Tes outils doivent trancher net, sans que le bois s'effiloche. Donc, tu vas aiguiser cette lame. Je sais, elle est en demi-lune, ça ne simplifie pas les choses.

Tout en parlant, il va chercher une pierre à aiguiser. Angline l'observe attentivement. La voilà sur un nuage, loin de ses obsessions habituelles. Elle a l'impression d'attendre cela depuis sa première leçon de violoncelle, alors qu'elle avait six ans, chez ses grands-parents en Normandie.

Elle s'applique sous le regard sévère de Paul. La nuit est tombée, ils sont isolés dans ce petit atelier, îlot de lumière. Ils n'ont pas vu passer les heures, mais Paul montre des signes de fatigue.

— Une chose importante à savoir : quand tu te sens vide de cette force heureuse qui te pousse, c'est que tu n'as plus rien à transmettre au bois. En lutherie, une faute reste une faute et elle se voit. Ce métier ne te pardonne rien. Ce sont à ces petites erreurs que les marchands d'instruments s'attachent : des filets pas tout à fait identiques d'un côté et de l'autre, un vernis qui ne leur semble pas parfaitement transparent. Tu sais, les anciens se moquaient bien de ça. Ce qu'ils cherchaient, c'était la perfection du son. Maintenant, on donne plus d'importance à l'esthétique. Si tu veux des instruments qui ont un bel aspect, achète des chinois. Ils sont souvent superbes, mais côté son, c'est d'une pauvreté à te dégoûter de la musique.

Angline pose son outil. Elle n'a plus l'allant du début de leur séance. Des ampoules au bout des doigts lui font mal et son esprit s'échappe désormais de son travail… Elle sent les monstres reprendre vie en elle, cette sensation de manque imprégner toute sa chair. Paul s'en aperçoit.

— Bon, c'est l'heure de se reposer. Et pour cela, tu dois rentrer dormir. Demain, on commence à 6 heures. D'accord ?

Elle fait oui de la tête. Paul est là, qui la regarde. Il sait ce à quoi elle pense, mais mesure-t-il la force de cette passion pour le hasard, cette force qui guide la chance ?

— Alors, à demain, dors bien ! conclut-il fermement.

Elle s'éloigne en se disant qu'elle aurait dû demander à Paul de l'emmener dîner quelque part, elle aurait été à l'abri de la tentation qui monte en elle. Mais elle aurait aussi eu la désagréable certitude de perdre une occasion du plaisir suprême…

Elle pourrait appeler Henri. Ils se voient de plus en plus souvent, et elle en est heureuse. Elle caresse encore un peu cette idée, avant de renoncer et de consulter sa banque en ligne. Ravie, elle découvre qu'il lui reste huit cents euros. Une lumière intense s'allume dans son esprit, tellement aveuglante qu'elle ne voit rien, qu'elle n'entend rien, les ors d'un paradis vénéneux l'invitent. Huit cents euros, c'est peu, mais assez pour repartir, pour jouer avec la chance, la frôler, se donner à elle et se remplir d'une félicité si forte, si universelle que rien d'autre ne compte.

Elle ne réfléchit plus. Toutes les barrières sont tombées avec la nuit. Elle vole vers un seul but, un distributeur de billets où elle va retirer un peu d'argent. Un peu ? Oui, elle ne va pas commettre l'erreur de tout risquer : cinq cents euros suffiront pour ce soir. Cette bonne résolution éclaire son visage et ses yeux d'un sourire heureux. Elle s'arrête dans une brasserie pour commander un plat tout simple. Manger la rassure, amplifie son bonheur, et cette anxiété exquise de l'attente, de l'espérance, cette prière à la chance.

Elle arrive au casino. Ce sont presque toujours les mêmes personnes qu'elle croise. Certains la saluent, d'autres évitent son regard, comme s'ils étaient honteux de se trouver là. Un silence lourd, studieux et en même temps oppressant, règne dans cette salle où les gens se déplacent à pas feutrés.

Elle s'approche de la table de roulette française. Plusieurs joueurs sont là, hors du monde, ne pensant qu'au bon numéro, celui qui va leur assurer un gros gain. Elle s'assoit, le regard fixé sur les chiffres de couleurs différentes. Elle commence par jouer une petite somme, concentrée sur la boule qui ralentit sa course, approche de sa case. Cette fois… son cœur se met à battre si fort que sa respiration devient difficile. La boule roule lentement, Angline se concentre comme si elle avait le pouvoir d'influencer son élan : la boule ralentit encore, semble hésiter, puis s'arrête devant le numéro suivant. Un rien, un cheveu, aurait suffi à l'arrêter au bon endroit. « Surtout rester calme et maîtresse de moi ! » se répète-t-elle.

Elle joue deux cents euros. Les battements de son cœur résonnent dans son cerveau. L'image de Paul lui apparaît tout à coup, elle la chasse vivement, avec une petite grimace.

La boule ralentit sa course. Angline serre les dents, ses doigts tremblent. La boule passe sur son numéro et continue, très lentement. A-t-elle encore assez d'élan pour boucler un tour complet ? La jeune femme se mord la lèvre au sang. La boule roule de moins en moins vite, dépasse le troisième numéro avant le sien, puis le deuxième. Et le miracle tant attendu ! Elle a gagné ! Elle lève les yeux et voit comme dans un nuage les visages déçus de ses concurrents. Elle empoche les jetons. Elle a multiplié sa mise par dix : la voilà avec deux mille euros, de quoi rembourser Paul.

C'est son jour. Sûre d'elle, Angline joue mille euros d'un coup. Ensuite, c'est certain, elle ne commettra pas les erreurs des fois précédentes : elle arrêtera.

« Rien ne va plus ! » annonce le croupier et la boule se lance. Angline tâte du bout des doigts la pile de jetons gagnés. Et l'angoisse pleine de désir, de ce plaisir qui n'a pas de nom, qui naît partout à la fois, plaisir de chaque fibre de son corps, chaque pulsation de vie.

Mais la belle illusion tourne court. Les mille euros sont perdus. Angline recule sa chaise. Elle va s'en aller. Elle se répète pour ne pas céder que ses cinq cents euros sont devenus mille. Il ne faut pas en demander plus. Il ne faut jamais céder à la folie du toujours plus, plus de gains, plus de plaisir et se retrouver nu.

Elle se lève lourdement, à regret, repoussant la tentation qui lui hurle que la prochaine fois sera la bonne, qu'elle ne doit pas s'arrêter à la première embûche, autant de fadaises qu'elle a crues par le passé. Elle regagne sa voiture en grelottant, démarre et s'éloigne. À cette heure, retourner chez Paul n'est plus possible. Elle pense de nouveau à Henri, hésite à l'appeler, avant de se reprendre et renoncer.

Elle est malgré tout heureuse d'avoir gagné contre elle-même, fière d'être pour la première fois depuis longtemps sortie du casino avec un gain. Mais ça ne dure pas. Pourquoi n'est-elle pas restée pour jouer une fois de plus ? L'envie de faire demi-tour la harcèle, mais elle résiste. Le violoncelle en cours de fabrication l'attend. Elle doit dormir pour être chez Paul dès six heures demain matin.

Le lendemain, elle est chez le luthier à l'heure dite. La porte l'atelier est entrouverte. Cet homme ne dort-il jamais ? Elle le trouve assis sur le tabouret, en train de regarder attentivement l'établi.

— Je t'attendais pour enlever le moule. Il faut décoller les coins en faisant attention de ne rien casser. Tu vas le faire.

Angline prend le temps de comprendre ce que lui demande le luthier. Comme elle ne bouge pas, Paul s'empare du petit marteau et d'un outil qui ressemble à un couteau.

— Je te montre. Je détache le premier coin, tu continueras.

Il positionne la pointe large de la lame entre le bois du coin d'un brun clair et celui du moule assombri par les années de service. Il frappe par petits coups secs, la lame pénètre. De temps en temps, Paul déplace l'outil de gauche à droite, puis recommence jusqu'à ce qu'un petit bruit se fasse entendre.

— Voilà pour celui-là. Tu vas t'occuper des autres.

Il reste en retrait et observe Angline l'imiter. C'est par ces détails qu'il peut évaluer son talent. Et si son accident lui avait finalement permis de découvrir sa véritable vocation ? Il se plaît à caresser l'idée que leur rencontre n'était pas un hasard. Tout semblait réglé pour ça ; à quelques minutes près, ils auraient pu ne pas se rencontrer. Et si cette panne d'essence était voulue par le destin, par cette force qui décide à notre place de ce que sera notre vie ?

Il en est là de sa réflexion quand le deuxième coin cède. Angline tourne vers lui un visage radieux, un peu enfantin. Ce visage qu'il aime, si différent de celui du soir, quand il devine que la tentation prend possession d'elle. Il ne sait rien de sa vie intime, de ses amours. Seulement sa douleur et ce démon du jeu.

Angline détache les autres coins. Paul vérifie que tout est bien fait, puis décide :

— Tu vas sortir le moule. Sois prudente, il ne faut pas casser les éclisses. N'oublie pas que ce sont de très fines feuilles de bois. Et c'est lourd ! Tu ne dois faire aucun geste sans en avoir prévu les conséquences. Je te montre comment le tenir.

Il passe ses doigts dans les gros trous du moule qui ont servi à fixer les presses et soulève l'ensemble au-dessus de l'établi. Angline tapote sur les tasseaux et les éclisses glissent. Enfin, le violoncelle se détache. Paul pose le moule à côté.

— C'est l'acte de naissance de cet instrument. Regarde comme il est encore fragile. C'est juste une forme, un réceptacle. Un petit berceau pour grande musique. C'est là que vont naître les notes, qu'elles vont prendre forme et s'envoler comme des bulles d'or et de diamant.

Paul inspire. Cela fait bien longtemps qu'il n'a pas parlé de la sorte, enchanté de retrouver cette envie qui le forçait autrefois à ne jamais s'arrêter. Dès qu'un instrument était terminé, après la courte période d'euphorie qui s'emparait de lui quand il entendait son premier cri, la déception qui s'ensuivait le poussait à multiplier les réglages, à reprendre telle ou telle partie, parfois à le démonter jusqu'à ce qu'il soit satisfaisant, conforme à ce qu'il cherchait. Il occupait ses insomnies à remettre en cause le moindre détail, à le comparer aux précédents et à tenter de l'améliorer. Sa vie était une fuite en avant, une course vers un but lumineux qui s'éloignait chaque fois qu'il avait l'impression de l'atteindre.

Angline lui lance un regard émerveillé. La musicienne découvre l'incroyable cheminement qui conduit du bois brut à l'instrument. Que seraient les grandes œuvres sans les ouvriers de la musique à l'origine d'un tel miracle ? Sans ces travailleurs solitaires au fond de leurs ateliers, le génie de Bach serait resté muet.

— Bon, se décide-t-il soudain, j'ai une course à faire. J'en ai pour deux heures, peut-être un peu plus. Je te confie la maison. Tu vas travailler seule. Tu sais quelle est la prochaine étape ?

— Oui, coller les contre-éclisses côté table avec les petites presses et les pinces à linge.

— Le bois d'aulne est là, mis à l'épaisseur. Tu vas découper des bandes de combien, déjà ?

— Dix-huit millimètres !

— Parfait, tu n'oublies rien ! La colle est là, tu la fais chauffer. Il ne faut pas trop la diluer. Le collage doit être solide pour que l'instrument ne se déforme pas sous la pression des cordes.

Il sort, laissant Angline debout au milieu de cette pièce encombrée. Elle s'attarde à écouter le silence des outils oubliés sur l'établi, du bois, de la haute scie à ruban, la raboteuse que la présence de Paul occulte. Râteau est là, couché sur son coussin gris. Il n'a pas bougé quand Paul est parti. Angline semble lui suffire.

La jeune femme se met à découper les contre-éclisses avec soin. Maintenant que Paul n'est pas là pour la regarder, elle ressent des résonances profondes qui s'apparentent à ce que lui procurait la musique.

Une fois dans sa voiture, Paul hésite. Des jours qu'il soupèse les conséquences de ce qu'il va faire. L'arrivée d'Angline dans son atelier, dans sa vie, rebat les cartes. Il ne voudrait pas rater cette nouvelle chance qui lui est offerte. Grâce à cette fille perdue, il retrouve son métier, son bois, sa passion. Mais Angline l'inquiète. Il voit dans sa manie du jeu le reflet d'un esprit malade, incompatible avec la lutherie. Or n'a-t-il pas souvent comparé un luthier à un moine ? Pour lui, il faut se donner tout entier à son but. « Et on ne peut pas avoir deux passions dans sa vie ! »

Incertain, il s'engage lentement sur la route. Seulement douze kilomètres à parcourir. Comment se peut-il que le meurtrier de Julie ait été si proche et qu'on ne l'ait pas retrouvé ? Mais c'est fini. Paul ne le lâchera pas. Pour l'instant, il va se contenter d'un repérage des lieux, l'observer. Ensuite, il avisera ; rien ne presse. Il a attendu, espéré ce moment pendant sept longues années, il n'est plus à quelques mois près. Le meurtrier paiera.

Il roule, le cœur battant, en respectant scrupuleusement les limitations de vitesse. Enfin, il arrive à Vallery, un hameau proche d'Ablis. Quelques maisons blotties en bordure de forêt.

Son GPS lui annonce que sa destination est sur sa droite. Il ralentit et remarque une gentilhommière au cœur d'un parc bien entretenu. De grands arbres semblent monter la garde de chaque côté d'une allée qui conduit à une vaste terrasse. Les volets blancs apportent un peu de couleur à cette matinée grise. Il dépasse la maison, fait demi-tour, passe de nouveau sans rien perdre de ce qu'il voit. Il se gare sur la place du village, devant une antique église ; un vieux couple marche sur sa droite, tenant un petit chien en laisse. La femme se tourne vers lui, le dévisage. Ici, on se méfie des étrangers. Conscient que la meilleure manière de passer inaperçu, c'est de se montrer, il marche près de l'église, fait quelques clichés sous les regards curieux du couple. Un groupe d'enfants passent devant lui sans le voir. Puis des ouvriers qui réparent un mur de soutènement le regardent discrètement… Sa présence intrigue les habitants : il redoute d'être pris pour un voleur venu faire des repérages.

Il s'engage à pied en direction du manoir. Il marche sous de grands arbres ; sur sa droite coule une petite rivière de plaine, silencieuse et sombre. Arrivé au portail blanc, il hésite. Doit-il se cacher dans le bosquet en bordure de la route ou essayer de trouver un endroit lui permettant de voir ce que cache le haut mur qui la surplombe ? Il choisit la seconde option. La chance lui sourit, un couple sort peu après de la propriété, un homme élégant. Une jeune femme lui donne le bras. Est-ce lui ? La femme, brune, a un beau visage régulier, de grands yeux gris. Une distinction évidente. Est-ce sa fille ? Paul poursuit son chemin en prenant quelques clichés pour justifier sa présence, puis, quand ils ont disparu derrière le tournant, il fait demi-tour, photographie la gentilhommière et les alentours et décide de rentrer chez lui. « Il faut que je sache tout sur lui, que je me renseigne. »

Il est encore en proie à des émotions contradictoires lorsqu'il pousse la porte de l'atelier, et découvre Angline toujours affairée à coller les contre-éclisses.

— C'est pas mal, fait-il en se forçant à adopter un ton professoral. Mais tu vois, les petites presses, c'est mieux de les mettre dans l'autre sens pour éviter qu'elles ne marquent le bois à extérieur. Sinon tu auras toutes les peines du monde à en effacer les traces.

Angline se tourne vers la table dont elle a continué à mettre en forme la voûte extérieure. Paul fronce les sourcils :

— Je t'ai dit que la forme n'est pas la même que celle du fond. As-tu vérifié avec le gabarit ?

Angline confesse qu'elle n'a pas vérifié. Elle voulait aller très vite pour montrer son travail.

— Bon, tranche Paul, tu peux encore te rattraper, mais quelques coups de gouge en plus et c'était fichu, on pouvait la mettre au feu.

Elle sait bien que son travail n'est qu'approximatif. Si, au début de la matinée, elle a travaillé avec enthousiasme, sa volonté s'est émoussée au fil des heures. Le silence de l'atelier, la présence sensible de Râteau l'éloignaient de la concentration requise par sa tâche.

Devant la mine déçue d'Angline, Paul se radoucit.

— Je trouve que, pour une débutante, tu as la bonne main, affirme-t-il pour l'encourager. Maintenant, il faut mettre la voûte au propre. Alors bien sûr, les culs serrés qui ne jurent que par la tradition et le respect des anciens ne seraient pas de cet avis, mais je te conseille quand même de prendre la ponceuse triangulaire pour commencer. C'est idéal pour lisser le tout et tu gagnes pas mal de temps. Tu finiras au racloir.

Il va chercher l'outil, positionne une feuille de papier à poncer et montre comment faire à Angline qui l'observe attentivement.

— Tu dois savoir que le papier à poncer, si fin soit-il, ne fait pas une belle finition. Le mieux, c'est un racloir finement aiguisé. La brillance du bois ressort mieux. Dès que c'est fini, nous dessinerons les ouïes.

— Vous ne faites pas la mise à l'épaisseur de la table ?

— Tout à l'heure. Maintenant, on va déjeuner à la brasserie.

Elle lui lance un regard étonné et le suit, comprenant que cette invitation va beaucoup plus loin que la nécessité de reporter le travail.

À cette heure, le restaurant est presque complet. Ils s'installent à la dernière table, à côté d'un groupe bruyant.

— Je suis épuisée, je ne pensais pas que c'était si fatigant, dit-elle en regardant le menu.

— Oui, c'est une tâche de force. Et puis je ne suis jamais content de moi. De toutes façons, depuis la disparition de Julie et de Claudine, je me laisse aller au gré du vent comme un papier chiffonné jeté sur la route.

Angline baisse les yeux sur son assiette. L'image du morceau de papier emporté par le vent flotte dans son esprit.

— Ce qui tue notre métier, reprend Paul, c'est la concurrence des instruments industriels en provenance d'Asie, d'Europe centrale ou d'un autre coin du monde. Les gens n'y connaissent rien et refusent de dépenser plus de cinq cents euros pour un violoncelle ou un violon. Ils se moquent du travail de l'artisan, puisque des machines le font aussi bien, et même mieux en apparence. La qualité du son ? Ils n'entendent pas toujours la différence. Notre monde est en train de mourir. Devenir luthier aujourd'hui, c'est peut-être prendre la route à l'envers.

Angline sait que la route qu'elle suit depuis son accident la conduit vers le précipice.

— Je ne sais pas grand-chose de toi, mais j'ai la certitude que tu portes une grande douleur.

Malgré son air austère et radical, Paul est un homme sensible qui sait lire dans les âmes. Angline s'en est déjà aperçue, mais ce midi, sa manière de parler directement la déstabilise. Les larmes montent à ses yeux.

— Ma vie est aussi vide qu'une boîte de conserve jetée dans un fossé, admet-elle en s'essuyant les yeux.

— Bon, après le papier froissé, voilà la boîte de conserve, réplique Paul qui veut garder le monopole des métaphores inattendues. Ne crois-tu pas que tu en fais trop ? À ton âge, tout se répare. Et pour commencer, il faut des bases solides. Je sais que tu vas devenir une bonne luthière. Tu en as la force et le tempérament. Mais il ne faut pas brûler les étapes : ce métier, on va le chercher en soi. La formation n'est qu'un dépoussiérage. Il faut connaître les rudiments, les gestes indispensables, mais l'essentiel ne s'apprend pas des autres. J'ai senti en toi pas mal de ressources que tu ignores certainement.

Elle sourit. Elle voudrait prendre la main épaisse de l'artisan, mais n'ose pas. Quelque chose d'impossible à exprimer les retient chacun de leur côté. Paul s'est attaché à elle comme un père. Le vieux solitaire détruit par la mort de sa fille et de sa femme cherche la planche de salut à laquelle il va pouvoir s'accrocher pour ne pas se noyer. À eux deux, ils peuvent flotter au milieu des vagues.

— L'important, poursuit le luthier, c'est que tu saches que, dans ce métier, tu n'arrives jamais au bout. Il faut rester humble et se dire que, dans la recherche de la belle voix, on est toujours un apprenti. On ne progresse que si on a la force de se remettre en cause.

Les paroles de Paul s'entrechoquent dans la tête d'Angline. Pourquoi éprouver cette envie irrésistible d'aller tenter sa chance, de suspendre sa vie à une boule qui roule lentement, pourquoi cesser de respirer quand cette boule s'approche du bon numéro ? Ce matin, en découpant l'ouïe droite du violoncelle, elle ne pensait qu'à guider correctement son outil, à retenir la lame toujours prête à partir de travers, mais était-ce suffisant pour atteindre la joie, le bonheur d'avoir réussi ce combat contre soi-même ? Paul lui donne en quelque sorte la réponse :

— Quand tu travailles, seuls les détails doivent retenir ton attention, avec, toujours en toi, le désir de faire en sorte de servir le bois, pas de lui prendre quelque chose. En affinant la table de ton *cello*, tu pousses le bois vers ce qu'il a de meilleur, ce qu'il peut transmettre de grand. Et en même temps, il t'oblige à éliminer ce qui te salit. Mais fais bien attention à ne pas te laisser aveugler par ta prétention. Au lieu d'aller dans le sens voulu, tu ne chercherais qu'à te refléter dans ton travail. L'humilité reste le maître mot. Parce que tout s'entend une fois l'instrument terminé.

— Je ne sais pas si j'aurai encore la force..., soupire Angline qui pense à toutes ces années consacrées à la musique, tout ce travail, cette abnégation, réduits à néant en quelques secondes par un coup de vent.

— Alors là, je t'arrête, s'énerve Paul. Je sais que tu as beaucoup souffert parce que tu n'as pas pu poursuivre la carrière que tu envisageais, mais n'oublie pas qu'un échec est là pour te pousser dans la connaissance de toi-même. Bien sûr, les interrogations, l'insatisfaction seront toujours présentes, mais chacune de tes petites victoires éclateront en toi comme un feu d'artifice. Et tu pleureras comme j'ai pleuré en écoutant tes instruments joués par de bons musiciens.

— Tout ça c'est facile à dire, mais...

— Mais j'ai raison, assène Paul qui ne suit pas forcément les conseils qu'il donne à Angline. Allez, on y retourne !

Angline le suit, avec le sentiment d'être au pied d'une montagne qu'il va falloir gravir. En sera-t-elle capable ?

Sur le trajet du retour, Paul poursuit sa pensée :

— Il faut de la passion. D'ailleurs, sans passion, la vie n'a pas d'intérêt. Je parle de la passion productive, de celle qui te pousse vers l'offrande de toi-même aux autres, pas des plaisirs aigus dont tu deviens esclave et qui te détruisent.

Elle a compris l'allusion et se sent minuscule à côté de Paul. Elle aurait voulu lui parler de l'argent qu'elle lui doit, mais Paul continue sur sa lancée :

— Je me souviens de mon premier contact avec le violon. Antoine, mon père, avait fait construire un hectare de serres. Il était un des derniers maraîchers de la région et il faisait les marchés dans la proche banlieue. Les grands restaurants lui commandaient des légumes et il n'en était pas peu fier. Il avait la passion de son métier : « Je travaille pour les autres, pour qu'ils mangent de bons légumes ! disait-il avec fierté. Quand je travaille, quand je fais pousser mes graines, je donne la vie, je fais partie du grand manège de la Terre ! » Mon père était l'exemple parfait de l'homme honnête. Quelle n'a pas été sa déception quand je lui ai annoncé que je voulais devenir luthier ! « Luthier ! Mais qu'est-ce que c'est, ça ? Coller des morceaux de bois pour les faire chanter ? C'est pas un métier, ça ! La musique n'a jamais nourri personne ! »

En pensant à cela, Paul sourit. Son père avait le sens de l'exagération et se plaçait au centre de tout. Ne fait-il pas la même chose quand il parle de ses instruments ?

À côté de lui, Angline est silencieuse. Paul la met en face de ses propres contradictions. Elle connaît toutes les bonnes raisons pour ne plus se livrer à son vice, et pourtant, certains soirs, la sensation d'un manque, le désir d'un plaisir essentiel lui pincent le ventre. Avec les heures, l'envie devient douleur. Et elle cède.

Elle a conscience que tant qu'elle aura cette obsession, elle ne pourra nouer cette fameuse complicité avec le bois dont lui parle Paul. Car au fil de ces moments passés à faire glisser son rabot sur l'épicéa, détachant des copeaux délicats, sa concentration s'émousse, ses pensées s'éloignent, se tournent vers la soirée, échafaudent des plans pour se procurer de l'argent, toujours plus d'argent. Comment se contenter de petites mises qui ne rapportent que des petites joies, comme elle l'a fait l'autre soir ? Elle rêve d'une très grosse somme, d'une grande pile de jetons à poser sur le chiffre, celui qu'elle a choisi les yeux fermés, en faisant le vide dans son esprit et en se confiant à son ange gardien…

Le trésor de sa mère, les louis d'or et les bijoux cachés derrière une prise de courant, s'invite une nouvelle fois dans son esprit, ainsi que la tentation de le mettre en gage pour disposer d'une petite fortune. Après tout, le gain ne peut être que proportionnel au risque.

Cet après-midi, Angline s'efforce de travailler avec précision, mais ne cesse de consulter sa montre. Paul, qui ne la quitte pas du regard, l'a bien remarqué.

— Qu'est-ce qui se passe ? demande-t-il. Tu es fatiguée ? Regarde, tu as creusé à cet endroit, alors que tu dois être si près de la côte que le moindre coup de rabot va tout gâcher. Et puis ta découpe est imprécise. Fais bien attention à ne pas rater la forme des ouïes. Bien sûr, tout est rattrapable, mais cela prend toujours plus de temps et ce n'est jamais très heureux.

— Je suis fatiguée, dit-elle.

— C'est ce que je vois. Va te reposer. Il ne faut pas brûler les étapes.

Lui aussi est distrait. Il a beau reporter son attention sur Angline, ce qu'il a vu ce matin, la rencontre avec le meurtrier de Julie, ne cesse de hanter son esprit. Et il doit bien admettre que lui non plus n'a pas le coup de canif précis, ce sens du geste que commande une volonté nette et clairvoyante.

— Tant pis, ça prendra un peu plus de temps, mais on va arrêter. On recommencera demain matin de bonne heure si tu veux. Dans ce travail, si tu te forces, ça se voit, et l'instrument manque de légèreté. Il te renvoie une mauvaise image de toi. Rentre chez toi et surtout ne pense pas au violoncelle. Ce vide est parfois nécessaire, surtout au début, quand chaque geste te demande beaucoup d'énergie.

Elle lance un regard reconnaissant à Paul. Elle contemple un long moment la table posée sur l'établi.

— Il me semble qu'elle est plus haute de ce côté que de l'autre, dit-elle après un silence. L'épaule gauche n'a pas tout à fait la même courbure que la droite.

— Ah bon ? répond Paul avec un sourire malin. Alors, tu prends ton compas et tu mesures. Tu dois toujours te méfier de ce que tu vois. Je t'ai avertie : ton regard est biaisé par tes doutes.

Angline obtempère. Étrange : c'est exactement la même longueur. Paul triomphe :

— Tu penses bien que s'il y avait eu une faute, je l'aurais vue et je t'aurais arrêtée. La seule solution, c'est de prendre ses instruments de mesure. Cela ne signifie pas que tu doives suivre la géométrie à la lettre : les petites irrégularités que tu vas volontairement commettre quand tu auras un peu d'expérience seront faites pour donner du mouvement, de la grâce à la courbe d'une épaule. C'est assez compliqué, mais tu y arriveras très bien, parce que tu as du goût.

La voix de Paul paraît lointaine à Angline, comme perçue à travers un roulement profond, né de son âme. Elle prend congé et marche précipitamment vers sa voiture. Elle va jouer une grosse somme et gagner. Ce sera sa revanche sur le mauvais sort, la preuve que la vie veut encore d'elle. Et puis elle arrêtera, parce qu'il sera temps d'explorer d'autres voies. Elle remboursera ses dettes et se consacrera à la lutherie.

Arrivée près de chez sa mère, elle gare sa voiture dans une ruelle où il y a toujours de la place. Une fois dans l'appartement vide, elle découvre un lieu étranger, froid, qui ne lui parle pas. Elle se dirige vers sa chambre, ouvre un tiroir. Le dossier rouge constitué lorsqu'elle avait hérité d'un peu d'argent d'une tante et qu'elle envisageait d'acheter un appartement est toujours là. Elle caresse un instant encore la perspective d'une nouvelle vie, d'un nouveau départ.

Elle doit rembourser Paul. Alors, elle passe dans la chambre de sa mère. Les bijoux sont toujours à leur place, dans un renfoncement creusé derrière une prise électrique qui ne fonctionne pas. Elle en extrait le solitaire étincelant, des boucles d'oreille en or, un bracelet et cinq louis d'or. Une réserve que sa mère a toujours gardée là en prévision des mauvais jours. Le moment est venu de les utiliser et personne ne s'en apercevra. Ce n'est qu'un emprunt momentané, dès demain, les bijoux reprendront leur place et un nouvel avenir s'ouvrira à elle.

Elle les glisse dans une enveloppe blanche et remet la prise en place. Sa mère ne saura rien. D'ailleurs, ce n'est pas un vol, se dit-elle pour apaiser sa conscience. Les bijoux lui appartiennent. Sa mère le lui a souvent dit. Tout s'arrangera. Pour la musique, pour Paul, pour Henri, elle arrêtera définitivement ce vice qui la ronge.

Elle doit se rendre au bureau de l'établissement de prêt sur gage. En voiture, pour ne pas prendre le risque de se faire arracher son sac. Pas besoin de s'attarder sur les modalités, elle les connaît pour les avoir consultées plusieurs fois sur internet. Alors elle va à l'essentiel.

Ses bijoux sont estimés en dessous de leur valeur, mais elle repart euphorique avec cinq mille six cents euros en liquide dans son sac, prête à aller caresser la chance.

13

Paul a attendu que la voiture d'Angline se soit éloignée pour sortir à son tour avec son chien. Il contourne le pâté de maisons et gagne la route qui s'enfonce dans la forêt. Cela fait des années qu'il n'est pas venu à cet endroit. Trop d'émotions, de regrets et de souvenirs. N'est-il pas un peu coupable dans la mort de Julie ? Pourquoi ne l'a-t-il pas conduite en voiture chez son amie ? Il était trop pris par son travail, seuls ses instruments le préoccupaient. Il pensait uniquement à ses commandes, à la façon de se faire connaître des grands musiciens. Il avait eu l'idée d'une machine pour vieillir ses instruments, leur donner cette sonorité irremplaçable que leur apportent les années et les siècles. Dans un coin de son atelier, la machine révolutionnaire inachevée disparaît désormais au milieu d'un grand désordre de morceaux de bois accumulés parce que Paul n'arrive jamais à se séparer de ce qu'il appelle « ses bribes de trésors ».

Il rebrousse chemin, puis va faire le tour de son terrain. Râteau marche devant lui, la truffe au sol. Les mains dans les poches, Paul regarde l'horizon, là où le soleil se lève. « Décidément, la gamine n'a pas la tête à son travail, dit-il à son chien. Ça se voit à l'outil qui manque de précision, aux épaisseurs ; elle se contente de l'à-peu-près. Elle comprendra quand l'instrument sera terminé et qu'elle jugera le son. Le "son Lebarron", comme disaient les musiciens, s'est envolé, semblable à la rosée sous un soleil d'automne encore chaud. C'était un son charnu, vivant, sans lourdeur dans les aigus, et tellement noble dans les graves ! Ouais, tu t'en souviens, mon brave Râteau ! »

Il rend visite à Louis Barthe qu'il trouve dans son potager. Ils se saluent, Louis lui parle une nouvelle fois de ses scaroles dévorées par les limaces qui pullulent cette année. Il lui rappelle son maraîcher de père, l'homme de la terre qui choyait ses légumes, certain qu'ils étaient sensibles à ses attentions. Mais dans le regard curieux de son vieil ami, Paul comprend l'inquiétude qu'il n'ose pas formuler.

— J'ai trouvé le meurtrier de Julie. Je suis allé chez lui ce matin, enfin, j'ai vu sa grosse maison au milieu d'un grand parc. Un bourgeois. À l'entrée de la propriété, il y a une plaque : Joël Leriet, avocat.

Les yeux de Louis s'écarquillent. La maigreur de son visage est accentuée par un étonnement qui en modifie les formes.

— Tu dis bien Joël Leriet ?

— Oui, pourquoi ? Tu le connais ?

— Ben oui. Dans ma vie d'avant, quand je travaillais à la banque. C'est un gros bonnet, pas n'importe qui. Avec des relations dans la politique et la haute finance. Il ne recule devant rien. Avocat d'affaires, il a traité des différends qui se comptent en millions d'euros. Et dans le milieu de la haute finance, les coups bas ne manquent pas. Les requins ignorent la compassion, ils mangent ceux qui se trouvent sur leur chemin. Qu'est-ce que tu vas faire ?

Paul amorce un pas de côté, regarde le potager de Louis. Autrefois, ce lopin de terre appartenait à son père.

— Je vais aller le trouver. Moi non plus, je ne recule pas. Je lui dirai ce que je pense.

— Il te rira au nez.

Il consulte sa montre. Il a encore le temps de passer voir Marguerite à l'Ehpad avant la fin des visites. Un étrange besoin de lui parler, de mettre ses idées au clair s'est emparé de lui.

Il se gare au Val-Fleuri. Les résidents profitent du soleil dans le parc. Paul monte les marches et pénètre dans l'établissement, écœuré par l'odeur fade et rance qui flotte dans l'air. Il va jusqu'à la chambre de Marguerite, hésite, frappe, attend quelques secondes. Personne ne lui répond, alors il tourne lentement la poignée, pousse la porte qui s'ouvre sans bruit. Marguerite est là, allongée, qui somnole. Elle l'aperçoit et se dresse sur les coudes, s'assoit sur le lit avec une facilité qui étonne Paul.

— Ah, c'est vous ! fait-elle d'une voix sourde.

Il sourit, s'approche et s'installe sur la chaise du visiteur posée près du lit.

— Oui, c'est moi, Marguerite. Vous vous souvenez, je suis venu vous voir il y a quelques semaines.

— Mais vous me prenez pour une demeurée ? Je sais qui vous êtes, le fabricant de binious, l'ami de Louis. Et vous venez me voir pour le terrible accident qui a coûté la vie à votre fille.

— Oui, je voulais vous dire que grâce à vous je connais le nom de celui qui a perdu la pince à cravate. Je sais où il habite, c'est un homme puissant.

Elle s'essuie les lèvres avec un mouchoir blanc plein de taches, puis se lève et rejoint son fauteuil, près de la fenêtre.

— Vous lui avez parlé ?

— Non, pas encore. Je suis venu vous remercier.

Les yeux profonds de la vieille femme brillent dans leurs orbites d'une lueur qui reflète une âme généreuse.

— C'est grâce à la pince à cravate que vous m'avez donnée. Je suis allé voir un bijoutier qui a pu retrouver le nom de son propriétaire…

— Ah bon…

Elle marque un silence. Puis elle inspire, ses rides animent son visage.

— Alors donc, on pouvait le retrouver. Toutes ces années à regarder cette boîte, persuadée qu'elle ne servait à rien. Pauvre petite.

La vieille femme tourne la tête vers le parc et s'absorbe dans la contemplation des arbres. Paul comprend que Marguerite ne lui dira rien de plus. Il la remercie une nouvelle fois et sort doucement.

Arrivée à Enghien, Angline trépigne d'impatience. La somme dans sa poche pèse de son poids d'espoir, de peur, de tremblements et de bonheurs à venir. Le cœur battant, elle se dirige vers la salle de jeu. Une pancarte l'arrête : « La salle est exceptionnellement fermée. »

Son sang se fige. La voilà statue de plâtre. Son sac pèse sur son épaule. Elle se tourne lentement, regarde les gens qui vont et viennent, puis questionne un employé.

— Une fuite d'eau a été décelée et risque de provoquer un court-circuit électrique, explique l'homme. On espère que ce sera réparé demain soir.

Elle sort sans répondre, des pensées sombres et imprécises roulent dans son esprit. Que faire de tout ce temps sans saveur ? Téléphoner à Paul et lui dire qu'elle veut travailler une partie de la nuit ? Non, Angline n'a envie ni de travailler ni de voir Paul.

Elle pense une nouvelle fois à Henri et prend son courage à deux mains pour l'appeler. Ravi de l'entendre, Henri lui propose de le rejoindre pour dîner.

Une fois remontée en voiture, elle ouvre son sac et sort l'argent, les cinq mille six cents euros du dépôt des bijoux. Angline croit au destin, à une volonté supérieure. La fermeture inattendue du casino l'a préservée d'une folie.

Le lendemain matin, elle est sur pied de très bonne heure. Elle a bien dormi, comme apaisée par sa soirée inattendue. La pensée de rapporter l'argent pour récupérer les bijoux lui traverse l'esprit. Ce serait un acte de sagesse, mais elle la chasse aussitôt. Ce soir, le casino sera probablement ouvert.

Elle arrête sa voiture devant le portail de Paul. La porte de l'atelier est déjà entrebâillée. Elle entre. Paul est assis sur le tabouret près de l'établi. Pensif. Il tourne un regard triste vers la jeune femme. Ses cheveux en broussaille montrent qu'il n'a pas pris le temps de faire sa toilette.

— Alors, comment ça s'est passé ? Tu as encore perdu ?

Elle sursaute, prend un air offusqué.

— Mais de quoi parlez-vous ?

Il est de mauvaise humeur, mais à force de le côtoyer, Angline devine que son tracas vient d'ailleurs. Il précise :

— Tu as trouvé de l'argent ! Alors, bien sûr, tu t'es précipitée au casino !

— Mais je fais ce que je veux ! réplique vivement la jeune femme. Je suis encore libre de vivre comme je l'entends.

Il se lève, droit sur ses jambes courtes, fait un pas vers Angline prête à l'affronter.

— Hier, tes gestes étaient imprécis parce que tu avais l'esprit ailleurs. Construire des instruments de musique, c'est sérieux, tout aussi important que d'explorer les étoiles.

— Voilà que vous recommencez avec vos grands mots ! s'emporte Angline. Mais qu'est-ce que vous croyez ? Que je vais ramper devant vous ? Que je vais devenir bonne sœur pour un métier sans avenir ?

Il ne s'attendait pas à cette rebuffade. Il cligne des yeux et secoue la tête.

— Mes grands mots comme tu dis sont sûrement maladroits, mais je sais que j'ai raison. Et puis zut ! Combien tu as perdu ?

Elle plante ses yeux dans ceux de Paul moins sûr de lui.

— Je n'ai pas joué, puisque vous voulez tout savoir.

Il esquisse un sourire satisfait, fait volte-face et pose sa main sur l'établi.

— Alors, c'est bien.

Il s'assoit, regarde la table, caresse la forme convexe de sa main droite.

— Les ouïes ne sont pas parfaites, mais bon, c'est pas ce qui va empêcher le *cello* de chanter. Tu regarderas les ouïes des anciens, comme Gaspar da Salò. Elles sont pires que les tiennes ! Es-tu sûre de ton épaisseur sur toute la surface de la table ?

— Oui, sauf une petite surépaisseur à l'emplacement de l'âme pour éviter les fentes à cause de la pression, déclare-t-elle avec une emphase surjouée.

Il lui lance un regard contrarié :

— Tu te moques de moi ! Je m'en fous.

— Quelque chose vous tracasse, reprend Angline. Je commence à vous connaître un peu. C'est votre santé ?

Il soupire, caresse de nouveau la table.

— Quand tu auras vérifié l'épaisseur, tu pèseras la table : entre quatre cents cinquante et cinq cents grammes. Un peu plus, mais jamais moins. Et tu t'occuperas de la barre. La pièce essentielle du violoncelle ; celle qui donne la puissance, la portée et la facilité du jeu…

Angline le regarde fixement, puis décide de respecter sa volonté de ne pas se confier.

— Je vais passer la journée à travailler, finit-elle par dire. J'ai hâte de le terminer et de l'entendre…

— J'ai retrouvé le meurtrier de Julie, lâche Paul dans un souffle, les épaules basses.

— Qu'est-ce que vous allez faire ?

Il époussette la sciure devant lui. Il a passé une partie de la nuit à réfléchir. Aller voir la police ? Pour leur dire quoi ? Dénoncer le propriétaire de l'épingle ? Cela ne prouvera rien.

— Je ne sais pas…

— Ce qui est fait est fait et vous n'y pouvez rien, dit doucement Angline. Vous vous faites du mal. Vendez votre propriété et allez-vous installer loin de vos souvenirs…

— Tu ne sais pas ce que tu dis, tranche Paul. Vendre la maison où elle a grandi auprès de sa mère et moi, le terrain de mes ancêtres, de Claudine, de Julie, c'est les tuer une seconde fois. Il faut que j'aille au bout.

— Vous allez y laisser des plumes.

— C'est mon affaire, conclut Paul d'un ton sans appel.

Il prend une planchette qu'il avait posée dans un coin en dehors du fouillis pour ne pas la perdre.

— C'est un morceau récupéré sur la bûche de la table. Souvent, je prends pour la barre le même bois que pour la table. Si tu penses que ta table est un peu faible ou manque de résonance, alors prends une barre d'un autre bois, elle apportera un timbre différent.

— Mais comment vous le savez ? demande Angline, acceptant l'esquive du vieil homme.

— Ça, c'est la grande question. Une fois l'instrument terminé, je l'écoute, je le fais jouer. Si ce n'est pas satisfaisant, je détable et je change la barre.

Il montre la planchette à la jeune femme.

— N'oublie pas que le bois exerce une fonction de ressort, réagit à la moindre sollicitation, amplifie les vibrations sans jamais les réduire. Tu vas l'ajuster. Voilà comment t'y prendre.

D'une main, il positionne la planchette sur la table et, de l'autre, il fait glisser un crayon appuyé sur une petite pièce qui suit la courbe et en reproduit la forme exacte. Il fait la même chose sur l'autre face en expliquant que les deux ne sont pas identiques à cause de la pente vers le centre.

— Maintenant, tu découpes avec ton canif la forme exacte. Il faut l'ajuster parfaitement, sinon, c'est foutu et tu devras recommencer.

Angline suit attentivement les gestes de Paul, puis, quand il lui tend la pièce de bois, elle hésite, son canif à la main droite.

— Tu es en train de créer la personnalité du violoncelle, ce qui va rendre sa voix unique, comme la tienne, comme celle de tous les hommes.

— Comme la vôtre, dit Angline sur un ton malicieux.

— Ah, ma voix ! fait-il avec fierté. J'aurais pu chanter l'opéra. Ma voix porte, comme un très grand violoncelle. Parfois je regarde à la télé ces hommes politiques qui veulent jouer les tribuns ! Ils n'ont pas de voix, alors bien sûr que leurs mots laissent les gens indifférents ! Une voix puissante est l'apanage des vrais orateurs.

Il s'est redressé, en bombant le torse. Angline détourne la tête pour ne pas montrer son envie de rire.

— Avec un peu de métier, tu comprendras que deux erreurs peuvent s'annuler, et que si tu en supprimes une, l'autre devient énorme. De même, une qualité peut devenir un défaut quand elle est poussée trop loin.

Ça y est, Paul est en verve. Ce passionné redevient, l'instant de quelques affirmations, le grand luthier qu'il était avant la mort de Julie.

— Si tu veux aller de l'avant, poursuit-il sur sa lancée, tu dois te remettre en question. Chaque erreur te fait avancer beaucoup plus vite qu'une réussite dont tu ne connais pas la cause !

Angline l'écoute. Les mots de Paul résonnent en elle, lui donnant l'impression de découvrir une autre personne qui sommeillait en elle. Elle ose :

— J'aimerais retourner avec vous dans le Jura. Seriez-vous d'accord ?

Il observe les mains bien fines de la jeune femme, l'une tenant l'outil, l'autre le morceau de bois. Tout à coup, elle pousse un petit cri et porte aussitôt son index à sa bouche. Un filet de sang coule d'une entaille.

— Je me suis coupée !

— Un luthier qui ne s'est jamais coupé pendant son apprentissage est un mauvais luthier, assène Paul. Il faut savoir ne pas mettre les doigts au mauvais endroit.

— Ça saigne beaucoup ! dit la jeune femme en grimaçant.

— C'est une bonne chose. Tu remarqueras que les coupures nettes que l'on fait avec des outils très tranchants et qui saignent beaucoup ne s'infectent jamais.

Il lui montre ses mains aux gros doigts où l'on voit les traînées blanches des cicatrices.

— Ce ne sont pas des mains de bureaucrate, commente-t-il en allant chercher des pansements. Ce sont des mains d'ouvrier du bois, tailladées de partout. Dures, solides, et en même temps très délicates dans le toucher, capables de découvrir l'âme du bois en caressant sa surface. Les mains sont les meilleurs outils du luthier. Alors qu'est-ce que tu veux qu'ils fassent, ces producteurs en série avec leurs machines ?

Tout en pansant sa coupure, Angline regarde ses propres doigts effilés, tellement sensibles au temps où ils faisaient de la musique, et où le contact prolongé avec les outils forme désormais des ampoules.

— Tout le contraire des miennes !

— Quand tu auras quelques années de lutherie derrière toi, tu ne feras plus attention à ces petits désagréments.

C'est la première fois qu'elle remarque le contraste entre ses mains et celles de Paul. C'est vrai qu'il faut de la poigne pour aller chercher le son qui sommeille dans le bois. Elle imagine ses mains élégantes transformées en de tels battoirs et sourit. Qu'importe ! Si son bonheur passe par là, elle l'accepte. Devenir une autre et oublier ses démons ! Quelque chose s'était brisé et elle avait sombré dans l'insensibilité, ne conservant, sans doute par instinct de survie, que l'immense désir du jeu. Être un artiste, c'est être excessif en tout, c'est aller au bout de ses pulsions pour en extraire de minuscules pépites.

— Bon, on va aller déjeuner. Ensuite, si tu veux, nous reviendrons ici. J'aurai une petite course à faire, mais tu pourras rester dans l'atelier. Ce serait bien si on pouvait coller la barre en fin d'après-midi.

— Vous ne m'avez pas répondu : accepteriez-vous que je vous accompagne de nouveau dans le Jura ?

Paul lève un regard perplexe vers Angline.

— J'aimerais venir avec vous. Quand pensez-vous y aller ?

— Quand la barre sera collée, finit-il par dire. Mais pourquoi tu veux venir ?

— C'est un besoin, comme un appel, dit-elle, l'arbre que j'ai étreint m'a parlé, cela a résonné tout au fond de moi, et quelque chose nous unit.

Paul lui lance un regard plein de soupçons :

— Ça sert à rien de faire la mariole…

— Mais je ne fais pas la mariole ! Dans cet atelier, c'est comme si j'étais encore dans la forêt, auprès des grands arbres, et qu'ils me parlaient. Je ne sais pas comment dire… Au milieu du bois, je ressens un calme, une paix profonde, comme si j'étais en harmonie avec ce qui m'entourait. Comme si je n'avais plus de contradictions.

Embarrassé par cette confession, Paul se réfugie derrière sa stratégie d'autodéfense habituelle : il grogne.

— Ouais ? Tu es au tout début… Tu as encore des tas d'illusions. Ce qui compte, c'est ce qui reste, ce qui est imprimé dans ton travail.

Angline se cabre devant ce qui lui semble être du mépris :

— Ça n'a rien à voir !

— Si. La lutherie demande certaines dispositions, mais surtout une âme claire. Comment veux-tu entendre le son du bois quand tu as l'esprit brouillé par l'envie du jeu ?

— Ah ! c'est ça ? éclate Angline. Un luthier doit être un moine, un saint ? Ça ne vous va pas très bien !

Elle pose son outil et se dirige vivement vers la porte. Paul la rattrape.

— Arrête ! Je suis fatigué.

— C'est pas une raison pour me parler sur ce ton.

Elle fait face à cet homme, aux cheveux en broussaille, sa barbe d'une semaine, son apparence fripée. Il la regarde en levant la tête, comme un vieux coq déplumé qui veut rester le roi dans son domaine. Ce solitaire est-il jaloux de la place qu'occupe désormais Angline dans son atelier ? Il n'est pas à une contradiction près. D'un geste spontané, elle le prend dans ses bras. Il ne s'y attendait pas, se raidit et se sent ridicule avec sa tête qui dépasse à peine l'épaule de la jeune femme.

— Nous partons demain chercher du bois sec chez Cyril, dit-il en se séparant d'elle.

— Et la barre ?

— On verra plus tard.

Angline est ravie, mais elle va encore devoir demander des jours de congé à Samuel Lehman et celui-ci finira par se lasser de ses absences. Il n'est pourtant pas question pour elle de rater ce rendez-vous. Elle reprend place sur le tabouret. Paul sort de l'atelier quelques minutes et revient avec un tablier en cuir dans les mains.

— C'est un « devantier » de luthier. Je le gardais dans un placard au cas où celui que j'utilise depuis près de trente années devrait être remplacé, mais je suis habitué au mien.

Angline mesure la signification de ce don. C'est l'acceptation du maître, la reconnaissance qu'elle est digne de pratiquer son métier.

— C'est du bon cuir épais. Les lames ne le coupent pas et tu es en sécurité. C'est curieux, ajoute-t-il, mais avec le temps, on finit par ne plus pouvoir travailler sans son tablier. Il devient comme une armure indispensable pour bien guider ses outils. C'est lui qui marque la différence entre l'homme quelconque, en dehors de cet atelier, qui va sur le trottoir, et le luthier, ici, au milieu de son bois et de sa recherche du son le plus naturel qui soit, le plus évident. Et en même temps, il te rapproche de toi, t'oblige à te regarder. Cette carapace te coupe du reste du monde.

Angline se sent ridicule à l'intérieur de ce bouclier de cuir. Pourtant, elle a l'impression de faire partie de la grande famille des ouvriers de la musique. Au temps de l'orchestre, chaque musicien était vêtu de la même manière, elle trouvait rassurant de se fondre dans l'ensemble. Dans l'atelier, c'est le contraire : elle est seule à l'origine de la musique, une sorte de médium entre la partie cachée du monde que l'on pressent en soi et ce que l'on exprime avec le bois.

— Je ne sais comment vous remercier. Je ferai mon possible pour en être digne.

— Tu le seras. Ta manière de toucher le bois ne trompe pas. Tu as encore beaucoup à apprendre et plus tu avanceras, plus tu comprendras que tu ne sais pas grand-chose, face à la démesure de la réalité. Bon, on va déjeuner ?

De retour de la brasserie, Angline encolle la barre et la positionne. Paul, les mains dans les poches, dispense ses conseils. Il a sorti les serre-joints à barre et observe son apprentie s'appliquer. Quand la barre est collée, Paul prend le manche.

— Regarde, j'ai terminé le boulot. La volute est polie, l'emplacement des chevilles est marqué. Tu vas maintenant percer les trous des chevilles.

Angline obéit sans un mot. Paul la surveille. Les heures défilent, elle n'en a pas conscience.

— Tu peux continuer. Tu te débrouilles très bien. Il faut que j'aille faire une course.

Sans rien ajouter, Paul pose son devantier et sort. Livrée à elle-même, Angline se sent moins concentrée, son esprit commence à vagabonder. Elle consulte son téléphone, qu'elle avait mis sur silencieux. Un appel en absence d'Henri. Elle le rappelle aussitôt :

— Henri ? Pardon de ne pas t'avoir répondu, je suis chez Paul. En train de travailler et c'est passionnant. Tu ne me reconnaîtrais pas, je suis engoncée dans une sorte de tablier en gros cuir qui me descend jusqu'aux chevilles. Et toi, comment se passe ta journée ?

Henri lui explique que ce dimanche n'a pas dérogé à la règle. Messe le matin avec sa mère et un oncle qui vit avec elle. Puis il lui propose un rendez-vous le soir-même. Angline accepte, en précisant qu'elle devra rentrer tôt pour voir sa mère de retour de son week-end.

Au volant de sa voiture, Paul redoute ce qui va se passer. Sera-t-il à la hauteur ? Pourra-t-il parler franchement sans se laisser emporter par la colère ? Cela fait trop longtemps qu'il rumine sa haine, n'est-ce pas la meilleure manière de se mettre dans son tort ?

Il roule nerveusement en rassemblant ses forces, évitant de penser, pour ne pas se perdre dans un dédale de suppositions.

Il arrive au village, gare sa voiture sur la place devant la petite église et poursuit à pied sur la route qui monte au flanc d'une colline boisée. Il s'approche du portail blanc fermé, inspire profondément avant d'appuyer sur l'interphone. Une voix de femme lui répond.

— Paul Lebarron, j'ai besoin de voir monsieur Leriet.

— C'est à quel sujet ?

— J'ai quelque chose à lui remettre.

Un silence de réflexion, puis la voix annonce :

— J'ouvre le portail. Montez dans l'allée, il arrive.

Paul pénètre dans le parc protégé par de hauts murs. L'imposante maison dont on aperçoit la lourde toiture se tient sur une butte et montre une façade avec deux rangées de fenêtres et une large porte d'entrée ouvrant sur une terrasse. De beaux arbres l'entourent ; d'autres bâtiments tout aussi bien entretenus délimitent une cour. Des parterres de fleurs égaient un peu cette bâtisse à l'apparence austère. Un escalier entre deux rampes de pierre blanche mène à la terrasse. Sur la droite, un énorme pin parasol couvre de son ombre une légère pente jusqu'à un petit étang près duquel sont disposés trois bancs de bois peints en blanc.

L'homme qui vient au-devant de Paul est assez grand et massif. Une tête carrée sous un crâne chauve qui lui confère une expression de froideur accentuée par des yeux clairs, légèrement bridés. Il s'approche de Paul, et le salue sans lui tendre la main.

— Bonjour, monsieur Lebarron. Jocelyn Berger m'a prévenu de votre visite dont je vous remercie.

— En effet, répond Paul, impressionné malgré lui, j'ai trouvé une épingle à cravate qui vous appartient.

— J'y tenais parce qu'elle m'a été offerte par une personne qui m'était chère. Où était-elle ?

— Sur le sol.

— Pourquoi avoir pris tant de peine pour chercher son propriétaire ?

Paul hésite un instant et finalement, face au meurtrier de sa fille, la colère bout en lui et il attaque :

— Elle était à un endroit bien particulier. Là où une voiture lancée à pleine vitesse a fauché une jeune fille de seize ans qui roulait à vélo. C'était le 17 mars 2017. Les médecins ont assuré qu'elle n'est pas morte sur le coup, qu'elle a agonisé pendant quinze minutes avant que les secours arrivent.

— Je me souviens de cette période, on m'avait volé ma voiture. J'ai évidemment porté plainte à la gendarmerie. C'est vérifiable. Il se peut que la pince ait été sur le siège et que le chauffard l'ait fait tomber quand il s'est arrêté. En tous cas, je vous remercie de me la rapporter.

— L'épingle n'a pas été trouvée sur les lieux du drame, mais un peu plus loin, sur une petite route transversale, où le chauffard tentait de redresser le pare-chocs qui frottait contre sa roue avant. Or il s'est rendu compte de la perte de ce bijou puisqu'il y est revenu, par une route transversale, et qu'il a cherché dans le fossé. C'est étonnant qu'un voleur de voiture ait pris le risque de retourner si près de son crime pour une épingle dont il ignorait l'existence…

Monsieur Leriet fronce les sourcils et assène d'un ton hautain :

— En effet, je n'ai aucune explication. Rendez-moi mon épingle.

Il sort de sa poche un portefeuille et en sort un billet de cinquante euros.

— Voici pour votre peine.

Paul se campe sur ses petites jambes, bien droit en face de l'homme qui le domine, autant par sa taille que par la largeur de ses épaules.

— Je ne suis pas venu ici pour une récompense. Gardez votre argent.

Leriet conserve le calme de ceux qui se savent supérieurs en toutes circonstances.

— Il y a un moyen de confondre celui qui cherchait l'épingle et qui a renversé la jeune fille sans s'arrêter.

— S'il existe une preuve, c'est très bien que ce chauffard soit appréhendé, admet Leriet. Il faut que justice soit faite. Cet homme est le voleur de ma voiture qui n'a jamais été retrouvée.

L'avocat a parlé avec moins d'assurance. Paul qui se sent prendre l'avantage ajoute :

— L'individu qui s'est arrêté sur le lieu où a été récupérée l'épingle a aussi laissé tomber par mégarde un mouchoir… Et ce mouchoir a parlé.

— Ah bon ? Eh bien, tant mieux ! Maintenant, je vais vous demander de partir, j'ai un rendez-vous important.

— La police possède l'ADN du chauffard, précise Paul, le visage contracté comme un chat qui s'apprête à se jeter sur sa proie. Cette fille, laissée agonisante par un salopard, et qui aurait pu survivre s'il avait appelé tout de suite les secours, cette fille, c'était la mienne, et j'ai juré de retrouver son meurtrier.

Monsieur Leriet reste impassible. Paul fait demi-tour et marche en titubant : la colère rend ses pas incertains. Il serre les poings. Leriet remonte la petite côte jusqu'à la terrasse où il regarde Paul passer le portail.

Le luthier espérait que Leriet réagisse, dise une parole maladroite, ait un geste inattendu qui l'aurait trahi. Rien de tout cela ne s'est produit. Devant tant d'aplomb, Paul se demande s'il n'est pas en train de se tromper.

Il arrive chez lui et constate que la voiture d'Angline n'est plus là.

Paul rentre chez lui. Râteau ne le quitte pas d'un pas. L'animal a compris que son maître est malheureux et lui lèche la main. Paul s'assoit à sa place, dans la cuisine. Il regarde les deux photos posées sur le buffet. À droite, Julie quelques jours avant sa mort. C'est Paul qui a pris la photo. Dressée sur son vélo, elle souriait, tout heureuse dans son chemisier fleuri. Julie, sa petite matheuse dont il était si fier…

Paul caresse le museau de Râteau qui a posé sa tête sur ses genoux et se confie à lui, comme à son habitude :

— Je hais ce Dieu qui se contrefout de ce que nous sommes. Pourquoi a-t-Il créé un monde aussi mal foutu ? On a beau dire qu'Il est amour, moi, j'en doute.

Râteau avale le morceau de pain que Paul lui tend et sur lequel il a étalé une épaisse couche de rillettes.

— Heureusement que je t'ai !

Ce soir, il n'a pas faim, pas envie de regarder la télévision. La vie le répugne. Et comme chaque fois qu'il est mal, il retourne dans son atelier, au milieu de son bois. Quand bien même il pourrait travailler jusqu'à l'âge de cent cinquante ans, il n'épuiserait pas sa réserve – et pourtant, il a encore acheté un arbre !

Il reste là des heures, à parcourir du regard ces sycomores et ces épicéas qui racontent leur histoire terrestre en attendant de raconter celle du monde. Paul se souvient exactement de l'endroit où ils ont poussé, de l'année de leur abattage, et surtout des caractéristiques du sol. Il y a là tant de mystères. Et Paul se pose encore une fois cette question qui le taraude : pourquoi Dieu a-t-Il créé un monde si complexe qu'on n'en voit que les imperfections ?

Il regarde le violoncelle en cours de construction. Du beau travail pour une débutante.

— Bon, fait-il en regardant Râteau, c'est vrai que j'étais là pour guider sa main !

L'instrument est pratiquement terminé.

— Bientôt, je lui parlerai du renversement qu'il faut régler avant de fermer le corps et de l'enclavement du manche. Là, il y a pas mal à dire et je suis en contradiction avec les grands maîtres.

Il positionne le manche à sa place dans le tasseau du haut et vérifie l'alignement.

— C'est pas si mal ! constate-t-il.

Puis il se dresse et regarde par la fenêtre. Où est-elle ? Au casino d'Enghien ? Pourvu que… Cette petite conne est en train de se détruire !

Paul a du mal à comprendre que cette fille si douée puisse jouer, foutre sa vie en l'air en refusant sa véritable vocation… Comment ne pas se considérer comme une privilégiée, quand on a son sens du bois et une main aussi précise ?

— C'est un don du ciel dont elle n'a pas conscience. Et elle est en vie, elle !

Et Leriet, où est-il à cette heure ? Il vit dans sa belle maison, au milieu de sa propriété, tranquille, riche, hautain, méprisant. Il ne pense pas à la jeune fille qui dort dans un cercueil à cause de lui. Paul passe derrière un empilement d'épicéa, ouvre la caisse de bois qu'il a descendue du grenier il y a quelques jours et en sort le pistolet de son grand-père pour l'examiner.

Si Angline était partie jouer, ce serait bien la pire des condamnations, pour elle et pour lui. Mais que peut-il contre ce vice qu'il ne comprend pas ? Quelqu'un qui boit, c'est parce qu'il aime l'alcool et qu'il en tire un réconfort, certes artificiel, mais qui lui fait oublier le présent. Et le jeu ? Tenter la chance, se remplir d'angoisse et d'espoir extrêmes, presque toujours déçus, cela a-t-il un sens ? Il sort, l'esprit ailleurs. La nuit est claire, avec une belle lune qui répand une lumière dorée. Il retourne chez lui, prend les clefs de sa voiture et se dirige vers le portail. Il monte dans son véhicule. A-t-il raison ? Peut-être pas, mais Paul n'a jamais su réfléchir quand il a décidé quelque chose. Il démarre et s'éloigne.

14

Le casino le plus proche, c'est celui d'Enghien. Paul roule prudemment. Depuis quelques temps, la lumière des phares l'éblouit et il ne voit pas bien. Cela aussi le contrarie : l'âge commence à le freiner dans sa vie de tous les jours. Ses doigts ne sont plus aussi agiles et souvent, il doit se reprendre à plusieurs fois pour trouver le bon geste. Certains luthiers ont construit des violons jusqu'à un âge avancé ; et lui, à soixante-huit ans, se sent déjà usé.

Il arrive enfin devant l'immense bâtisse éclairée sortant de la nuit et isolée du restant de la ville. Des gens vont et viennent sur la terrasse, montent l'escalier, entrent dans un vaste hall lumineux. Paul n'a pas pensé à se changer. Il est parti avec ses vêtements de tous les jours et, devant les élégantes silhouettes, il se demande s'il ne s'est pas un peu précipité. Il a bien remarqué les regards de ces joueurs pomponnés qui se posent sur lui. Il a envie de crier qu'il est un artisan, un luthier, qu'il fabrique des instruments de musique et qu'il hait le jeu ; mais il fait bonne figure, paie son entrée et continue dans le vaste hall, au milieu de la foule.

La salle de jeu est indiquée. Le cœur battant, il s'avance dans un couloir très éclairé, puis arrive dans un endroit dont il ressent tout de suite l'atmosphère bizarre, électrique. Un silence qui contraste avec le brouhaha de l'entrée. Des dizaines de personnes sont assises à des tables, certains jouent aux cartes, d'autres entourent une machine ronde, elle aussi très lumineuse, où se déplace une boule blanche sur un conduit circulaire ponctué de numéros. Paul remarque les visages tendus, les regards qui ne quittent pas cette petite chose insignifiante animée d'un mouvement régulier et décroissant. Personne ne parle, chaque joueur est seul au monde, en équilibre au bord du gouffre. Et à mesure que la boule ralentit sa course, les yeux deviennent des phares, les lèvres se tendent, les visages se déforment. La boule s'arrête, un joueur sourit, le croupier pousse les jetons vers les heureux gagnant. Les autres sont livides. Mais à chaque partie, tout est de nouveau possible, une autre vie pourrait commencer alors ils posent des jetons sur les autres cases. « Faites vos jeux », lance le croupier ; puis : « Rien ne va plus ! » La boule roule, de nouveau lancée, et les silhouettes se figent, les regards s'allument, certains que la chance est là, qu'ils la voient…

Paul, en retrait, ne perd rien de ce qu'il perçoit comme une torture, un emprisonnement. Angline est assise entre deux hommes qui ne l'ont même pas remarquée. Ce soir, en quittant l'atelier, elle a téléphoné à Henri pour remettre leur dîner. Elle voulait être seule avec son désir, ce bonheur grinçant qu'elle ne ressent qu'avant le jeu. Elle est allée directement à Enghien, s'est promenée longuement au bord du lac, le corps fébrile d'un plaisir à venir.

Elle n'a pas vu Paul, qui l'observe avec attention. Comme les autres, elle a cette expression hors du temps, et une concentration qui durcit ses traits. Elle se tord les doigts, se mord les lèvres. Il ne reconnaît pas celle qui taillait la barre du violoncelle avec tant de précautions que son ajustement pouvait presque passer pour celui d'un luthier d'expérience. Une femme le bouscule, il se dresse vivement. « Vous gênez tout le monde ! » Paul ne répond pas ; en d'autres circonstances, il se serait mis en colère, mais il ne quitte pas du regard Angline qui, quand la boule s'arrête juste avant sa case, a un mouvement de révolte.

Il s'approche enfin. Pendant que le croupier déplace les pions avec sa raclette, Angline se tourne et aperçoit Paul, se fige, blémit ; ses yeux roulent dans leur orbite comme si elle cherchait une échappatoire. Les autres autour de la table n'ont rien vu tant le jeu les accapare. Il lui pose une main sur l'épaule.

— Viens.

Elle se secoue, comme pour se débarrasser d'un moustique. Les vigiles qui ont remarqué Paul font un pas vers lui, prêts à intervenir.

— Viens, répète Paul avec insistance.

Angline hésite un instant, puis se lève et suit le petit homme, toujours grave malgré les regards contrariés qui se posent sur lui. Ils sortent sans un mot. Paul lui prend la main et l'oblige à le suivre jusqu'à sa voiture. Elle se dégage vivement et le regarde bien en face. Paul voit ses yeux plissés, son visage contracté en une grimace de félin prêt à cracher.

— Laissez-moi ou j'appelle les flics !

— Eh bien vas-y, la défie Paul. Dis-leur que je te harcèle.

Des passants s'arrêtent et les dévisagent. Ils s'affrontent du regard jusqu'à ce qu'Angline cède.

— Allez, on rentre. On se donne en spectacle.

Angline monte dans sa voiture et claque la portière. Elle suit Paul et, sur tout le trajet, les questions se bousculent. Elle songe aux deux mille cinq cents euros qu'elle lui a volé. La honte la submerge. Et avoir été surprise par lui dans son vice la rend encore plus honteuse, terriblement malheureuse. Salie.

Arrivés chez Paul, ils longent l'allée sans un mot. Dans l'atelier, Râteau leur fait la fête. Sur l'établi, le corps du violoncelle est toujours là, qui attend que des mains décidées s'occupent de lui. Angline caresse la table du bout des doigts.

— Allons à la maison, décide soudain le luthier.

C'est la première fois que Paul l'invite chez lui. Il s'assoit sur sa chaise dans la cuisine, elle reste debout, à la porte.

— Tu comprends que ça ne te ressemble pas ? lui lance-t-il tout à coup.

Elle inspire fortement. Des larmes roulent sur ses joues. Elle sait qu'il a raison : la lutherie a allumé dans son esprit une lumière chaude, tellement plus riche que celle du jeu, toujours vive, mais pleine d'aiguilles.

Elle ne quitte pas des yeux les deux photos sur le buffet, la jeune Julie et Claudine, figées dans un sourire sans fin. Paul a tourné sa chaise pour ne pas être en face d'elles, comme s'il se sentait coupable d'avoir emmené cette étrangère dans leur cuisine, lieu d'une complicité familiale qui ne se partage pas.

— Tu as faim ?

Elle lui adresse un regard qui a retrouvé un peu de lumière.

— Moi, je mangerais bien une omelette au jambon, dit Paul en se levant.

Il ouvre le réfrigérateur et sort un paquet de jambon et une boîte d'œufs.

— J'ai fait les courses, tu as de la chance. D'ordinaire, je me contente d'un peu de pain et de fromage.

— C'est moi qui fais l'omelette ! dit Angline, tout à coup enthousiaste.

Paul lui lance un regard sceptique.

— Tu vas pas me dire que tu sais faire une omelette ? C'est pas n'importe quoi, une omelette au jambon ! Ça demande de l'expérience !

Elle n'a pas attendu et casse les œufs dans un grand bol qu'elle a trouvé dans le placard. Paul la regarde, conscient que cette silhouette en apaise deux autres dont les ombres ne se sont jamais effacées.

— Sortez deux assiettes. Une omelette, ça n'attend pas, ordonne Angline en adoptant le ton professoral de Paul. Et puis la poêle, elle est où la poêle ?

— En bas, sous l'évier.

— C'est pas une place pour une poêle ! tranche-t-elle.

Il la laisse faire, même s'il doute de la qualité de l'omelette. Qui peut la préparer mieux que lui ?

— Et le beurre ?

— Dans le frigo ! Où veux-tu que je mette le beurre ? Mais ici, on fait les omelettes à l'huile.

— Eh bien, en Normandie, on les fait au beurre, donc ce sera au beurre.

— Manque de goût total ! grogne Paul. Mais bon, va pour le beurre…

Elle s'active. Ce n'est plus l'Angline qu'il est allé chercher dans la salle de jeu, mais une fille pleine de vie qui bat les œufs avec entrain. Et puis, ce geste pour verser les œufs dans la poêle, ce grésillement du beurre à l'odeur chaude et appétissante… Une vive émotion étreint soudain Paul. N'est-ce pas Claudine ou Julie, ou plutôt les deux réunies en une seule et même personne ?

L'omelette sent très bon. Angline la partage en deux dans la poêle et remplit les assiettes.

— C'est con, j'ai pas pensé à acheter du pain.

— Pas besoin de pain, c'est très bon comme ça !

Elle s'assoit en face de lui sur une chaise un peu déglinguée. Paul sursaute. C'est la chaise de Julie, sur laquelle personne ne s'est assis depuis... Il se retient et sort du placard une bouteille de vin entamée.

— Une petite goutte ?

— Non, merci, pas ce soir.

C'est déjà ça, pense Paul. Elle ne peut pas avoir tous les vices.

Ils mangent sans échanger un mot sous le regard gourmand de Râteau qui a posé sa tête sur le genou de son maître.

— Il faut que je fasse ta gamelle, murmure Paul.

Quand c'est fini, Paul se lève, donne des croquettes à Râteau qui se met à manger.

— Je me dis que c'est monstrueux de nourrir ce chien avec cette saloperie. Un jour, on fera la même chose avec les hommes. Ils mangeront des croquettes parfaitement équilibrées. Ils vivront longtemps en bonne santé et sans plaisir, parce que le plaisir est toujours dans la déviance, le flirt avec l'interdit...

Elle se tourne vivement.

— Tiens donc !

— Oui, mais le jeu, c'est différent. C'est comme la drogue. Ce n'est pas un plaisir, c'est de l'esclavage ! Par contre, si tu sais te maîtriser, tu bois un peu trop un soir parce que tu es avec des amis, des gens que tu aimes, parce que ça te rapproche des autres, rien à dire. Le lendemain, tu te réveilles avec un peu mal à la tête, mais c'est pas grave. Alors qu'avec le jeu et la drogue, tu te sépares du monde, ton plaisir est solitaire, tu ne partages rien. J'ai bien vu autour de la roulette, chacun est dans son monde.

Pour ponctuer ce qu'il vient de dire, il vide son verre d'un trait.

— Mais l'alcool peut conduire à la même extrémité, s'insurge Angline. Je ne vois pas la différence.

Paul n'aime pas qu'on le contrarie, surtout quand il a tort.

— Avant que tu en arrives là, il y a du chemin. Et tu as le temps de te reprendre. Alors que quand tu joues, dès le premier jeton, tu es perdu.

Qu'est-ce qu'il en sait ? Elle se contente de sourire : avec Paul, il ne faut pas espérer avoir le dernier mot.

— Avec le jeu, tu confies ta vie à la chance, cette putain. Et ce qui t'excite, c'est que tu ne sais pas ce qui va arriver. Tu te diriges vers le mur en fermant les yeux. Tout le contraire de la lutherie.

Tout en débarrassant, il la regarde faire la vaisselle. Angline n'est pas une de ces petites bourgeoises qui attendent qu'on les serve. Cela le rassure. Enfin, il se dirige vers le couloir.

— Tu prends la chambre que tu veux, sauf une, celle dont la porte est fermée, celle de Julie. On n'a rien touché. Son âme y revient de temps en temps et il ne faut pas déranger ses affaires. Claudine en était tellement persuadée qu'elle soutenait que ses objets, ses vêtements avaient été déplacés durant la nuit… Et il m'arrivait de la croire.

Il soupire, ouvre une porte et se tourne vers Angline.
— Bonne nuit. Demain sera un autre jour.

Le lendemain, Paul est déjà debout quand elle ouvre la porte de sa chambre. Il s'est rasé et a coiffé ses cheveux gris. Il porte une veste bleue qui change sa silhouette. Angline pense à son grand-père normand quand il se rendait à la foire…

— Si on veut arriver aux Rousses avant midi, il ne faut pas s'attarder, constate-t-il. Donc va chercher tes affaires ! Pendant ce temps, je vais louer une camionnette. On se retrouve ici.

Angline se rend chez sa mère, entasse dans un sac une trousse à toilette et quelques vêtements puis repart. Paul l'attend devant le portail à côté d'un Trafic.

— On y va ! fait l'homme, puis il se tourne vers Râteau resté en retrait. Il n'aime pas la voiture, cet idiot ! Mais je ne vais pas le laisser seul pendant deux jours ! Je pourrais dire à Louis de venir le voir de temps en temps, mais il n'aime pas beaucoup Louis. Râteau a ses têtes et il est aussi têtu que moi.

Il le prend dans ses bras et le dépose sur la banquette. Angline s'assoit à côté du chien et Paul démarre. Il conduit avec application, peu habitué à un véhicule aussi large. Au bout de quelques minutes ils arrivent sur l'autoroute.

Vers onze heures, ils atteignent les premiers contreforts du Jura. De chaque côté de la route, les forêts s'épaississent. Les épicéas pointent leur flèche entre les feuillus dorés. Angline a téléphoné à Samuel Lehman pour le prévenir qu'elle ne serait pas là le lendemain. À son grand soulagement, il a accepté de déplacer ses rares rendez-vous. Il est vrai qu'en ce moment, la clientèle versaillaise se fait attendre. Elle pense à l'atelier de Paul, à son travail ces jours derniers et au violoncelle prêt à être monté et verni. À mesure qu'ils s'élèvent en altitude, la jeune femme regarde les troncs parfaitement droits se dresser dans les pentes, accrochés aux rochers. Tant de promesses de bon travail, de musique sublime. Et cette légère odeur de citronnelle qui flotte dans l'air…

— On passera après à la scierie.

— Mais vous n'allez pas pouvoir emporter l'arbre tout entier en un seul voyage…

— Un seul arbre de la taille de celui que j'ai acheté permettrait certes de construire plus de cent instruments, mais avec le risque d'avoir un son monotone, toujours identique. Si tu achètes plusieurs arbres, il y a plus de variété. C'est pour cette raison qu'au bon temps, j'allais faire mes courses dans ces forêts.

Il se tait, appliqué à suivre les lacets de la route étroite.

— Et puis, ajoute-t-il, il faut changer d'emplacement. Le sol a une grande importance pour le son. Tu sais où on est ?

Elle hausse les épaules. D'un tournant à l'autre, tout se ressemble : la forêt sans fin, avec des endroits dégagés et de rares maisons. Paul ralentit et indique plusieurs épicéas au milieu d'un espace dégagé.

— Tu vois ceux-là : très gros, avec beaucoup de branches qui partent du bas du tronc. Ils ne valent rien. Ici, l'arbre a pu prendre ses aises, s'étaler pour empêcher les autres de s'approcher, repousser les jeunes qu'il étouffe. Il se prélasse, pousse sans se gêner… Des rois fainéants ! Tout ce qui se fait sans effort ne vaut pas grand-chose.

— Il y a des gens très doués qui n'ont pas besoin de se creuser les méninges pour réussir !

— Non, tranche Paul. Ils se contentent de répéter ce qu'ils ont appris des autres. Ils ont de la mémoire, mais pas de personnalité. Quand tu vas au cœur des choses, tu dois exister... Alors là, les premiers de la classe sont souvent largués !

Henri est-il un premier de la classe ? se demande Angline, qui pense tout à coup au jeune homme. Il en a l'apparence, mais elle veut en douter.

Ils arrivent près de l'endroit où a été coupé le grand épicéa. Angline ressent une force étrange l'envahir, comme une invitation à s'enfoncer dans le bois.

Ils marchent entre les grands arbres. Une odeur d'humus et de mousse humide leur emplit les poumons. Angline s'arrête à la souche de l'épicéa que Paul a acheté, mais lui continue sa progression entre les rochers. Tout à coup, il s'immobilise en face d'un tronc majestueux.

— Et celui-là, on ne l'avait pas vu ! s'exclame-t-il en posant sa main sur le tronc dressé comme une colonne naturelle, hérissée d'écailles rousses.

Angline le rejoint et suit du regard le tronc parfaitement droit et sans la moindre branche jusqu'à la canopée, à plus de quarante mètres au-dessus des arbustes.

— Plusieurs siècles nous contemplent ! fait Paul, paraphrasant Napoléon. Imagine que cet arbre est né avant la Révolution française, probablement sous Louis XV. La musique qu'il donnera sera empreinte des voix d'autrefois et d'aujourd'hui, des préoccupations humaines de tous les temps...

Angline ne bouge pas, perdue dans ses pensées. Enfin, elle s'approche et se colle au tronc, écarte les bras et reste ainsi un très long moment. Un peu en retrait, Paul se tait.

Il attend, immobile, pénétré par la force de la forêt, cette voix profonde qui résonne en lui, qui l'accapare. Il est serein, habité par une quiétude rare. Dans cette voix, il entend Claudine et Julie réunies, et cela le touche au plus profond de sa personne, sans qu'il éprouve cette fois le besoin de se rebeller.

Enfin, Angline se détache de l'arbre et s'en éloigne à regret. Elle ne parle pas. Tout son être semble tourné vers un infini de grâce. Les yeux brillants, elle s'approche de Paul et, sans un mot, se blottit contre lui, le serre très fort. Paul accepte son étreinte. Quand ils se séparent, Paul détourne la tête pour ne pas croiser le regard de la jeune femme. Ils reviennent à la camionnette en silence. Les portières claquent. Paul démarre et consulte sa montre.

— On va aller déjeuner quelque part aux Rousses.

Ils se garent dans un vaste parking en bout du village. Un restaurant se trouve en face, il suffit de traverser la rue. Ils y entrent, prennent une table. Ils ne se parlent pas, chacun d'eux replié sur ses pensées.

Après un rapide repas, ils se rendent à la scierie. Cyril est absent. Un employé montre le bois de Paul disposé dans un vaste hangar. Les morceaux ont été coupés en tronçons de cent dix centimètres. Ils sont lourds, mais Paul les charge seul dans le véhicule. Que ne ferait-il pas pour montrer sa force à Angline ?

Ils repartent avec le chargement.

— J'ai réservé à l'hôtel où nous étions la dernière fois, annonce-t-il. En attendant l'heure du dîner, si nous allions faire un tour du côté des Rizoux ? Il y avait autrefois des arbres pas mal du tout.

Ils prennent une petite route de montagne qui se perd dans une immensité de sapins. Paul connaît l'endroit et s'arrête en bordure de forêt. Il sort de la camionnette et regarde autour de lui.

— Tu ne remarques rien ?

Angline lui lance un regard étonné.

— Nous sommes en Suisse et ça se voit. Les Suisses savent entretenir leurs forêts ; l'orientation de cette pente vers le sud est favorable aux arbres qui chantent. Viens.

Tout à coup, Angline s'arrête devant un énorme tronc, parfaitement droit. Paul s'interpose :

— Attention. Tu dois faire la différence entre le sapin et l'épicéa. Ils se ressemblent beaucoup parce qu'ils sont cousins, mais ce n'est pas la même chose. Regarde les aiguilles sont différentes ; et puis l'écorce du sapin est plus grise. Bon, on ne peut pas complètement s'y fier parce que cette couleur change selon le sol. Le sapin a un avantage pour le luthier : sa résine n'est pas répartie dans la totalité du bois. Elle reste sous l'écorce et tu ne risques pas de trouver des poches de résine, comme avec l'épicéa. C'est la raison pour laquelle les usines à violons de Mirecourt utilisaient le sapin. Mais il a un gros défaut : un son plus sombre, moins délicat, moins chantant aussi.

Ils s'aventurent dans la pente assez forte. Paul, avec son agilité de bouquetin, saute de rocher en rocher, se plante sur ses petites jambes devant un arbre, puis passe à un autre.

L'heure tourne, Paul décide de rentrer. Ils reviennent à la voiture en silence, pénétrés l'un et l'autre par la rumeur de la forêt, ce bruissement à peine audible qui occupe l'esprit et plonge dans une sorte de tranquillité où le temps n'a plus d'importance.

— Ce lieu est apaisant, murmure la jeune femme. Je sens que ces géants me protègent, qu'ils sont pleins de compassion pour le petit animal que je suis.

À l'hôtel, leurs chambres sont prêtes. Râteau se serre près de son maître. L'animal n'apprécie guère ces endroits publics pleins d'odeurs bizarres qui lui griffent le nez. Après que chacun est allé se rafraîchir dans sa chambre, ils se retrouvent au restaurant. Râteau se couche sous la table, personne ne le remarque. La salle se remplit. Des gens prennent place sur les tables voisines. Paul réclame l'apéritif. Angline demande un jus de pamplemousse. On apporte la raclette et Paul commande une bouteille de vin blanc du Jura.

L'atmosphère est agréable dans cette pièce peu éclairée. Paul se sent bien ; ses souvenirs se mêlent au présent, mais ne l'attristent pas. Ce soir, Angline est heureuse et cela se voit sur son visage. Elle a éteint son téléphone pour ne pas être dérangée et profiter de cette ambiance si particulière, propre aux restaurants de montagne.

— Je me sens libérée, comme au temps où je travaillais mon violoncelle. Quand j'avais des rêves de grandeur.

Il lève ses yeux clairs vers Angline. Ce n'est plus la tigresse prête à griffer, à mordre quand, la veille, il lui crachait ses quatre vérités. C'est une fille sur le bord du quai qui attend un train…

— Le grand épicéa m'a parlé, dit-elle en souriant.

Il ne la lâche pas du regard pendant que, de sa main droite, il tend à Râteau un morceau de pain imbibé de fromage fondu.

— Vous ne m'avez pas dit qu'il ne fallait pas lui donner de pain ? s'étonne Angline.

— Oui, mais ici c'est particulier. On est au restaurant, on va quand même pas le laisser nous regarder manger des bonnes choses sans penser à lui ! Et puis c'est moi qui le nourris ! Râteau est mon chien et je fais ce que je veux ! tranche-t-il.

Après un long silence, Angline reprend, en le fixant droit dans les yeux :

— L'épicéa m'a enseigné de grandes choses. Je me suis sentie minable. Alors, je voulais vous dire que j'ai pris la résolution de ne plus jamais jouer. Je vais apprendre votre métier qui a tant à me donner !

Le lendemain, ils sont rentrés vers midi. Le temps de décharger le bois, de rendre la camionnette, de déjeuner rapidement à la brasserie de Norbert, ils sont de retour dans l'atelier. Paul contemple la barre qu'Angline a mise en forme et déclare :

— Ta forme est un peu trop progressive. Ça va te donner un instrument plus difficile à jouer, avec un son qui reste en dedans. Je ne dis pas que c'est mal, mais il faudra beaucoup de temps avant que le son sorte. Je vais te montrer une meilleure forme à donner à ta barre.

Il prend le canif et amincit la barre sous les yeux attentifs d'Angline qui comprend qu'en effet une barre trop épaisse a tendance à brider les vibrations de la table.

— Maintenant, on va s'occuper de l'enclavement du manche.

Comme elle acquiesce, Paul lui explique qu'un bon enclavement empêche le manche de se désolidariser du corps. Le téléphone d'Angline sonne sous l'œil agacé de Paul à qui elle indique que c'est sa mère.

— Un cambrioleur est venu. Il a trouvé la cachette de notre petit trésor. Il a tout emporté, lui annonce Marthe, en larmes.

— J'ai vu un type bizarre rôder dans l'escalier, s'empresse de la rassurer Angline en s'éloignant de Paul qui n'en perd pas une miette. J'ai eu un pressentiment. Alors, j'ai pris les bijoux avec moi. Ne t'en fais pas, je les rapporte ce soir. J'aurais dû te prévenir.

Un grand soupir de soulagement accueille cette explication.

— J'ai une course à faire, explique Angline à Paul en prenant ses affaires. Cela sera peut-être un peu long, mais je dois absolument y aller. Je vous rejoins ensuite.

Elle se rend à la gare et monte dans le RER en direction de Paris. La liasse de billets de banque pèse toujours dans son sac. Elle le serre sous son bras pour ne pas se le faire voler.

Elle se dirige d'un pas sûr vers le mont-de-piété, d'où elle repart un peu plus tard, légère, presque heureuse. Elle ne jouera plus, même si la tentation la titille encore. Libérée de ses angoisses, de ses refus et de cette barrière qui la séparait des autres, elle sort son téléphone et invite Henri à se retrouver le soir-même. Puis d'un pas allègre, elle prend le chemin du retour.

Une fois seul, sans aucune distraction, plus rien n'empêche les pensées de Paul de se tourner vers son obsession : Leriet. Il voudrait le torturer comme un insecte à qui un enfant, par jeu, arrache les pattes. Il voudrait le faire ramper dans la boue, l'entendre le supplier, l'humilier, lui faire le plus grand mal. Il lui semble que sa douleur serait plus facile à porter.

Il ouvre la vieille caisse de bois et en sort le pistolet du grand-père. Il réfléchit à la manière de l'essayer. Il n'a pas de silencieux, mais un coussin pourrait convenir.

Il plie l'arme et, comme il redoute qu'elle ne lui explose dans les mains, il la dirige vers le tas de chutes de bois. Il entoure la gâchette d'une ficelle.

Quand le dispositif est en place, bien calé, il recule. La longueur de la ficelle est suffisante pour le tenir à l'écart du moindre éclat en cas d'explosion de la vieille pétoire. Il tient la ficelle de la main droite et regarde autour de lui. Il voit Râteau couché sur son coussin. Qu'allait-il faire ? Risquer de blesser ce pauvre animal ?

— Allez, Râteau, viens, je vais te donner à manger.

Il emmène le chien dans la cuisine et, pour le faire patienter, peut-être aussi parce qu'il se sent coupable de quelque chose, il remplit la gamelle de l'animal avec un peu de blanquette de veau achetée au supermarché. Il retourne à son atelier. C'est le moment de vérité. Il imagine Leriet en face de lui, ce qui lui donne la force de tendre de nouveau la ficelle en retenant son souffle, comme s'il redoutait de déclencher quelque catastrophe. Il ferme les yeux et tire de toutes ses forces. Un bruit étouffé retentit. Une fumée bleue s'échappe du coussin. Il attend un instant, puis s'approche. Le coup est parti et le pistolet a résisté. La balle s'est fichée dans un morceau de planche qu'elle a fendu. Il enlève le coussin noirci et observe l'arme.

Un quart d'heure plus tard, Angline entre dans l'atelier et se pince le nez.

— Ça sent la poudre !

— Comment ça, la poudre ? tente Paul en prenant un air innocent.

— La poudre de fusil. C'est une odeur que je connais bien. Mon grand-père était chasseur…

Soulagé qu'elle n'insiste pas et se remette au travail, le luthier remarque que quelque chose a changé chez la jeune femme. Ses gestes sont plus légers, plus précis. Par moments, elle jette des regards intrigués à Paul qui décide alors de se lancer :

— Qu'est-ce qui t'arrive ? Je te trouve toute guillerette.

— Je ne jouerai plus jamais, Paul, et cela, je vous le dois !

— Non, tu le dois à la lutherie. Serait-ce que tu es enfin passionnée ?

— Grave ! fait-elle dans ce langage des jeunes plein de sens. Je vais parler à mon employeur. Je vais tout lui expliquer. Peut-être acceptera-t-il que je fasse une formation en alternance ou pourra-t-il m'aider à trouver des subventions. En contrepartie, je lui rendrai des services avec les clients exigeants.

Paul la regarde, peu convaincu.

— Surtout ne va pas croire que la fortune est au bout ! C'est un métier de crève-la-faim. Pour l'instant, tu dois terminer ton premier violoncelle et le faire sonner. Tu poursuivras avec un violon. Et cette fois, je ne t'aiderai pas, tu te débrouilleras seule.

Angline rentre chez sa mère vers 18 heures. Paul aurait souhaité qu'elle reste plus longtemps, mais elle doit remettre les bijoux à leur place avant de se les faire voler pour de bon.

Puis elle rejoint Henri pour un dîner en tête-à-tête.

15

Quelques jours plus tard, Angline trouve Paul, qui ne l'attendait pas si tôt, en train de manipuler son pistolet.

— Je croyais que les armes ne faisaient pas bon ménage avec les instruments de musique ! dit-elle sur un ton de reproche.

Paul se redresse, piqué au vif. Comment a-t-il pu se laisser surprendre ? Il veillait pourtant à être discret depuis qu'Angline avait deviné d'où venait l'odeur de poudre, l'autre jour.

— Tu as arrêté de jouer, il est temps que j'arrête de me morfondre, bougonne-t-il.

Il va ranger le pistolet, s'assoit sur le tabouret.

— Maintenant, avant de coller la table, il faut que tu prépares le bois. Tu vas étaler au pinceau une couche de silicate de potassium, sur le fond, les éclisses et sur l'intérieur de la table.

— C'est pour empêcher les insectes d'attaquer le bois ?

— Non, c'est un durcisseur. Il donne plus de force au bois, ce qui lui confère une meilleure résistance et une réaction accrue aux vibrations.

— Je ne savais pas…

— Stradivari et les luthiers de Crémone l'utilisaient déjà. Ils faisaient brûler des sarments de vigne et se servaient des cendres.

Tout en parlant, Paul est allé chercher une bouteille sur une étagère, pleine d'un liquide transparent, semblable à de l'eau. Il remplit un bol et cherche un pinceau.

— Tu dois épandre une couche bien régulière. Ensuite, on attendra que ça sèche avant de tabler.

Angline commence par les éclisses et remarque aussitôt que, derrière le pinceau, le liquide apporte au bois une belle couleur brune.

— Comme c'est beau !

— Oui, admet Paul en hochant la tête. Pour faire ressortir les ondes, il y a d'autres moyens, notamment les vapeurs d'ammoniaque. Je te montrerai tout ça, mais plus tard. Avant, il faut que tu apprennes à donner du son à un instrument.

Angline poursuit son travail tout en observant Paul du coin de l'œil. Elle le trouve préoccupé. Les traits tirés, il regarde le sol. Elle s'approche de lui et pose sa main droite sur la sienne.

— Je ne vous trouve pas bien, ce matin. Vous n'avez pas dormi ?

— Pas fermé l'œil une seule minute, répond-il en soupirant.

— Et ce vieux pistolet ?

Il hésite et finit par avouer :

— Comme je te l'ai dit, j'ai retrouvé le meurtrier de Julie. Mais je ne sais pas comment le coincer, alors j'ai pensé faire justice moi-même. Je n'ai rien à perdre, moi.

Rien à perdre ? Il sait bien que ce n'est plus tout à fait vrai depuis qu'Angline est entrée dans cet atelier. Depuis qu'il la voit travailler avec une habileté qui l'étonne, il reprend goût à la vie. Alors, en avouant son intention, il cherche peut-être un moyen de ne pas céder à sa volonté meurtrière.

— Il soutient qu'on lui a volé sa voiture et que c'est le voleur qui a renversé ma fille. Je ne le crois pas un instant. Les gendarmes avaient relevé l'ADN du chauffard sur un mouchoir, mais il est inconnu de leurs services. Je suis persuadé qu'il a planqué la voiture dans sa grande propriété entourée de murs et de caméras de surveillance pour qu'aucun curieux ne la retrouve.

— Que comptez-vous faire ?

Paul ne répond pas. Ou plutôt, il esquive :

— Je ne sais pas... Mais en attendant, remettons-nous à notre violoncelle. C'est sec, tu vas le tabler.

Elle hésite en voyant Paul prendre sur une étagère la boîte contenant les presses à tabler.

— Il faut d'abord que tu t'assures que tout est bien droit. Il faut aller assez vite, avant que la colle refroidisse... Tu te souviens comment on appelle ces presses ?

— Oui, des vis à tabler.

Il tend le pinceau à Angline qui enduit de colle la tranche des éclisses. Puis, sans perdre de temps, elle positionne la table, enfonce les chevilles et commence à serrer les vis à tabler. Elle a le sentiment d'accomplir une action très importante, de donner vie à ce corps qui prend forme et en ressent un grand bonheur. Paul la laisse faire, conscient que l'atelier pourra sans doute continuer à vivre sans lui.

Quand c'est fini, la jeune femme recule et regarde son travail avec une certaine satisfaction.

— Il ne faut plus y toucher pendant deux jours. Tu n'oublieras pas dans une heure de resserrer les vis. La couche de colle entre dans le bois et perd de l'épaisseur en séchant. Et si tu ne resserres pas de temps en temps, le collage sera médiocre.

Elle tourne vers Paul son visage éclairé d'un grand sourire. Elle voudrait l'embrasser, mais n'ose pas ; l'homme bourru ne semble pas apprécier les effusions.

— Pendant que ça colle, tu vas t'occuper des démarches pour ton apprentissage.

Elle scrute son expression. Pourquoi lui demande-t-il de s'éloigner ? Elle pense au pistolet et à l'odeur de poudre.

— Vous avez raison. Je vais rejoindre Henri.

Elle part sous le regard pesant de Paul, mais ne va pas loin. Elle gare sa voiture près du trottoir et attend. Paul a une idée en tête et elle ne veut pas le laisser faire n'importe quoi. S'il monte en voiture, il est obligé d'emprunter cette rue et elle pourra le suivre…

Le temps passe. Tant de belles pensées défilent dans sa tête : le violoncelle presque terminé, le violon qu'elle va fabriquer par la suite, et Henri qu'elle reverra ce soir… Leur relation évolue si vite. Sa seule pensée accélère les battements de son cœur. L'envie du jeu n'est pas entièrement sortie de ses préoccupations, mais elle est déterminée à ne plus céder. Sa décision est ferme, dure comme du métal, comme une armure. Et elle se sent légère, heureuse comme elle ne l'a jamais été. L'envie d'être avec Henri remplace les regrets. La voilà devenue quelqu'un d'autre. Vers midi, elle commence malgré tout à trouver le temps bien long. Doit-elle aller retrouver Henri ? Elle l'appelle et lui parle du comportement étrange de Paul.

— Venez déjeuner tous les deux, cela lui changera les idées et nous pourrons enfin nous rencontrer !

Angline approuve et retourne chez Paul qu'elle trouve assis dans son atelier, à côté de Râteau. Il a sorti plusieurs morceaux de bois et les examine.

— C'est pour ton violon. Je cherche ceux que je peux marier pour éviter les drames.

Il n'a décidément pas sa tête habituelle. Angline a l'impression de le gêner.

— Henri nous invite à déjeuner pour parler de l'avenir ! lance-t-elle d'un air enjoué.

Paul lui adresse un regard curieux, visiblement contrarié. Il soupire et finit par acquiescer :

— Il faut que je me change. Je ne vais pas y aller comme ça !

Il sort de l'atelier. Angline en profite pour y fureter et constate que le pistolet n'est plus à sa place. Ses inquiétudes étaient fondées… Elle remonte l'allée jusqu'à la maison dont la porte est restée ouverte. Elle entend Paul ouvrir des portes d'armoire, les fermer vivement. Enfin, il apparaît. Angline retient une grosse envie de rire. Il a enfilé un costume gris trop grand. La veste tombe sur ses épaules étroites et lui descend à mi-cuisses. Paul a toujours tendance à choisir des vêtements amples pour se grandir et élargir sa carrure. Il a coiffé ses cheveux gris, mais des mèches rebelles partent dans tous les sens. Sans sa casquette, il semble n'être plus lui-même. Il remarque l'étincelle amusée dans les yeux d'Angline.

— Eh bien quoi ? s'exclame-t-il, vexé. On y va ?

Il se dirige vers sa voiture. Emprunté dans ces vêtements qu'il n'a pas l'habitude de porter, il marche de façon mécanique. Arrivé au portail, il se tourne vers Angline :

— Ton Henri, il est comment ?

— Très gentil, ne vous en faites pas. Vous allez beaucoup lui plaire !

Il n'est pas convaincu que ses propos sur les violons et les arbres qui chantent vont intéresser cet homme d'affaires.

— Il peut me courtiser, poursuit-il, mais je ne lui vendrai pas mon terrain !

— Rassurez-vous, il n'a nulle intention de vous faire une offre.

Paul, qui n'en est pas à une contradiction près, s'en offusque intérieurement. Son terrain ne serait-il pas digne de ce monsieur ? Ça commence mal !

Ils ont rendez-vous au restaurant. Un homme très élégant se tient à la porte. Il sourit, embrasse Angline et se tourne vers Paul. Celui-ci se dresse sur ses jambes courtes, car Henri le dépasse d'une bonne tête.

— Monsieur Lebarron, le salue Henri de sa voix un peu onctueuse, mais agréable.

— Lui-même, répond Paul en prenant la main tendue, une main fine de bureaucrate qui ne s'est jamais endurcie au rude contact des outils.

— Je suis bien heureux de vous rencontrer. Angline m'a si souvent parlé de vous ! Allons nous installer.

Angline se place entre eux et surveille Paul, qui garde le silence. À quoi pense-t-il ? À son atelier, à son bois, aux arbres qui chantent ?

Le serveur apporte le champagne. Ils trinquent. Les yeux baissés, le luthier évite de parler. Il porte le verre étroit à des lèvres qu'il allonge pour aspirer le liquide. S'il était détendu, il dirait une bêtise, mais face à cet homme, il se sent inférieur et ne le supporte pas. Angline vient à sa rescousse ; elle le connaît assez bien pour comprendre qu'il a besoin d'aide.

— Paul est un génie de la lutherie, explique-t-elle à Henri. Le bois lui parle, il entend la musique des étoiles.

— N'exagérons rien, fait Paul, malgré tout flatté.

Il vide son verre. Pour être plus téméraire, il lui en faudrait un deuxième et un troisième, mais il a toujours les yeux baissés. Paul est-il un timide ou un orgueilleux ? Les deux, sûrement ! Cette constatation attendrit Angline.

— Vous faites un merveilleux métier, le relance Henri.

— Ce n'est pas toujours aussi simple…

Et voilà Paul lancé, à parler du bois qui chante, de l'univers qui n'est que vibrations, donc musique, bref, le discours auquel Angline est désormais habituée. Mais Henri, qui l'entend pour la première fois, est sous le charme.

— Je veux prendre ma retraite, conclut-il. Et le hasard m'a envoyé Angline. Avec elle, je sais que ma belle réserve de bois ne va pas disparaître et que mon atelier continuera de vivre. Et de chanter !

Angline évoque son envie d'entrer officiellement en apprentissage chez Paul.

Ravi de constater que son élève prend son destin en main, Paul reste muet quelques instants qui semblent une éternité à Angline. Enfin, il lève son verre pour trinquer à leur association et se tourne vers Angline, mais c'est à Henri qu'il s'adresse.

— Tu ne peux pas vivre uniquement avec la fabrication d'instruments. Il faut que tu aies une boutique et que tu fasses des réparations, des réglages, bref, du commerce. On va donc aménager l'atelier pour que tu puisses recevoir les clients.

Angline lui prend les mains. Il dirige lentement vers elle son regard d'homme qui n'attend rien du lendemain.

— Vous m'avez sauvée, murmure-t-elle. Je vous en serai toujours reconnaissante.

Il fronce les sourcils, mal à l'aise qu'on lui montre des sentiments.

— Je sais que vous êtes malheureux, mais ce n'est pas en vous en prenant aux autres que vous redeviendrez serein.

Il sursaute, se dresse, hérissé, agressif.

— Qu'est-ce que tu en sais ? Moi, je sais que si je fais payer cet homme, je retrouverai mon envie de vivre.

— Rien n'est moins sûr, affirme Angline, sans baisser les yeux.

Il n'insiste pas, mais l'évocation de l'apprentissage d'Angline le retient dans ses excès. Et il se demande si ce Dieu dont il recherche la voix, ce Dieu qui lui fait découvrir les meilleurs arbres, qui fait de lui un mage, un homme si différent des autres, ne lui a pas envoyé Angline pour qu'elle le sauve. Est-ce bien le hasard qui les a fait se rencontrer ? Henri précise :

— Quoiqu'il en soit, je suis là pour vous aider.

Paul lui envoie un regard assassin :

— Pas la peine, je sais ce que j'ai à faire.

Le repas se poursuit sans éclats. Paul s'est renfermé sur lui-même. Henri et Angline respectent son silence et échangent des regards complices.

De retour chez lui, Paul va se changer et revient à l'atelier où Angline l'attend.

— Bon, où en étions-nous ? Oui, une fois la table sèche, tu vas l'encoller.

— Encoller ?

— Oui, le bois d'épicéa se comporte comme une éponge et s'imbibe de tous les liquides, dont le vernis. Ce n'est pas bon pour le son, parce que ça le rend rigide et peu vibrant. On étale donc un isolant sur la table. C'est l'encollage. Ensuite, tu n'auras qu'à vernir, et ce n'est pas le plus simple.

— Je crois qu'il y a plusieurs sortes de vernis…

— Oui. On en reparlera. Pour l'instant, tu vas utiliser mon vernis, dont je ne suis pas mécontent.

Il poursuit ainsi ses explications. Parler lui redonne un peu d'allant, ses préoccupations se sont envolées. Il imagine déjà le violoncelle terminé avec ses cordes, son âme et Angline avec un archet pour en tirer le premier son, le cri d'un enfant à sa naissance.

— Je te donnerai ma formule, mais ce n'est pas encore le moment !

Puis il ajoute en se redressant avec orgueil :

— On a essayé de me la piquer !

Angline sourit. Paul, après le restaurant où il s'est senti minuscule, retrouve un peu de sa superbe en s'inventant un savoir secret. Pour autant, il n'est pas au sommet de sa forme, Angline le voit bien.

— Pendant que le vernis séchera, tu attaqueras ton violon. Il faut aussi réfléchir à l'aménagement de la boutique où tu recevras les clients.

— Et vous ?

— Moi ? Je ne sais pas où je serai.

Angline mesure la gravité de cette affirmation. Quelle nouvelle idée lui est passée par la tête ?

— Allez, je crois que tu devrais aller rejoindre ton Henri.

Perplexe, Angline renonce à le contrarier et s'engage dans l'allée où les feuilles mortes crissent sous ses pas.

16

Ce matin, en entrant dans l'atelier, Angline trouve un Paul très agité.

— Je te sais impatiente ! s'exclame Paul en regardant le violoncelle toujours en blanc. On va faire ce que je ne fais jamais. On va le monter tout nu ! Après tout, ce n'est pas un non-sens, un bébé pousse bien ses premiers cris avant d'être habillé.

— Qu'est-ce que ça change ?

— Ça change ! réplique Paul avec autorité. Le son de l'instrument nu n'est pas tout à fait celui qu'on entend une fois le vernis appliqué qui peut être tout bon ou tout mauvais. Le vernis trop épais, trop lourd, gêne l'émission du son. C'est une bêtise de dire que les stradivarius doivent leurs qualités sonores au vernis, dont le secret a été perdu. Ce qui fait la qualité sonore d'un instrument, ce sont de bons bois bien mariés, du bon travail et aussi et surtout de l'amour, beaucoup d'amour. Ça s'entend.

Angline a souvent pensé à cet instant, conclusion du long cheminement. À mesure que le violoncelle a pris sa forme, le refus profond, le rejet de l'instrument, a ressurgi en elle. Cela fait plusieurs semaines qu'elle n'est pas allée au casino, qu'elle passe ses soirées avec Henri. Elle se sent mieux, plus vivante. Mais le simple fait de fixer les cordes sur l'instrument qu'elle a construit en partie la perturbe. Paul s'en aperçoit et ne veut pas lui laisser le temps de se poser des questions :

— Tu prends cette lousse et tu ajustes les chevilles. Il faut que ça tourne facilement sans pour autant lâcher dès que tu forces un peu. Je t'ai mis les chevilles à la bonne taille. Maintenant, tu creuses le trou conique avec précaution.

Angline saisit la lousse d'une main un peu tremblante et se met au travail. Elle respire difficilement, une main géante lui oppresse la poitrine. C'est la première fois, depuis qu'elle a commencé la construction, qu'une telle panique s'empare d'elle. Jusque-là, elle travaillait des morceaux de bois qui, même s'ils prenaient de plus en plus l'apparence de l'instrument terminé, n'en avaient pas la présence. Et voilà que tout à coup, elle se retrouve devant un violoncelle sur lequel elle va tendre les cordes pour le faire chanter…

— Pour que les chevilles ne se coincent pas, tu passes de la craie et du savon noir bien sec.

Comme Paul avait tout préparé en son absence, les chevilles sont rapidement ajustées. Ensuite, il pose l'instrument sur l'établi et commence sur un ton cérémonieux :

— Maintenant, il faut ajuster l'âme. C'est par là que s'échappe le son, que le fond et la table communiquent et parlent d'une seule voix. Tant que l'âme n'est pas ajustée, c'est un coffre plein de rien, une forme vide. Une fois l'âme en place, cela devient un être vivant qui réagit au moindre effleurement. Tu vas devoir t'entraîner, parce qu'il faut le coup de main !

Il glisse à travers l'ouïe une petite lampe au bout d'un câble rigide et explique :

— L'âme, c'est ce petit bâtonnet de rien du tout, mais essentiel. On dit que c'est le vieux Amati qui l'a inventée pour éviter l'effondrement de la table sous le pied gauche du chevalet. Et les luthiers de Crémone ont constaté que c'était une invention formidable parce qu'elle met tout l'instrument au service d'une même vibration.

Tout en lui expliquant les étapes de la mise en place, Paul ajuste l'âme, constate qu'elle est un peu longue, la sort, la retaille à une extrémité, puis recommence.

— Parfois, il faut une après-midi entière pour trouver le bon réglage. Tout ça, tu le mesureras avec l'expérience. Là, je crois que j'ai bien travaillé, mais tu devras peut-être la changer si l'instrument ne sonne pas comme il devrait.

Angline écoute, ravie, tout en comprenant la difficulté du bon réglage.

— L'âme doit tenir coincée entre la table et le fond, dit-il en glissant un petit miroir à l'intérieur. Maintenant, tu colles les sillets, pour qu'on puisse installer les cordes.

Il ne faut pas longtemps. Paul avait tout ajusté à l'avance, tant il a hâte de faire entendre à Angline le résultat de son travail. Il sort les cordes d'un tiroir et les montre à Angline.

— Je t'ai dit que d'ordinaire je ne monte pas l'instrument avant de le vernir, mais c'est exceptionnel, c'est ton premier violoncelle. La première fois, on est impatient et en même temps on redoute que le résultat soit mauvais. J'étais comme toi, au début. Et puis... on est souvent déçu.

Angline regarde la rue par la fenêtre. Elle voudrait s'enfuir, et probablement l'aurait-elle fait si la voiture d'Henri ne s'était arrêtée au portail. Que fait-il là ?

Le jeune homme emprunte l'allée et entre dans l'atelier. Angline lui tourne un regard étonné, mais ne bouge pas, tant son appréhension est grande.

— Ah ! te voilà, s'exclame Paul, satisfait. Tu arrives au bon moment.

— Qu'est-ce que tu... ? murmure Angline.

— Paul m'a demandé de venir entendre le premier cri du violoncelle que tu as fabriqué, et je suis très heureux d'être là.

Elle se recroqueville, s'assoit sur le tabouret et baisse la tête pendant que Paul place le chevalet qu'il avait préparé, tend la première cheville.

— Bon, tout ça n'est pas bien réglé. Le chevalet est un peu haut et les pieds doivent être mieux ajustés sur la table ; mais on va quand même écouter ce qu'il peut nous raconter, dit Paul, qui ne cache pas son impatience.

Puis, s'adressant fièrement à Henri :

— Nous sommes partis de ces bûches et voilà le résultat : un violoncelle !

Il tourne les chevilles, pince les cordes qui émettent un son chaud qu'Angline ressent tout au fond d'elle comme une griffure.

— Il ne va pas tenir l'accord. Le premier coup d'archet est généralement décevant, dit le vieux luthier, trop heureux d'être admiré par Henri. Angline, c'est à toi.

Elle tremble de tout son être. Elle regarde tour à tour Paul, puis Henri. Ce dernier lui sourit et ce sourire la rassure. Paul est allé chercher un archet dans son fouillis et le tend à la jeune femme.

Elle hésite encore et quand elle prend l'instrument par le manche, un frisson gelé la parcourt. Le contact avec l'archet la révolte. Elle lance un regard suppliant à Henri qui a compris ce qui se passe dans la tête de la jeune femme. Il s'approche et lui caresse l'épaule. Alors elle pose l'archet sur la corde de *la*. Un son éclate, puissant, mais un peu rauque. Angline le reçoit en pleine face, comme un coup de fouet. Mais, malgré la panique qui la tient, elle pousse l'archet sur la corde de *sol*, puis de *ré*. L'instrument est déjà désaccordé.

— Qu'est-ce que tu en penses ? demande Paul avec un sourire malicieux.

— C'est pas très clair, répond Angline qui semble revenir sur Terre après un saut en enfer. Je ne trouve pas…

Paul est vexé. Il sait que les premières notes d'un instrument neuf ne sont pas très belles, mais il attendait des compliments qui ne sont pas venus.

— Bon, fait-il, accorde-toi. Moi, j'ai l'habitude, j'ai senti qu'il avait beaucoup de choses à dire. Il faut le laisser s'habituer à la vie.

— Moi, je trouve ça très bien ! s'exclame Henri avec naïveté.

Angline règle les quatre cordes, puis prend l'archet. Cette fois, l'appréhension ne la paralyse plus. Elle pose ses doigts sur la touche, ceux de sa main cassée. Ils sont gourds, mais ils n'ont pas oublié comment se positionner et le violoncelle commence une mélodie. Elle ne quitte pas Henri du regard ; Paul en est un peu agacé.

Cela dure peut-être une minute pendant laquelle l'atelier est en fête. Mais Angline s'arrête très vite.

— Il a encore bougé. C'est faux à en avoir mal.

— Bof ! fait Paul qui n'a jamais eu une très bonne oreille pour la justesse, car il n'entend que l'instrument, le bois. Voyons le loup.

— Le loup ? s'étonne Henri.

— Oui, le loup, réplique vivement le luthier. Le loup, c'est une ou plusieurs notes défectueuses.

— Un bruit bizarre, ajoute Angline. Et c'est moche. Alors, il existe des manières de l'éviter. Tu appuies sur les côtés de l'instrument avec tes genoux...

— Bon, tranche Paul sans se soucier de l'air étonné de Henri. Tu fais : *mi*, *fa*, *fa* dièse sur la corde de *ré*, puis sur la corde de *sol*.

Et il ajoute, pour montrer qu'il connaît la technique de l'instrument :

— En quatrième position !

— Justement, à propos de la quatrième position, intervient Angline, je pense qu'il y a trop de bois à l'arrondi du talon, et il faut tirer un peu sur le doigt pour être juste.

— Voyons d'abord le loup, décide Paul.

Angline accorde de nouveau le violoncelle et joue les notes que demande Paul. Un léger accroc de l'archet indique bien que le loup, même faible, est présent. Paul en est contrarié, mais n'en montre rien.

— Les grands stradivarius ont aussi un loup, et parfois plus sévères que celui-là, qui, à mon avis, va disparaître quand j'aurai bien réglé l'âme. Et d'ailleurs, ce sont les meilleurs instruments qui ont ce défaut, ajoute-t-il, histoire de rappeler que la perfection n'existe pas.

— Ce n'est pas grave, précise Angline qui sait combien Paul est susceptible. Et puis, c'est sûrement de ma faute, j'ai peut-être un peu trop raboté à tel endroit et pas assez à un autre...

— On verra ça plus tard, tranche Paul. Il faut lui laisser le temps de se mettre en place, de s'habituer à la pression des cordes. On va aller déjeuner. Au retour, il sonnera déjà beaucoup mieux. Le violoncelle, c'est comme le bon vin, il se bonifie avec le temps. Au début, il est bourru, mais quand tu as un peu l'habitude, tu entends dans sa voix rauque des sons qui vont grandir et s'épanouir, comme les fleurs quand le soleil sort des nuages après la pluie.

Il est fier de sa comparaison et cherche un peu d'admiration dans le regard d'Henri. Ils vont déjeuner à la brasserie de Norbert. Paul est intarissable, parle des violoncelles qu'il a eu envie de jeter au feu et qui se sont révélés très bons par la suite, des mésaventures avec des musiciens – ceux qui accusent l'instrument avant de remettre en cause leur jeu. Angline sourit face à cet homme que ses défauts rendent si attachant. Par dessous la table, elle glisse sa main pour prendre celle d'Henri, qui comprend qu'un grand progrès a été accompli.

Après le repas, Angline prend de nouveau le violoncelle sans qu'on le lui demande. L'accord a encore bougé, elle le rétablit et saisit l'archet posé sur le tabouret. Paul s'est assis en face, laissant Henri debout. Angline se met à jouer. Ses doigts ont perdu leur agilité, mais elle retrouve des sensations d'autrefois, découvre qu'elles lui ont manqué. Paul écoute, un léger sourire aux lèvres.

— Bon, dit Henri. Je vous laisse.

Paul est interloqué. Comment Henri peut-il s'en aller alors que s'élève cette musique sublime ! Et Angline qui pose le violoncelle avant de se lever !

— Je viens avec toi ! s'exclame-t-elle.

Puis, se tournant vers Paul :

— Je reviendrai ce soir, l'instrument sera plus facile à jouer. Pour l'instant, c'est bien difficile d'en tirer une note juste.

Cette fois, Paul est vraiment vexé. Qu'attendait-elle ? S'imaginait-elle que son violoncelle échapperait à la règle générale ? Râteau le regarde, assis sur son train arrière.

— Eh bien quoi ? s'emporte Paul.

Il sort pour ne plus voir le violoncelle posé sur un support, à côté de l'établi. Il va marcher dans son grand terrain, surveillant les monticules des taupes. Voilà cinquante ans qu'il leur fait la chasse, et elles reviennent tout le temps. Cet après-midi, d'énormes tas de terre fraîche salissent sa pelouse. Il grogne et entre dans la cuisine, s'assoit à sa place habituelle, en face du buffet et des photos de celles qui lui manquent tant. Il est de très mauvaise humeur.

— Qu'est-ce que j'ai à perdre ? Je n'ai rien, pas de famille à part un vague cousin quelque part dans le Massif central, pas d'avenir et toujours ce poids de haine qui profite de la moindre de mes contrariétés pour s'alourdir un peu plus.

Il ouvre la porte du placard. Le pistolet est toujours là, il l'a mis à cet endroit pour qu'Angline, qui fouine partout, ne le trouve pas. Il le manipule un instant, le tourne dans tous les sens et le repose. C'est la manière la plus radicale de faire justice et il n'a pas le temps de chercher une autre solution.

— D'abord, mon testament ! Je vais l'écrire et le porter au notaire.

Cela fait longtemps qu'il y pense. Le moment est venu, puisque le monde va bientôt s'arrêter pour lui. Angline a été le cadeau du ciel, celle qui allait prendre la suite, mais aujourd'hui, il doute.

Il retourne à son atelier, suivi par Râteau qui a bien compris que son maître est tracassé. Le premier violoncelle construit avec Angline a certes des qualités, mais aussi beaucoup d'imperfections – même s'il trouve que les compliments ont manqué. Il allume la lumière. La nuit tombe plus tôt désormais, les lampadaires éclairent déjà la rue. Angline n'a-t-elle pas dit qu'elle allait revenir ? Il prend le violoncelle, l'accorde de nouveau et constate qu'il n'a pas beaucoup bougé, ce qui est un signe encourageant. Il commence à jouer. Paul est un très mauvais musicien, ce qu'il ne faut surtout pas lui dire. Il joue toujours la même rengaine, quelques notes sur chaque corde pour en comparer l'équilibre sonore. Il vérifie la position du chevalet et joue de nouveau.

— C'est mieux, hein ? Qu'est-ce que t'en penses, mon Râteau, toi qui as une bonne oreille ?

Le chien incline la tête sur la droite et remue la queue.

— Je crois que la barre doit être retouchée. Ce maudit loup vient sûrement de là !

Puis il ajoute :

— Tu te souviens des violoncelles qu'on fabriquait avant ? Aussi purs que des anges !

Il caresse le flanc de son chien.

— Le violoncelle est capricieux. Il va falloir le détabler !

Angline arrive enfin, seule, ce qui convient à Paul. C'est leur histoire.

— Tu vas rejouer le violoncelle. J'ai fait trois ou quatre petits réglages.

Sans un mot, Angline prend l'instrument. Elle ne sent plus cette révulsion qui lui retournait l'estomac. Elle ajuste l'accord et commence à jouer. Son visage s'illumine. Elle lance à Paul un regard ravi.

— Quelques morceaux de bois collés ! s'exclame-t-elle. Presque rien, et voilà le résultat !

Paul sourit, mais ne peut s'empêcher d'ajouter :

— N'en fais pas trop. C'est correct, mais pas parfait.

Consciente que Paul joue les faux modestes dès qu'on le complimente, Angline réplique :

— C'est vrai, je le trouve un peu difficile à l'attaque. Et puis, il manque de résonance…

Paul lui lance un regard assassin.

— Tu te rappelles ce que je t'ai dit à propos de la barre. Il faudra que tu détables avant de vernir et que tu affines tout ça !

Elle obéit. Elle enlève les cordes et décolle la touche. Il va être verni et prendre son apparence définitive. Paul lui explique la marche à suivre, mais il est toujours sombre. La tête ailleurs, il montre les bouteilles de vernis, les pinceaux.

— Le manche, tu le termineras à la fin. Et pour obtenir un bon vernis, tu dois travailler dans une salle propre et sans poussière. Comme je suis seul dans la maison et qu'elle est assez grande, j'ai installé ma pièce de vernis à l'étage de l'habitation. Je peux maintenir la température idéale, aussi bien en hiver qu'en été. Tu comprends, poursuit-il passant du coq à l'âne, je ne peux pas prouver que Leriet est bien le meurtrier de Julie. Sa voiture a été volée et même si ce mouchoir est le sien, ça ne prouve rien. La solution serait de retrouver cette maudite voiture. Je suis certain qu'il l'a cachée pour faire accuser un hypothétique voleur !

— Je vais en parler à Henri, lui propose Angline, alarmée par l'état du vieux luthier. Il a un ami très proche qui est commissaire de police, il pourra peut-être nous conseiller.

17

Angline travaille désormais presque à plein temps chez Paul. Elle s'est entretenue avec Samuel Lehman. Il a accepté qu'elle ne se rende plus que trois jours par semaine chez lui en attendant qu'il ait trouvé quelqu'un pour la remplacer. Les quatre jours restants seront consacrés à la lutherie.

L'automne est maintenant bien installé. Les travaux d'aménagement de la boutique vont commencer ; il a fallu déplacer la réserve de bois dans un hangar derrière la maison d'habitation. Un matin gris et humide, elle dit à Paul :

— À midi, Henri et moi serions très heureux que vous acceptiez de déjeuner avec nous. On a quelque chose de très important à vous annoncer.

Il se tourne, la tête légèrement penchée à la manière de Râteau, tant l'homme et l'animal, à force de vivre ensemble ont pris les mêmes habitudes.

— Ah bon ? fait-il, suspicieux. Qu'est-ce que vous avez encore inventé ?

— On vous en parlera !

Il n'aime pas qu'on fasse des secrets autour de lui, alors il râle :

— Moi, on ne me monte pas le coup !

Après un instant de silence contrarié, Paul reprend :

— Faut pas mettre la charrue avant les bœufs. Tu entends que ton *cello* n'est pas parfait ?

— Il ne sonne pas si mal !

— Un instrument, c'est personnel. On ne peut pas le faire à deux, parce que nos pensées ne sont jamais exactement les mêmes et ça, le bois le ressent. Alors, le violon, tu vas le construire toute seule. Si tu as une question, tu peux me la poser, mais je ne te dirai que le strict nécessaire. Savoir construire un instrument, c'est à la portée de tout le monde, même une machine peut le faire. Savoir lui donner une personnalité, cela demande que tu te projettes entièrement en lui, et naturellement, tes préoccupations font comme des taches sur un tissu.

Il est allé chez le notaire pour y déposer son testament, mais n'en a pas informé Angline. Depuis, il est terriblement irritable. Il s'en prend parfois à Râteau sans raison. Angline, qui ne le craint plus, lui en fait une nouvelle fois la remarque.

— Si vous avez un souci, il n'y est pour rien, ce pauvre animal !

— De quoi tu te mêles ? Je suis encore le patron chez moi !

— Allez, qu'est-ce qui vous tracasse ? De ne pas savoir comment confondre le chauffard ?

— Fiche-moi la paix. Tu as du travail. Si tu veux vivre, il faudra faire de la réparation, des réglages. C'est la seule manière de gagner ta vie. Quand tu sais construire, tu sais un peu réparer, mais dès que les premiers clients viendront, je te montrerai mieux. Ensuite, tu te débrouilleras toute seule.

— Et vous ? Vous ne resterez pas avec moi ?

— Non, j'ai un autre projet.

Il s'éloigne, la tête basse. Désormais, il laisse Angline de plus en plus souvent seule dans l'atelier. Il vient plus tard le matin et la jeune femme voit bien qu'il n'a pas dormi suffisamment.

Ce midi, quand Henri vient les chercher pour déjeuner, il refuse de les suivre :

— Partez sans moi. Je suis fatigué…

Angline se plante devant lui :

— Pas question. Nous avons décidé de ce déjeuner avec vous, parce que nous avons quelque chose d'important à vous annoncer.

— Ah bon ? À moi ?

— Allez, prenez votre veste ! ajoute-t-elle en tendant le vêtement au vieux luthier, comme une mère le ferait à son enfant. On y va.

Cela lui fait du bien qu'elle le secoue. Il se laisse emmener en grommelant. Râteau, près de la porte, les regarde. Il sait qu'il ne sera pas de la promenade et se tourne vers son coussin où il a tant attendu son maître au cours de sa longue vie.

Henri a réservé dans un bon restaurant que Paul connaît. C'est là qu'il invitait autrefois ses clients de marque. Mais ce midi, il n'a pas la tête à la fête et bougonne en passant la porte.

— C'était vraiment la peine de faire autant de tralala ?

Ils s'installent à une table et Henri commande du champagne. Paul fait toujours grise mine.

— Alors, voilà, commence Henri. On vous a invité ici parce qu'on a une grande nouvelle à vous annoncer.

Angline sourit, ce sourire qui la rend si belle.

— Ah bon ? marmonne Paul d'une voix éteinte.

— Oui. Nous allons nous marier et nous voudrions que vous soyez notre témoin.

— Quoi ? Mais vous n'y pensez pas ! Vous marier, d'accord, mais que je sois votre témoin... Ce n'est pas pour moi. Faire le pantin devant des gens que je ne connais pas ! Et puis, j'ai pas de quoi m'habiller.

Cette annonce le touche tant qu'il ne sait plus comment réagir. En trois gorgées, il vide sa flûte de champagne.

— J'espère surtout que vous serez plus heureux que moi !

Ni Henri ni Angline ne savent quoi répondre. C'est vrai que Paul n'a pas eu beaucoup de chance dans sa vie, mais il n'a pas non plus été malheureux avant le grand drame.

— Je rentrerai à l'église à votre bras. Sans vous...

— Je refuse, l'interrompt Paul. Je ne peux pas faire ça !

— Et pourtant, il faudra bien !

Est-ce le champagne qui monte à la tête de Paul ? Il a tout à coup les yeux pétillants et éprouve le besoin de se mettre en avant. Et il en fait trop, comme d'habitude.

— Les plus grands sont venus dans mon atelier. Tous aimaient le son de mes instruments. Certains disaient même que j'avais un son si rare qu'il ne l'avait jamais trouvé ailleurs. Mais ils en rajoutaient sûrement...

Henri ne relève pas et revient à la charge :

— On ne peut pas trouver meilleur témoin que vous. Un homme honnête et tellement passionné.

— Passionné ? marmonne Paul. Hélas ! Pour être passionné il faut être vivant. Parfois, je me dis que je serais tellement mieux si je n'avais pas de cerveau, aucun souvenir. Si je vivais uniquement pour moi, avec des envies primaires ; mais ce n'est pas le cas.

Angline et Henri échangent encore un regard entendu.

À la fin du repas, Paul remercie Henri pour l'invitation et se dirige lentement vers la voiture. Restée un peu en retrait, Angline en profite pour lui parler :

— Je redoute qu'il fasse une bêtise, murmure-t-elle.

— Je ne crois pas ! Paul est un fanfaron. Il exagère en tout, mais il sait ce qu'il fait.

— Non, je commence à bien le connaître. Il est bizarre en ce moment…

Ils le raccompagnent chez lui et repartent de leur côté. Soucieuse, Angline regarde défiler le paysage à la recherche d'une idée pour soulager Paul de ses démons.

En effet, Paul n'en peut plus. Chaque nuit désormais, il rêve. Claudine et Julie l'appellent, lui crient de les rejoindre. Et ces voix à jamais disparues ne cessent de résonner dans sa mémoire. Il entre chez lui. Râteau lui fait la fête. Paul le flatte, le caresse : c'est son seul soutien, son seul compagnon. Il s'assoit à sa place habituelle et hésite. Râteau le regarde, la tête posée sur son genou, de ses yeux mouillés pleins d'une affection totale.

— Brave Râteau ! dit Paul en se dressant. Tu aimes bien Angline, alors tu resteras avec elle. Je l'ai prévu dans mon testament.

Il soupire, se lève et passe dans sa chambre. Râteau l'entend ouvrir la grande armoire dont la porte grince d'une manière si particulière. Il tient une enveloppe sur laquelle il a écrit un nom. Il se penche, serre la tête du chien contre sa poitrine.

— Mon bon Râteau !

Le chien gémit, conscient que l'instant est grave.

— Tu vas aller à l'atelier. Angline ne va pas tarder.

Paul l'y enferme et s'éloigne. À peine est-il un peu plus courbé que d'habitude. Il monte dans sa voiture.

Inquiète, Angline revient plus tôt que prévu, après être passée chez elle prendre quelques affaires. L'attitude de Paul la tracasse de plus en plus et elle a décidé de l'emmener loin de Rambouillet, au moins quelques jours. Elle va directement à l'atelier, constate l'absence du luthier, ce qui la conforte dans son mauvais pressentiment. Elle libère le chien.

— Viens avec moi, Râteau !

Elle le fait monter dans sa voiture et, juste avant de démarrer, avertit Henri de ce qui se passe. Paul ne peut être qu'à l'endroit qui le hante et qu'elle a découvert l'autre jour en le suivant discrètement, parce qu'elle redoutait un drame.

En apercevant la voiture de Paul garée en bordure du chemin qui conduit à la propriété isolée dans la forêt, elle comprend qu'elle ne s'est pas trompée. Elle met Râteau en laisse et se dirige vers le grand mur qui entoure plusieurs hectares de parc.

— Allez, Râteau, conduis-moi.

Mais Râteau tire pour se libérer et ne renifle pas le sol. Du chemin, Angline voit la grande maison bourgeoise qui, au sommet de la butte, domine le parc et la forêt tout autour. Un homme et une femme sortent sur le perron, descendent les marches dont la blancheur luit au pâle soleil d'automne. Le couple emprunte l'allée. Râteau s'est enfin décidé à suivre une piste et tire sur la laisse, la truffe au sol. Il entraîne Angline vers un sentier qui part dans un taillis. Et elle aperçoit Paul, caché derrière le tronc d'un arbre, son pistolet à la main. Elle libère le chien qui se précipite.

— Mais qu'est-ce que tu fais là, toi ? s'écrie Paul.

Angline se tient devant lui. Il cache son pistolet sous sa veste.

— Paul, arrêtez.

— Depuis quand c'est toi qui me dis ce que je dois faire ?

Angline ne se démonte pas. Henri arrive en courant.

— Paul, s'il vous plaît…

Paul, ne sachant quelle attitude adopter, baisse la tête comme un enfant pris en faute.

— Vous alliez commettre une grave erreur !

— Une erreur ? La justice est-elle une erreur ? Cet homme si fier, qui, lui, continue de mener tranquillement sa vie, a détruit ma famille ; il a tué ma fille, et indirectement ma femme, et ce que je veux faire est une erreur ? Oui, je vais le tuer. Et je retournerai l'arme contre moi. C'est décidé depuis longtemps. Il n'y a pas d'autre solution.

— Si, Paul, il y en a une autre. Je pense qu'on peut réussir à le faire condamner.

Henri s'approche, prend la main d'Angline. Râteau se frotte aux jambes de son maître.

— Venez, dit Henri sur un ton autoritaire.

Il passe devant, regagne l'entrée de la maison. Le couple est au village, ils ont peu de temps, mais assez pour agir.

— Voilà, fait Henri en sortant de sa poche un petit sac en plastique. Vous allez prendre le tissu qu'il y a là-dedans.

— Qu'est-ce que vous voulez que j'en fasse ?

— Vous allez nettoyer les barreaux du portail que l'homme a touché en sortant. Avec un peu de chance, il y a laissé son ADN. Nous le ferons analyser. Si c'est le même que celui du mouchoir, nous aurons fait un premier pas.

— Ça ne prouve rien, réplique Paul. Je vous dis qu'il n'y a aucune issue.

— Certes, mais c'est un indice. Mon ami commissaire a accepté de regarder cette affaire. Si les ADN correspondaient, cela permettrait d'étayer les doutes. Il y a l'épingle de cravate... La police n'avait aucune raison de soupçonner Leriet et n'a pas cherché dans ce sens. Les éléments nouveaux ne prouvent rien, mais soulèvent des questions qui permettront une perquisition. Je suis prêt à parier que la voiture est cachée quelque part dans la propriété.

— Ouais, admet Paul. Ils ne voulaient pas inquiéter ce gros bonnet.

— Peut-être, mais s'ils retrouvent chez lui la voiture prétendument volée, il sera bien obligé d'avouer qu'il est l'auteur de l'accident mortel et qu'il a caché son acte en camouflant la voiture et déclarant son vol.

Paul regarde tour à tour Angline et Henri.

— Vous avez peut-être raison.

— Faisons vite. Il ne faut pas que le propriétaire vous voie. Il doit être pris par surprise.

D'une démarche maladroite, Paul se dirige vers le portail, le tissu à la main, pendant qu'Henri filme la scène. Le luthier essuie méticuleusement les barreaux et se tourne vers Henri pour lui demander si c'est suffisant.

— Venez maintenant. On doit partir.

Ils s'éloignent. Paul reste sombre. Son silence est lourd. Pendant que chacun d'eux se dirige vers sa voiture, Angline cherche le moyen de le dérider.

— Le vernis du violoncelle est terminé. Je vais le monter ce soir.

— Ouais. Ne change pas de sujet. Ce bonhomme paiera pour son crime, je te l'assure. Ne crois pas que j'aie renoncé simplement parce que vous êtes intervenus. Ce n'est que partie remise. Je le tuerai et ensuite, je retournerai l'arme contre moi !

— C'est monstrueux ce que vous dites, Paul ! s'emporte Angline. Et puis, vous ne pensez pas aux autres, ceux qui vont vous pleurer…

— Bof, il n'y en pas. Ceux qui jouent mes instruments ont oublié depuis longtemps que j'en suis le constructeur. La preuve : plus personne ne me téléphone !

— Eh bien si ! Moi je vous aime et je vous pleurerai toute ma vie ! s'écrie Angline.

— Tu as Henri, et vous allez avoir des enfants. Moi, je ne suis plus rien, une branche sèche qui gêne l'arbre qui la porte, réplique Paul, profondément touché par cet aveu.

— Mais vous allez vous taire ! s'emporte Angline. Encore une fois, vous voulez vous faire plaindre. Qu'attendez-vous ? Que je me mette à genoux devant vous ? Mais vous comprenez bien que ce n'est pas ça, aimer quelqu'un ! J'ai besoin de vous pour poursuivre votre œuvre, pour servir la musique comme vous l'avez fait toute votre vie.

— Et pour quoi ?… Pour qu'un salaud renverse ma fille et la laisse agoniser dans un fossé… que ma femme meure de chagrin… Je suis un vieux déchet emporté par le courant…

Une fois dans son atelier, Paul se laisse tomber lourdement sur son tabouret, sans un regard pour le violoncelle posé sur son support en face de lui. Angline ne dit rien ; elle prend l'archet et vérifie l'accord. Dès les premiers sons, Paul se dresse. Ses cheveux en désordre forment comme une crête grise. Le vieux coq est prêt à reprendre le combat. Son visage se déride.

— Il n'était pas comme ça. Qu'est-ce que tu lui as fait ?

— J'ai changé l'âme, comme vous me l'avez conseillé : un peu plus longue, donc un peu plus serrée.

— Faut pas trop la serrer ! réplique Paul d'une voix autoritaire. Tu risques de fatiguer la table qui finira par fendre. Mais c'est pas mal ! Tu as bien écouté mes leçons. Reste quand même un petit souci de résonance. C'est la barre...

— Puisque vous le dites !

— Bon, concède Paul, on va essayer de le vendre. Parce qu'un instrument qu'on laisse dans un coin, c'est comme un livre que personne ne lit.

La nuit est tombée. Angline s'est remise au travail dans l'atelier, sous le regard critique d'un Paul silencieux. Il est obsédé par sa tentative ratée. Si Angline et Henri n'étaient pas venus se mêler de ses affaires, tout serait terminé : le meurtrier serait mort et lui, Paul, après s'être tiré une balle dans la tête, aurait rejoint sa femme et sa fille dans ce monde inconnu dont il imagine la lumière apaisante.

Angline a décidé qu'elle ne le laisserait pas seul avec ses envies suicidaires. Henri a approuvé lorsqu'elle lui a parlé de son idée d'éloigner Paul quelques jours, non seulement pour garder un œil sur lui et l'empêcher de faire une bêtise, mais aussi pour que le commissaire de police puisse agir sans que le luthier s'en mêle et complique tout. Alors elle se lance :

— J'ai de nouveau envie d'aller dans la forêt du Jura, là où tout commence. Vous m'avez dit vous-même qu'il fallait le faire souvent pour rester en contact avec l'âme des arbres.

— Oui, je te l'ai dit, mais nous y sommes déjà allés deux fois en quelques mois. Tu crois que c'est le moment, avec ces travaux ? Laisser tout en plan…

— Ben oui. Après, il fera froid et la neige va tomber. Et puis, j'en ressens le besoin !

— Eh bien vas-y. Je vais rester pour surveiller l'avancée du projet…

— Mais je n'ai pas envie d'y aller seule. Vous allez venir avec moi.

Il se dresse, cherche ses mots. Ses lèvres bougent. Il secoue la tête.

— Qu'est-ce que tu veux que j'aille faire là-bas ? Pour moi, c'est fini. Et puis, on a une grosse réserve de bois.

— C'est pas le bois qui m'intéresse, c'est le chant des arbres.

Il la regarde avec suspicion.

— Et tu crois que tu vas me monter le coup ?

— On part demain matin, tranche Angline.

— Qu'est-ce que tu racontes ? On n'est pas prêts !

— Si, demain matin. Très tôt.

— Pas possible pour moi !

— Mais vous devez venir, insiste-t-elle, soudain suppliante. J'ai tant à apprendre de vous. Sans vous, les arbres restent muets.

— Bon, bon, bon ! maugrée Paul toujours sensible à la flatterie. Qu'est-ce que tu en penses, toi, mon Râteau ?

Le chien le regarde en remuant la queue. Paul cherche un argument en sachant qu'il ne tient pas, mais se faire prier lui est toujours agréable.

— Henri va être jaloux !

— Tant pis pour lui, sourit Angline. Ce soir, nous serons tous les deux, seulement tous les deux. Je vous emmène au restaurant !

Certes, elle veut passer la soirée avec Paul pour éviter qu'il reste seul et en profite pour avoir encore une mauvaise idée, mais aussi pour le plaisir d'entendre Paul parler de son métier, surtout quand il a bu un verre de trop. Et ce soir, elle n'est pas déçue. Perdu, Paul a besoin de se raccrocher à ce qui a été sa grande raison de vivre.

— Tu construis un instrument avec ton ventre. Avec ton cœur. Que du sentiment. Tes gestes n'accomplissent pas seulement un travail, ils sont l'expression des détails de ta sensibilité, de ta personne, de ses caractéristiques. Un geste, si petit soit-il avec ta gouge ou ton rabot, a un sens. Et si ce sens t'échappe, tu ne maîtrises plus ta sonorité et la voix de ton instrument n'est plus la tienne.

Angline l'écoute en silence, le regard brillant, remplie d'admiration envers ce petit homme qui a tant souffert et qui réussit à conserver encore, malgré les tourments qui obscurcissent ses pensées, ce feu sacré dormant sous les cendres et ne demandant qu'à s'épanouir en flammes vivantes et gaies. Depuis qu'elle a évacué les brumes grises du jeu, la jeune femme s'est ouverte au monde. Henri lui donne un bonheur qui serait incomplet sans cette chaleur, cet enthousiasme qui la submergent quand elle entre dans l'atelier et qu'elle se penche sur la pièce de bois à travailler.

— Donner la vie avec son corps, c'est à la portée de tous les animaux. Donner la vie avec ses mains, son savoir-faire et sa réflexion, c'est se hisser au niveau de… pas de Dieu, mais juste en dessous ! poursuit Paul en vidant son troisième verre de vin.

— Il faut aller dormir, décide enfin Angline qui sait qu'avec Paul, ce genre de conversation peut durer très longtemps. Nous partons demain très tôt.

Paul se lève pour aller payer. Angline l'arrête.

— C'est pour moi !

Il la regarde, étonné. Se plante devant elle. S'il ne redoutait pas le ridicule, il se mettrait sur la pointe des pieds pour être plus grand.

— Pas de blagues, hein ! Où as-tu trouvé l'argent ? Tu ne vas pas me dire que...

Angline aurait-elle continué à jouer et aurait gagné pour une fois ? Elle a un petit rire.

— L'argent ? J'en ai un peu. Quand j'ai dit à ma mère que j'allais me marier, elle m'a donné une petite somme qu'elle avait économisée pour moi.

— Elle est bien gentille, ta maman ! Mais cet argent ne doit pas être dépensé n'importe comment !

— Elle vous plaira, j'en suis certaine, mais comme vous avez tous les deux très mauvais caractère, il faudra un peu de temps pour vous habituer l'un à l'autre.

Ils rentrent. Paul donne à manger à Râteau.

— On part demain matin, rappelle-t-elle.

Il lui lance un regard inquisiteur :

— Qui c'est qui commande, ici ?

— C'est vous, mais je sais que vous êtes d'accord.

Il se dirige vers sa chambre :

— Tu connais la maison, dit-il à la jeune femme. À demain.

Le lendemain, ils sont sur pied de très bonne heure. La nuit est sombre, un vent froid gèle les visages. Paul a la tête lourde et ses idées noires ont refait surface. Sa morosité n'échappe pas à Angline, mais elle se rassure à l'idée qu'elle va l'éloigner pendant quelques jours. Après, elle avisera.

Ils arrivent aux Rousses en fin de matinée. Ils passent à l'hôtel prendre les clefs de leurs chambres et déposer leurs sacs. Le temps s'est éclairci, mais un vent froid souffle du nord, marque d'un hiver précoce. Ils déjeunent rapidement et partent en forêt. Ils marchent d'arbre en arbre. Le silence est étrange. Paul explique :

— Ici, les saisons ont leur musique. Au printemps, les oiseaux n'en finissent pas ; l'été, tu entends le lent mouvement des arbres qui s'étirent sous la chaleur ; et puis, maintenant, ils semblent se taire, mais dans le silence de ton esprit, ils murmurent une mélodie toute simple et douce. En hiver, les branches ploient sous la neige, l'air vibre du grondement lointain d'une avalanche qui n'arrive jamais… Tout ça, tu dois le mettre dans tes instruments.

Les voilà sur une pente exposée à l'est, d'où vient le fameux vent gelé qu'on appelle le Moscou-Paris. Ils marchent dans un temple. Les énormes colonnes des épicéas se dressent, parallèles, vers le ciel laiteux. La masse des arbres pèse, saisit, imprègne et rend si petit, si fragile.

— L'univers nous contemple, dit Paul en s'arrêtant sur un rocher moussu. Tu le sens qui écrase tes épaules. Seuls les épicéas percent la carapace du ciel et plongent leur pointe vers des mondes lointains.

Angline sourit. Paul a toujours le sens de l'exagération, mais ça lui va bien, parce que les mots recèlent un fond de vérité saisissant. Il se justifie :

— Trouver la manière de dire ce que je ressens n'est pas facile, alors je parle à ma façon et tant pis si c'est pas convenable !

Elle le serre dans ses bras, il se laisse faire comme un enfant à qui on pardonne un caprice. Bien qu'elle soit désormais capable de prévoir à l'avance la plupart des réactions du vieux luthier et son désir constant de cacher son énorme sensibilité, il continue de l'étonner par sa manière d'exprimer des choses qui se glissent dans les pensées. Ils reprennent leur marche.

Angline s'immobilise devant un épicéa de plus de deux cents ans, s'approche et l'enlace. Paul trépigne.

— À quoi ça te sert ? On ne va pas venir ici tous les trois jours pour embrasser les arbres !

Elle se détache lentement du tronc, tourne vers Paul un regard radieux.

— Cet arbre m'a rendue heureuse. J'ai senti sa force me réconforter, sa longévité me bercer et me souffler que, moi aussi, je peux vivre aussi longtemps, pourvu que je n'oublie pas le murmure du vent, la douceur de la mousse…

— Arrête de raconter des conneries ! fait Paul, un peu vexé qu'Angline ait ressenti autant de choses qu'il pense être le seul autorisé à exprimer.

Il marche très vite devant Angline qui peine à le suivre. Ils consacrent le restant de l'après-midi à chercher des arbres de résonance. Paul découvre, légèrement contrarié, qu'il est passé de nombreuses fois à côté de très bons épicéas. Et tout à coup, il s'arrête en face d'un tronc majestueux :

— Tu l'entends ? Cette petite musique à peine audible, qui te rend heureuse…

Angline s'approche à son tour.

— Oui, je l'entends, il me chante des notes de cristal…

Paul sourit, comme s'il se prêtait au jeu. Et sans rien ajouter, il colle son corps au tronc majestueux, l'enserre avec ses bras puis il fait une rapide volte-face.

— Mais qu'est-ce que tu me fais faire ? On rentre.

Le téléphone sonne dans la poche de la jeune femme. Paul grimace : a-t-on besoin d'avoir un téléphone dans ce temple de l'univers, cette église que la nature a élevée aux forces du monde ? Elle parle quelques instants, mais Paul ne comprend pas ce qu'elle dit. Il attend, les mains dans les poches, pour montrer son impatience.

Enfin, elle range le petit appareil et s'approche de Paul, un sourire aux lèvres.

— C'était Henri, il a des nouvelles de l'analyse ADN.

Paul se redresse, le regard perçant.

— Il semblerait que celui relevé sur le portail soit le même que celui du mouchoir.

— Et alors ? s'emporte Paul. Ça ne prouve rien !

— Non, sauf qu'on peut mettre en doute la déclaration de vol de Leriet. Une perquisition va être ordonnée dans sa propriété.

Paul reste un moment sans voix.

— Ce type connaît beaucoup de monde, objecte-t-il. Tu parles, un avocat ! Il saura se défendre. Et il va ressortir blanchi.

— Non. La perquisition va avoir lieu demain à 6 heures.

— Alors, on n'a rien à faire ici ! s'exclame Paul. On rentre, je ne veux pas rater ça !

Le lendemain, à l'heure dite, ils attendent sous les arbres qui bordent l'allée de Leriet. Plusieurs voitures de gendarmerie sont arrêtées devant la grande maison de l'avocat. Des gendarmes gardent le portail. Paul voudrait entrer, mais ils lui interdisent l'accès. Angline regarde Henri les rejoindre d'un pas pressé.

— Le commissaire vient de me dire qu'ils ont retrouvé la voiture. Elle était au fond d'un garage, recouverte d'une grosse bâche. Les marques sont encore présentes. Avec un peu de chance, l'ADN de votre fille a peut-être été conservé, puisque la voiture était à l'ombre et n'a pas bougé. Mais une chose est certaine, Leriet va être appréhendé pour avoir porté plainte pour le vol de sa voiture. C'était évidemment le meilleur moyen de ne pas être impliqué dans l'accident.

Paul ne sait plus que penser, que ressentir. Il devrait être heureux, mais il se sent vidé, comme inexistant. Et si tout ça n'avait servi à rien ?

La haine qui l'a tenu debout pendant des années s'émousse et le prive de toute force.

— C'est étrange, dit-il à Angline. Je ne pensais pas que ce serait aussi difficile.

— Vous n'allez quand même pas le plaindre ? rétorque la jeune femme. Leriet n'a que ce qu'il mérite.

Il secoue les épaules, un peu comme Râteau quand il a le poil mouillé.

— Tout ça c'est bien beau, murmure-t-il. Mais…

Il n'a pas les mots pour exprimer sa pensée, écrasé par un sentiment confus. Il a tant rêvé de ce moment. Il a cru que ses chères ombres criaient vengeance, mais voilà qu'elles se taisent, comme pour lui reprocher sa persévérance, son obstination à faire arrêter le coupable. Angline lui prend la main et échange un regard complice avec Henri.

— Rentrons, dit-elle. Râteau nous attend.

Le chien reste le seul être qui le raccroche d'une belle manière à son passé heureux. Paul se reflète dans son regard soumis et tendre, et comme il ne s'apitoie que sur lui-même, il trouve dans l'obéissance de l'animal, qui ne le quitte pas, l'assurance de sa force. Paul, la grande gueule, est finalement d'une fragilité de sable, mais le doute qui le hante reste le terreau de son talent.

— Tu as raison. Je suis fatigué, j'ai besoin de me reposer. Rentrons.

Angline lui prend le bras et le conduit jusqu'à sa voiture. Henri souffle à l'oreille d'Angline :

— Il paraît désespéré. Il ne faudrait pas qu'il fasse une bêtise.

— Non, répond la jeune femme. J'ai pris son pistolet. Et puis je vais rester avec lui.

Louis attend Paul à son portail. Paul est heureux de retrouver ce camarade d'enfance, rassurant par sa simplicité. Quand Angline lui a expliqué ce qui s'est passé, Louis se tourne vers Paul, le regarde avec respect et lui lance :

— Eh bien toi, tu es fort ! J'étais prêt à parier ma retraite que tu ne réussirais pas !

Cela requinque un peu Paul, le vantard. Ses yeux se mettent à pétiller :

— Moi, quand on me cherche, on me trouve !

Ce n'est pas très original et il s'en veut de ne pas avoir pris deux secondes pour réfléchir à une autre formule.

— Ça s'arrose ! fait Louis. J'ai du champagne au frais !

En tout autre circonstances, Paul se serait fait prier, mais devant une si belle preuve d'amitié, il cède.

— On y va !

Henri vient chercher Angline. Ils laissent le luthier avec son voisin. Après quelques verres de champagne, ils vont sûrement se disputer pour une broutille, mais c'est bien ainsi : demain, ils n'y penseront plus.

18

Angline et Henri se rendent chez Marthe, qui les a invités à dîner. « Surtout ne t'occupe de rien, a précisé la jeune femme à sa mère, on apportera tout ! » Ils arrivent dans un appartement surchauffé. Marthe les accueille avec son petit tablier de cuisine :

— J'ai quand même fait des petits gâteaux pour l'apéritif !

Décidément, Henri, avec son apparence de jeune homme solide et bien élevé, lui plaît. Elle débouche la bouteille de champagne et remplit les flûtes.

— Mais vous avez dit que vous apportiez tout et je ne vois aucun paquet…

— T'en fais pas maman, on a réservé dans un bon restaurant.

On trinque. Marthe reste grave. Angline se doute de ce qui va suivre. N'ayant pas vu grandir sa fille, Marthe éprouve le besoin de se rattraper par des conseils, des avertissements contre les turpitudes de la vie. Pour échapper à un nouveau sermon infantilisant, la jeune femme cherche un sujet de conversation, mais sa mère a besoin de parler :

— Si j'ai voulu vous voir tous les deux, commence-t-elle, c'est pour vous dire combien je suis heureuse.

Angline échange un regard entendu avec Henri. Elle l'avait prévenu, mais ne pensait pas que le discours plein de mises en garde allait commencer dès l'apéritif.

— Maman, proteste-t-elle. Tout va bien. Parlons plutôt de l'organisation du mariage.

— C'est bien de cela que je veux vous entretenir. Nous sommes d'accord pour le mariage à l'église en Normandie. D'ordinaire, c'est le père qui conduit sa fille à l'autel…

Le visage de Marthe se contracte. Elle porte le verre à ses lèvres, avale une gorgée de champagne. Angline inspire fortement, pose sa main sur le bras de sa mère.

— C'est vrai que je t'ai souvent demandé qui est mon père. Mais j'ai choisi celui à qui je donnerai le bras pour entrer à l'église.

Elle se lève, tend la main à Henri.

— Allez maman, on va au restaurant.

— Mais je ne suis pas prête ! Regarde !

— Fais vite, tu as dix minutes.

Marthe passe dans la salle de bains en bougonnant. En moins de dix minutes pourtant, elle en sort, coiffée et maquillée. Henri remarque qu'elle est encore belle femme et que sa fille lui ressemble beaucoup. Ils prennent la direction de la forêt. Au bout de quelques kilomètres, ils s'arrêtent devant un portail. La lumière est allumée dans l'atelier. Paul est là, qui contemple son bois. Quand il voit la voiture stationnée devant chez lui, il sort et se trouve en face d'Angline.

— Mais qu'est-ce que tu fais là, toi ?

— Je vous emmène, on va dîner avec Henri et ma mère.

Le vieux bougon, qui est aussi coquet dans certaines circonstances, proteste :

— J'ai pas faim. Et puis j'ai mes habits de travail !

— Arrêtez de grogner comme un enfant capricieux. Allez vous changer pendant que je fais visiter l'atelier à maman.

Encore une fois, les mots lui manquent pour protester. Angline a bien compris que ce dîner auquel il ne s'attendait pas le ravit.

Quand il revient, il trouve Angline en compagnie de Henri et d'une femme encore jeune et au physique agréable.

— Paul, je vous présente ma maman à qui j'ai beaucoup parlé de vous. Maman, voici Paul qui me conduira à l'église le jour de mon mariage.

— Je suis très heureuse de rencontrer le grand luthier qui…

Paul lève la main en guise de protestation :

— Un tout petit bonhomme de rien du tout, conscient de ses lacunes !

Angline éclate de rire. Paul ne changera donc jamais, mais c'est ainsi qu'elle l'aime !

DU MÊME AUTEUR

Beauchabrol, Lattès, 1981.
Barbe d'or, Lattès, 1983.
*L'Angélus de minuit**, Robert Laffont, 1989.
*Le Roi en son moulin**, Robert Laffont, 1990.
*La Nuit des hulottes**, Robert Laffont, (prix RTL Grand public).
*Le Porteur de destins**, Seghers, 1992 (prix des Maisons de la presse ; prix du Printemps du livre de Montaigu ; Grand Prix littéraire de la Corne d'or limousine).
*Les Chasseurs de papillons**, Robert Laffont, 1993 (prix Charles-Exbrayat).
*Le Chat derrière la vitre**, Archipel, 1994.
*Un cheval sous la lune**, Robert Laffont, 1994.
*Ce soir, il fera jour**, Robert Laffont, 1995.
*L'Année des coquelicots**, Robert Laffont, 1996.
*L'Heure du braconnier**, Robert Laffont, 1997.
Rentrées des classes, Robert Laffont, 1997.
*La neige fond toujours au printemps**, Robert Laffont, 1998.
L'Or du temps, Robert Laffont, 1998.
*Les Frères du diable**, Robert Laffont, 1999.
*Un jour de bonheur**, Robert Laffont, 1999.
*Lydia de Malemort**, Robert Laffont, 2000.
*Le Silence de la Mule**, Robert Laffont, 2001.
Des maisons au cœur, Robert Laffont, 2001.
Dernières nouvelles de la terre, Anne Carrière, 2001.
*Le Voleur de bonbons**, Robert Laffont, 2002.
*Lumière à Cornemule**, Robert Laffont, 2002.
Une vie d'eau et de vent, Anne Carrière, 2003.
*Des enfants tombés du ciel**, Robert Laffont, 2003.
*La Couleur du bon pain**, Robert Laffont, 2004.

*Les Colères du ciel et de la terre**, Robert Laffont, 2005.
- *La Montagne brisée**
- *Le Dernier Orage**

Les Âmes volées, Fayard, 2006.
*Juste un coin de ciel bleu**, Robert Laffont, 2006.
*La Peste noire**, XO Éditions.
- *La Conjuration des lys**, 2006.
- *Le Roi chiffonnier**, 2007.
- Réédition en un seul volume, coll. Cléa, 2022.

*Nous irons cueillir les étoiles**, Robert Laffont, 2007.
*Et l'été reviendra**, Robert Laffont, 2008.
*La Malédiction des louves**, Robert Laffont, 2008.
*Les Enfants de l'hiver**, XO Éditions, 2009.
*Les Secrets de la forêt**, Robert Laffont, 2010.
*La Maison des Houches**, Belfond, 2010.
Le Cri du goéland, Belfond, 2011.
Le Chant du papillon, Belfond, 2011.
La Tour de Malvent, Belfond, 2012.
Le Rebelle des sentiers de Lune, Belfond, 2013.
Un violon sur la mer, XO Éditions, 2013.
La Mémoire au cœur, Belfond, 2014.
Les Vents de la liberté, XO Éditions, 2015.
*L'Enfant de la Loire**, Belfond, 2016.
La Tour de Malvent, Presses de la Cité, 2016.
Chante rossignol, Presses de la Cité, 2017.
L'Année de la pluie, Belfond, 2017.
La Belle Main, Presses de la Cité, 2018.
Elle voulait voir la mer, XO Éditions, 2018.
*La Garçonne**, Presses de la Cité, 2019.
Naufrage, Belfond, 2019.
*Le Testament d'Adrien**, Presses de la Cité, 2020.
La Prisonnière du roi, Presses de la Cité, 2021.
Tête de lune, Presses de la Cité, 2021.

Jésus, trois jours avant sa mort, XO Éditions, 2022.
La Dernière nuit de Pompéi, XO Éditions, 2023.
Ceux d'en haut, Presses de la Cité, 2023.
*Docteur Mouche**, Presses de la Cité, 2024.
La Malbête, XO Éditions, 2024.
La Malédiction de Pauillac, Presses de la Cité, 2025.

* Titres disponibles chez Pocket.

Composition et mise en pages
Nord Compo à Villeneuve-d'Ascq

Cet ouvrage
a été achevé d'imprimer sur Roto-Page
par l'Imprimerie Floch à Mayenne
en octobre 2025

Soucieuses de la préservation de l'environnement, les Éditions XO utilisent du papier issu de forêts gérées de manière responsable.

N° d'édition : 5456/01
N° d'impression : 107801
Dépôt légal : octobre 2025

Imprimé en France